m

—————— 阅读之前 没有真相

午夜文库

阿加莎·克里斯蒂
赫尔克里·波洛系列

阿加莎·克里斯蒂
Agatha Christie (1890—1976)

无可争议的侦探小说女王，侦探文学史上最伟大的作家之一。

阿加莎·克里斯蒂原名为阿加莎·玛丽·克拉丽莎·米勒，一八九〇年九月十五日生于英国德文郡托基的阿什菲尔德宅邸。她几乎没有接受过正规的教育，但酷爱阅读，尤其痴迷于歇洛克·福尔摩斯的故事。

第一次世界大战期间，阿加莎·克里斯蒂成了一名志愿者。战争结束后，她创作了自己的第一部侦探小说《斯泰尔斯庄园奇案》。几经周折，作品于一九二〇年正式出版，由此开启了克里斯蒂辉煌的创作生涯。一九二六年，《罗杰疑案》由哈珀柯林斯出版公司出版。这部作品一举奠定了阿加莎·克里斯蒂在侦探文学领域不可撼动的地位。之后，她又陆续出版了《东方快车谋杀案》《ABC谋杀案》《尼罗河上的惨案》《无人生还》《阳光下的罪恶》等脍炙人口的作品。时至今日，这些作品依然是世界侦探文学宝库里最宝贵的财富。根据她的小说改编而成的舞台剧《捕鼠器》，已经成为世界上公演场次最多的剧目；而在影视改编方面，《东方快车谋杀案》为英格丽·褒曼斩获奥斯卡大奖,《尼罗河上的惨案》更是成为几代人心目中的经典。

阿加莎·克里斯蒂的创作生涯持续了五十余年,总共创作了八十余部侦探小说。她的作品畅销全世界一百多个国家和地区,累计销量已经突破二十亿册。她创造的小胡子侦探波洛和老处女侦探马普尔小姐为读者津津乐道。阿加莎·克里斯蒂是柯南·道尔之后最伟大的侦探小说作家,是侦探文学黄金时代的开创者和集大成者。一九七一年,英国女王授予克里斯蒂爵士称号,以表彰其不朽的贡献。

一九七六年一月十二日,阿加莎·克里斯蒂逝世于英国牛津郡沃灵福德家中,被安葬于牛津郡的圣玛丽教堂墓园,享年八十五岁。

阿加莎·克里斯蒂 侦探作品年表

波洛系列

1920 The Mysterious Affair at Styles《斯泰尔斯庄园奇案》
1923 Murder on the Links《高尔夫球场命案》
1924 Poirot Investigates《首相绑架案》
1926 The Murder of Roger Ackroyd《罗杰疑案》
1927 The Big Four《四魔头》
1928 The Mystery of the Blue Train《蓝色列车之谜》
1932 Peril at End House《悬崖山庄奇案》
1933 Lord Edgware Dies《人性记录》
1934 Murder on the Orient Express《东方快车谋杀案》
1935 Three—Act Tragedy《三幕悲剧》
1935 Death in the Clouds《云中命案》
1936 The ABC Murders《ABC谋杀案》
1936 Murder in Mesopotamia《古墓之谜》
1936 Cards on the Table《底牌》
1937 Dumb Witness《沉默的证人》
1937 Death on the Nile《尼罗河上的惨案》
1937 Murder in the Mews《幽巷谋杀案》
1938 Appointment with Death《死亡约会》
1938 Hercule Poirot's Christmas《波洛圣诞探案记》
1940 Sad Cypress《H庄园的午餐》
1940 One, Two, Buckle My Shoe《牙医谋杀案》
1941 Evil Under the Sun《阳光下的罪恶》
1943 Five Little Pigs《五只小猪》
1946 The Hollow《空幻之屋》
1947 The Labours of Hercules《赫尔克里·波洛的丰功伟绩》
1948 Taken at the Flood《顺水推舟》
1952 Mrs. McGinty's Dead《清洁女工之死》
1953 After the Funeral《葬礼之后》
1955 Hickory Dickory Dock《山核桃大街谋杀案》
1956 Dead Man's Folly《弄假成真》
1959 Cat Among the Pigeons《鸽群中的猫》
1960 The Adventure of the Christmas Pudding《雪地上的女尸》

阿加莎·克里斯蒂 侦探作品年表

1963　The Clocks《怪钟疑案》
1966　Third Girl《第三个女郎》
1969　Hallowe'en Party《万圣节前夜的谋杀》
1972　Elephants Can Remember《大象的证词》
1974　Poirot's Early Stories《蒙面女人》
1975　Curtain—Poirot's Last Case《帷幕》

马普尔小姐系列

1930　The Murder at the Vicarage《寓所谜案》
1932　The Thirteen Problems《死亡草》
1942　The Body in the Library《藏书室女尸之谜》
1943　The Moving Finger《魔手》
1950　A Murder Is Announced《谋杀启事》
1952　They Do It with Mirrors《借镜杀人》
1953　A Pocket Full of Rye《黑麦奇案》
1957　4.50 from Paddington《命案目睹记》
1962　The Mirror Crack'd from Side to side《破镜谋杀案》
1964　A Caribbean Mystery《加勒比海之谜》
1965　At Bertram's Hotel《伯特伦旅馆》
1971　Nemesis《复仇女神》
1976　Sleeping Murder《沉睡谋杀案》
1979　Miss Marple's Final Cases《马普尔小姐最后的案件》

其他系列及非系列

1922　The Secret Adversary《暗藏杀机》
1924　The Man in the Brown Suit《褐衣男子》
1925　The Secret of Chimneys《烟囱别墅之谜》
1929　Partners in Crime《犯罪团伙》
1929　The Seven Dials Mystery《七面钟之谜》
1930　The Mysterious Mr. Quin《神秘的奎因先生》
1931　The Sittaford Mystery《斯塔福特疑案》
1933　The Witness for the Prosecution and Other Stories《控方证人》
1934　Why Didn't They Ask Evans?《悬崖上的谋杀》

阿加莎·克里斯蒂 侦探作品年表

1934　The Listerdale Mystery《金色的机遇》
1934　Parker Pyne Investigates《惊险的浪漫》
1939　Murder Is Easy《逆我者亡》
1939　And Then There Were None《无人生还》
1941　N or M?《桑苏西来客》
1944　Towards Zero《零点》
1945　Sparkling Cyanide《闪光的氰化物》
1945　Death Comes as the End《死亡终局》
1949　Crooked House《怪屋》
1950　Three Blind Mice and Other Stories《三只瞎老鼠》
1951　They Came to Baghdad《他们来到巴格达》
1954　Destination Unknown《地狱之旅》
1958　Ordeal by Innocence《奉命谋杀》
1961　The Pale Horse《灰马酒店》
1967　Endless Night《长夜》
1968　By the Pricking of My Thumbs《煦阳岭的疑云》
1970　Passenger to Frankfurt《天涯过客》
1973　Postern of Fate《命运之门》
1991　Problem at Pollensa Bay《神秘的第三者》
1997　While the Light Lasts《灯火阑珊》

出版前言

纵观世界侦探文学一百七十余年的历史，如果说有谁已经超脱了这一类型文学的类型化束缚，恐怕我们只能想起两个名字——一个是虚构的人物歇洛克·福尔摩斯，而另一个便是真实的作家阿加莎·克里斯蒂。

阿加莎·克里斯蒂以她个人独特的魅力创造着侦探文学史上无数的传奇：她的创作生涯长达五十余年，一生撰写了八十余部侦探小说；她开创了侦探小说史上最著名的"黄金时代"；她让阅读从贵族走入家庭，渗透到每个人的生活中；她的作品被翻译成一百多种文字，畅销全球一百五十余个国家，作品销量与《圣经》《莎士比亚戏剧集》同列世界畅销书前三名；她的《罗杰疑案》《无人生还》《东方快车谋杀案》《尼罗河上的惨案》都是侦探小说史上的经典；她是侦探小说女王，因在侦探小说领域的独特贡献而被册封为爵士；她是侦探小说的符号和象征。她本身就是传奇。沏一杯红茶，配一张躺椅，在暖暖的阳光下读阿加莎的小说是一种生活方式，是惬意的享受，也是一种态度。

午夜文库成立之初就试图引进阿加莎的作品，但几次都与版权擦肩而过。随着午夜文库的专业化和影响力日益增强，阿加莎·克里斯蒂的版权继承人和哈珀柯林斯出版公司主动要求将版权独家授予新星出版社,并将阿加莎系列侦探小说并入午夜文库。这是对我们长期以来执着于侦探小说出版的褒奖,是对我们的信任与鼓励,更是一种压力和责任。

新版阿加莎·克里斯蒂作品由专业的侦探小说翻译家以最权威的英文版本为底本,全新翻译,并加入双语作品年表和阿加莎·克里斯蒂家族独家授权的照片、手稿等资料,力求全景展现"侦探女王"的风采与魅力。使读者不仅欣赏到作家的巧妙构思、离奇桥段和睿智语言,而且能体味到浓郁的英伦风情。

阿加莎作品的出版是一项系统工程,规模庞大,我们将努力使之臻于完美。或存在疏漏之处,欢迎方家指正。

新星出版社

午夜文库编辑部

Agatha Christie

Over the next few years, we plan to celebrate two very important Agatha Christie anniversaries. In 2015, it is the 125th anniversary of her birth in Torquay, South Devon, England, and in 2020 it will be 100 years after her first book, THE MYSTERIOUS AFFAIR AT STYLES, featuring her famous detective, Hercule Poirot, was published. This is therefore a very appropriate moment to publish a new edition of her works, and I am delighted that HarperCollins has chosen to work with New Star on these new editions. New Star is China's top crime publisher, and has a strong and dedicated editorial staff and a continued passion for Agatha Christie, making them the ideal partner. It is the right time to make these classic books available in modern translations and so to bring Agatha Christie's books anew to her many fans in China, giving them a new reason to re-read these much-loved stories, as well as introducing them to a whole new audience. How delighted Agatha Christie would have been that her stories (as she called them) are still giving so much pleasure to so many people all over the world!

I think there are two very remarkable things about Agatha Christie's stories. The first is that they are so adaptable. It doesn't really matter which language they appear in, the stories and the plots still give the same thrill, still provide the same puzzles, and the characters still have the same attraction. Readers in China will I am sure enjoy Hercule Poirot and Miss Marple just as much as we do in England, and readers in China will still be transfixed by the surprises and horrors of AND THEN THERE WERE NONE, one of the great classics of 20th century detective fiction, as we are here.

Agatha Christie

The second is that the stories give a wonderful picture of England, particularly rural England, at the time Agatha Christie lived. She wrote books from 1920 until 1970 but it is sometimes hard to tell which part of her life each book was written in. Her characters and the life they lived were very much the same. The life we all live is changing very quickly these days but "the Agatha Christie world" stays the same. Perhaps the Miss Marple stories provide the best example of this, and in some ways THE BODY IN THE LIBRARY and NEMESIS are quite similar, despite the fact that thirty years elapsed between the time they were written.

Perhaps I might end by mentioning three Agatha Christies (other than the ones mentioned above) which I think demonstrate why she is so popular, even in the twenty-first century. The first is MURDER ON THE ORIENT EXPRESS, one of the most famous with one of the most ingenious and human plots. Read this on one of your long train journeys in China! Next is A MURDER IS ANNOUNCED, a Miss Marple which was her 50th book. It has my favourite murderer in it! And last is ENDLESS NIGHT — a story about evil and how it affects three young people, written at the time when I knew her best, and understood how deeply she cared and sympathised with young people and the world they lived in.

Whichever are your favourites I hope you enjoy these stories that New Star are introducing to you again. I think it is a great publishing event.

Mathew

Grandson of Agatha Christie
Chairman of Agatha Christie Ltd

致中国读者
(午夜文库版阿加莎·克里斯蒂作品集序)

在未来的几年中,我们将要筹备两个非常重要的关于阿加莎·克里斯蒂的纪念日。二〇一五年是她的一百二十五岁生日——她于一八九〇年出生于英国的托基市;二〇二〇年则是她的处女作《斯泰尔斯庄园奇案》问世一百周年的日子,她笔下最著名的侦探赫尔克里·波洛就是在这本书中首次登场。因此,新星出版社为中国读者们推出全新版本的克里斯蒂作品正是恰逢其时,而且我很高兴哈珀柯林斯选择了新星来出版这一全新版本。新星出版社是中国最好的侦探小说出版机构,拥有强大而且专业的编辑团队,并且对阿加莎·克里斯蒂的作品极有热情,这使得他们成为我们最理想的合作伙伴。如今正是一个良机,可以将这些经典作品重新翻译为更现代、更权威的版本,带给她的中国书迷,让大家有理由重温这些备受喜爱的故事,同时也可以将它们介绍给新的读者。如果阿加莎·克里斯蒂知道她的小故事们(她这样称呼自己的这些作品)仍然能给世界上这么多人带来如此巨大的阅读享受,该有多么高兴啊!

我认为阿加莎·克里斯蒂的作品有两个非常重要的特征。首先它们是非常易于理解的。无论以哪种语言呈现,故事和情节都同样惊险刺激,呈现给读者的谜团都同样精彩,而书中人物的魅力也丝毫不受影响。我完全可以肯定,中国的读者能够像我们英国人一样充分享受赫尔克里·波洛和马普尔小姐带来的乐趣;中国读者也会和我们一样，读到二十世纪最伟大的侦探经典作品——比如《无人生还》——的时候，被震惊和恐惧牢牢钉在原地。

第二个特征是这些故事给我们展开了一幅英格兰的精彩画卷，特别是阿加莎·克里斯蒂那个年代的英国乡村。她的作品写于二十世纪二十年代至七十年代间，不过有时候很难说清楚每一本书是在她人生中的哪一段日子里写下的。她笔下的人物，以及他们的生活，多多少少都有些相似。如今，我们的生活瞬息万变，但"阿加莎·克里斯蒂的世界"依旧永恒。也许马普尔小姐的故事提供了最好的范例：《藏书室女尸之谜》与《复仇女神》看起来颇为相似，但实际上它们的创作年代竟然相差了三十年。

最后，我想提三本书，在我心目中（除了上面提过的几本之外）这几本最能说明克里斯蒂为什么能够一直受到大家的喜爱。首先是《东方快车谋杀案》，最著名，也是最机智巧妙、最有人性的一本。当你在中国乘火车长途旅行时，不妨拿出来读读吧！第二本是《谋杀启事》，一个马普尔小姐系列的故事，也是克里斯蒂的第五十本著作。这本书里的诡计是我个人最喜欢的。最后是《长夜》，一个关于邪恶如何影响三个年轻人生活的故事。这本书的写作时间正是我最了解她的时候。我能体会到她对年轻人以及他们生活的世界关心至深。

现在新星出版社重新将这些故事奉献给了读者。无论你最爱的是哪一本，我都希望你能感受到这份快乐。我相信这是出版界的一件盛事。

阿加莎·克里斯蒂外孙
阿加莎·克里斯蒂有限责任公司董事长
马修·普理查德
二〇一三年二月二十日

阿加莎·克里斯蒂侦探小说全集㉚

葬礼之后
After the Funeral

Agatha Christie®

［英］阿加莎·克里斯蒂 著
苏国梁 译

新 星 出 版 社　NEW STAR PRESS

献给詹姆斯,
以纪念艾布尼的那段欢乐时光

科尼利厄斯·阿伯内西—科拉莉·巴辛顿

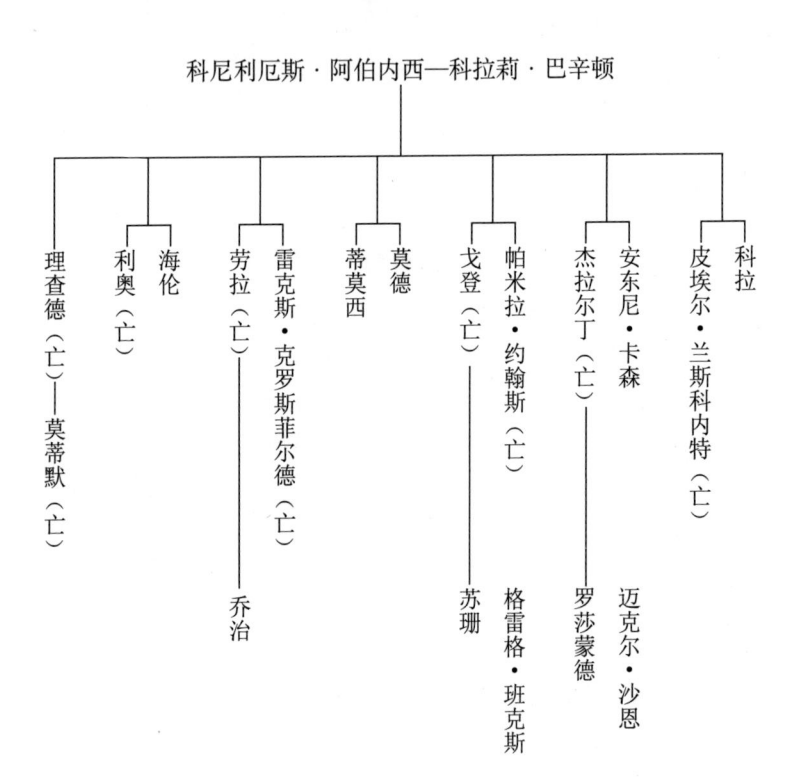

- 理查德（亡）— 莫蒂默（亡）
- 利奥（亡）
- 海伦
- 劳拉（亡）
- 雷克斯·克罗斯菲尔德（亡）— 乔治
- 蒂莫西
- 莫德
- 戈登（亡）— 苏珊
- 帕米拉·约翰斯（亡）— 格雷格·班克斯
- 杰拉尔丁（亡）— 罗莎蒙德
- 安东尼·卡森 — 迈克尔·沙恩
- 皮埃尔·兰斯科内特（亡）— 科拉

阿伯内西家族

第一章

1

老兰斯柯姆步履蹒跚地从一个房间走到另一个房间，把百叶窗依次拉开。他那双泪汪汪的眼睛周围皱纹满布，不时向窗外张望。

他们应该快从葬礼上回来了。他拖沓的步伐稍稍加快了一些，因为窗子太多了。

恩德比府邸是一幢哥特风格的巨大建筑，建于维多利亚时代。每个房间里都挂着厚重的锦缎或天鹅绒窗帘，已经有点儿褪色。有的墙面上仍挂着老旧的丝绸。老管家兰斯柯姆走进以绿色调为主的客厅，看了看壁炉台上挂着的肖像，画中人正是科尼利厄斯·阿伯内西，恩德比府邸就是为他建造的。他棕色的胡须气势汹汹地向前翘着，手扶着一个地球仪，实在无法辨别这种构图究竟是出于他本人的意愿，还是画家使用了某种象征手法。

真是一位强悍的绅士，老兰斯柯姆时常这么想，同时庆幸自己从未和他打过照面。理查德先生是他心中真正的绅士，是一位好主人，医生已经为他治疗了一段时间，主人还是猝然长逝。唉，莫蒂默少爷的去世给他造成了太大的打击，主人一直没能从悲痛中走出来。老人摇摇头,快步走进隔壁的白色卧室。太可怕了,那是一场真正的惨剧。那么年轻有为,那么健康强壮的一位绅士,你绝对想不到那种事会发生在他身上。可怜啊,实在是太可怜了。戈登先生又在战争中丧了命。噩耗接踵而至,现如今的情况就是这样。这一切对于主人来说实在太难以承受了。不过,就在一周前,他看上去还很健康。

白色卧室的第三扇百叶窗怎么也拉不上去,刚拉起来一点儿就卡住了。弹簧快不行了——应该是这里出了问题——这些百叶窗都太过老旧,就像这幢房子里的其他东西一样,而且这年头老物件都没办法修了。"太老了。"他们总这样说,同时鄙夷地摇着头——好像老东西根本没有新东西好!他可以明确地告诉这些人!一半的新东西都是华而不实的廉价货——刚拿到手就完蛋了。材料劣质,手工就更不用说了。是的,没错,他可以明确地告诉他们。

看样子,除了搬个梯子来,真的别无他法了。近些年,他很不喜欢爬梯子,总令他头晕目眩。算了,就让它维持这样吧,应该没什么关系,这间卧室的窗户不在房子正面,人们坐车从葬礼上回来时应该也看不到——而且这卧室似乎从没用过。这是间淑女的闺房,而恩德比已经很久没有出现过淑女了。莫蒂默先生没结婚,真是太可惜了。他老是跑去挪威垂钓,去苏格兰打猎,或是去瑞士溜冰滑雪,却没想着娶一位贤惠温柔的淑女,早日安定下来,在家里看着满屋的孩子嬉闹,尽享天伦之乐。这幢房子里也很久没有出现过小孩的身影了。

兰斯柯姆的脑海里清晰地浮现出过去的一段时光——比过去这二十年的记忆清晰多了,过去二十年的记忆模糊、混杂。人来人往的,他很难记清楚。但那段老时光的记忆却历历在目。

对于他年轻的弟弟妹妹们来说，比起兄长，理查德先生更像是位父亲。二十四岁那年，父亲去世，他立刻接手了父亲的事业，每天准时外出工作，让这个家庭继续享受奢华富足的生活。小姐和少爷互相陪伴、成长，是个非常和睦的家庭。当然，不时也有口角，那几个女家庭教师当时可是吃尽了苦头！都是些懦弱的家伙，兰斯柯姆总是瞧不起那些女家庭教师。那会儿小姐们精力旺盛极了，尤其是杰拉尔丁小姐。当然，还有科拉小姐，尽管她年纪小很多。现如今，利奥先生去世了；劳拉小姐也是；蒂莫西先生沉浸在悲痛中，已然成了废人；杰拉尔丁小姐死在海外；戈登先生在战争中丧了命；理查德先生虽然是最年长的，到头来却成了兄弟姐妹中最强壮的一个；不过不能算是最长寿的，因为蒂莫西先生还健在；还有科拉小姐，嫁给了一个惹人厌烦的艺术家。兰斯柯姆已经二十五年没见过她了，她和那家伙出走的时候还是个年轻漂亮的姑娘，如今，他几乎快认不出她来了，身材矮胖，穿着做作，佯装出一副艺术家的姿态！她丈夫是法国人，或者有些法国血统——嫁给那种人绝不会有好下场！不过科拉小姐向来有些——幼稚，换句好听点儿的话说，单纯。每个家庭都会出一位这样的人物。

她还记得他。"哟，是兰斯柯姆！"她看见他似乎很高兴。啊，他们几个过去都很喜欢他，每当晚宴时，他们总是偷偷摸摸地跑到餐具室，而他会从餐厅里端出来的餐盘里拿些果冻和奶油布丁分给他们。那时他们都认识老兰斯柯姆，而现如今，没几个人记得他是谁了。年轻的一代，他也区分不出谁是谁，他们只知道他是这家里服侍了很多年的老管家，仅此而已。当他们来参加葬礼时，他自顾自地想着，都是些陌生人——一群惹人厌烦的陌生人！

这当中不包括利奥夫人——她不同。和利奥先生结婚后，夫妻二人不时会前来拜访。利奥夫人，她可是位淑女——真正的淑女。衣着得体，发型优雅，一举一动都符合自己的身份地位。主人一向很喜欢她。可惜她和利奥先生到现在还没孩子……

兰斯柯姆回了回神。还有一大堆事情等着他呢，在这儿傻站着回忆往昔有什么用？楼下的百叶窗都拉开了，他应该让珍妮上楼去把卧室的窗子也打开。他、珍妮和厨娘参加完教堂的葬礼仪式之后就回来了，把百叶窗都打开，准备午餐。当然了，必须得是冷餐。火腿、鸡肉、牛舌和沙拉，甜点是柠檬奶酥和苹果馅饼。先上热汤——他们过不了一两分钟就回来了，他最好去看看玛乔丽都准备好了没有。

兰斯柯姆加快脚步，穿过房间。视线不经意间被壁炉架上的肖像吸引过去——这一幅和客厅里挂的那幅是一对。画中的白绸缎服装和珍珠画得细致极了，而穿戴着这些衣服和珠宝的主人公则被掩盖在当中，夺走了一些光彩。她容貌温婉，玫瑰蓓蕾般的嘴唇，中分的长发，是一位娴静、谦虚的女性。科尼利厄斯·阿伯内西太太，关于她，唯一值得一提的也就是她的名字了——科拉莉。

自从六十多年前发迹以来，科拉家族面粉企业和附属的科拉制鞋公司一直收益不错。没人知道科拉家族的企业究竟有什么特别之处——但这个家族的事总引得大众遐想不已。正是因为这个财力雄厚的家族企业，这座新哥特式的宫殿，连同周围数英亩的花园才得以建成。科拉家族还保证七个子女能按时拿到钱，由于这笔定期收入，三天前去世的理查德·阿伯内西非常富有。

2

兰斯柯姆把头伸进厨房，催促了两声，结果被玛乔丽教训了几句。厨娘玛乔丽非常年轻，不过二十七岁，她一直是兰斯柯姆的眼中钉，因为她压根儿不符合他心中合格厨师的标准。对于兰斯柯姆的头衔，她也毫不尊重。总说这房子是幢"古旧的阴森陵墓"，还不时抱怨厨房太大，又是洗涤区，又是食物贮藏区，还说什么"从前到后走一遍都得花一整天时间"。她在恩德比已有两年时间了，留下来没有辞职，一是因为丰厚的薪水，二是因为阿伯内西太太非常喜欢她精湛的厨艺。珍妮站在料理台旁边喝茶，她是个年老的女仆，虽然总喜欢和兰斯柯姆斗嘴，但一直和他站在同一战线，对抗以玛乔丽为首的年轻一辈。厨房里的第四个人是到厨房来搭把手的杰克斯夫人，她似乎很喜欢葬礼。

"太美了这实在是，"她倒满一杯茶，优雅地闻了闻，说道，"十九辆车，教堂里的人塞得满满当当。牧师的祷告词美极了，我想。今天可真是个举行葬礼的好日子。啊，可怜的阿伯内西先生，像他这样的人，世上没剩几个了。没有一个人不尊敬他。"

汽车喇叭响了一声，紧接着是汽车驶近的声音。杰克斯太太立刻放下茶杯，高声说："他们到了。"

玛乔丽把瓦斯炉打开，上面搁着一大锅奶油鸡汤。铸造于维多利亚时期的巨大炉灶冷冰冰地矗立在一旁，像是纪念往日时光的祭坛。

汽车一辆接一辆地停下来，身着黑衣的人们犹犹豫豫地穿过门厅，走进绿色的客厅。钢质壁炉里的火熊熊燃烧着，驱散着萧瑟秋日的习习凉意，缓和葬礼肃杀的气氛。

兰斯柯姆端着银质托盘走进房间，把雪利酒送给客厅里的人。

恩特威斯尔先生——历史悠久、声誉卓越的博拉尔德-恩特威斯尔公司的资深合伙人——正靠在壁炉旁取暖。他接过一杯雪利酒,用他那律师特有的锐利目光打量着屋子里的人。并非所有人都是他的旧识,所以有必要一一弄清楚。葬礼前的介绍毕竟既仓促又敷衍。

应该先夸老兰斯柯姆两句,恩特威斯尔先生暗暗想着:"这可怜的老家伙,手脚越老越不利索了——就算他活到九十岁我也一点儿都不惊讶。是啊,他有那笔丰厚的养老金,什么都不用操心了。忠诚的人啊,如今这种老式仆人早就绝迹了。现在尽是些帮佣、临时保姆,上帝救救我们吧!多么悲惨的世界。没准儿可怜的理查德早早去世是件好事,这世上真没什么东西值得让他继续活下去了。"

对于今年七十二岁的恩特威斯尔先生来说,理查德·阿伯内西只活到六十八岁,确实是走得太早了。恩特威斯尔先生两年前就退休了,但身为理查德·阿伯内西的遗嘱执行人,出于对这位老主顾和老朋友的尊敬,他还是不辞辛劳赶到了北方。

他一边回想遗嘱中的条款,一边暗自审视着这家人。

利奥夫人——海伦,当然了,他很熟悉。是一位非常迷人的女士,他很喜欢,也很尊敬她,他赞许的目光落在她身上。此刻她正站在窗边,黑色配她再合适不过了。她身材保持得很好。他喜欢她那棱角分明的面孔,从太阳穴向后梳拢的灰色头发,还有那对矢车菊一样的眸子,依旧湛蓝湛蓝的。

海伦今年多大了?大概五十一二岁,他寻思。很奇怪,利奥死后她没有改嫁。一个很有魅力的女人。啊,不过他们夫妇非常恩爱。

他的目光移到蒂莫西夫人身上。他不是很了解她。黑色不适合她——她穿着一件乡村粗花呢外套,看得出非常能干。她一直是蒂莫西先生忠心的好妻子。细心照料他的健康,为他大大小小的事务操心——或许有些操心过头了。蒂莫西真的生病了吗?在恩特威斯尔先生看来,不过是臆想症罢了。理查德·阿伯内西也这么认为。"他小的时候,心肺很虚弱,"他过去曾说,"可我不认为他现在有什么大不了的毛病。"唉,是啊,每个人都有自己的嗜好。蒂莫西的嗜好就是没完没了地为自己的健康担心。蒂莫西夫人是不是被他骗了?应该不可能——但女人就算知道被骗了也绝不会承认。蒂莫西的日子肯定过得很舒服。在开销方面,他从来都不节省。不过附加税可是逃不了的——在如今这种税制下。估计战后他得精打细算,缩减开销了。

恩特威斯尔先生的注意力转移到劳拉的儿子,乔治·克罗斯菲尔德身上。劳拉的丈夫是个体面的人物,自称是股票经纪人。乔治则在一家律师事务所工作——不是什么有名的事务所。他长得很英俊,不过看起来很有心机。他的日子应该也挺拮据。劳拉在投资方面是个彻头彻尾的傻瓜,五年前去世的时候几乎什么都没留下。她当年可是个既漂亮又浪漫的姑娘,但对理财一窍不通。

恩特威斯尔先生把目光从乔治·克罗斯菲尔德身上移开。那两个女孩是谁?啊,没错,盯着孔雀石桌上的风蜡花的那位,是杰拉尔丁的女儿——罗莎蒙德。漂亮的姑娘,的确美极了——一副无知愚蠢的长相。她从事演艺工作,在一个定期换演剧目的剧团演出,嫁给了一个演员——一个长相很出众的家伙。"而且很清楚自己的优点,"恩特威斯尔先生暗自评价,他很不喜欢这些从事演艺工作的人,"不知道到底是什么背景,从哪儿冒出来的。"

他目光鄙夷地看着迈克尔·沙恩,看着他那飘逸的金发散发出的野性魅力。

另一个女孩是戈登的女儿苏珊,如果她上了舞台,绝对比罗莎蒙德要强。她更有个性,或许在日常生活中,这种个性太突出了一点儿。她站得离他很近,恩特威斯尔先生便暗暗观察起她来。深色头发,浅褐色——近乎金色的眼睛,一张忧郁迷人的嘴。旁边站着她的新婚丈夫——据他所知,是个药剂师助手。说真的,药剂师助手!在恩特威斯尔先生的观念里,女孩绝不应该嫁给一个站在柜台后面为别人服务的人。不过,当然了,如今这个年代,她们可以嫁给任何人!这个年轻人长相毫无特色,脸色很苍白,淡茶色的头发,看上去似乎很不自在。恩特威斯尔还是宽容地把这种表现归咎于他见到妻子的这么多亲戚,过于紧张。

他的最后一个观察对象是科拉·兰斯科内特。把她留到最后倒也公平,科拉是理查德最小的妹妹,可以算是这一家的编外成员——她母亲生她时正好五十岁。那个温柔的女人没能安然渡过这第十次生产——其他三个孩子都早夭了。可怜的小科拉!一生都无比尴尬,长得高大笨拙,还不时脱口说出些不合时宜的话。哥哥姐姐们对她都很好,总是尽量掩盖她的不足,弥补她的过失。谁都没想到科拉竟然会结婚,她向来不是个有魅力的姑娘,却总是明目张胆地主动接近年轻男子,让他们避之唯恐不及。接下来,恩特威斯尔先生笑了笑,接下来就该说说兰斯科内特的事了——皮埃尔·兰斯科内特,有一半法国血统,当时,科拉在一家艺术学校学习水彩花卉画,后来不知为什么,改选了生活指导课程,在那儿遇见了皮埃尔·兰斯科内特,然后回家宣布准备和他结婚。理查德·阿伯内西极力反对——他很不喜欢这位皮埃尔·兰斯科内特，怀疑这个年轻人只是想娶个有钱人做妻子。正当他调查兰斯科内特的背景时，科拉和这家伙私奔了，还结了婚。婚后的大部分时间里，他们都住在布列塔尼和康沃尔，还有一些画家们惯常居住的地方。身为一个画家，兰斯科内特糟糕透顶，作为男人也一样，但科拉对他一心一意，她一直都愿意原谅家人对待自己丈夫的态度。理查德非常慷慨地接济了科拉一些钱，恩特威斯尔相信，多亏了这笔钱，他们才得以维持生活。他甚至怀疑兰斯科内特是否曾经赚过一分钱。他已经死了十二年了，或者更久，恩特威斯尔先生想，现如今，他的遗孀就站在这里，体形鼓得像个靠垫，裹着精致的黑衣，戴着黑玉珠链，回到了自己童年时的家，东摸摸西瞧瞧，回想到童年的事便高兴地叫起来。对于长兄的死，她倒是没费心装出悲痛的模样。不过，恩特威斯尔先生立刻想到，科拉从不伪装自己。

再次进入客厅，兰斯柯姆用得体的低哑声音说："午餐已经准备好了。"

第二章

在享用了美味的鸡汤，配着夏布利酒，品尝过各式各样精美的冷盘后，葬礼的阴郁气氛稍稍得以缓解。在座的没有一个人因为理查德·阿伯内西的死而真正感到悲痛，因为他们和他的关系并不亲密。这种悲痛的举止只是出于适度的尊重和自持——除了无法自持的科拉，她显然很享受这一切。而现在，该遵守的礼仪都已履行完毕，可以恢复正常的交谈了。恩特威斯尔先生很认可这种态度。他经历过不少葬礼，懂得如何把控葬礼的节奏。

用餐完毕后，兰斯柯姆引导众人到书房喝咖啡。这正是他心思机敏的表现。是时候谈正事了——换句话说，那份遗嘱——该好好聊聊了。书房里满是书架和厚重的红色天鹅绒窗帘，聊这件事，这种氛围再适合不过了，他把咖啡端给众人之后，便默默退了出去，关上了门。

心不在焉地闲聊了几句后，每个人都试探地看向恩特威斯尔先生。他立即做出回应，扫了一眼手表。

"我要赶三点三十分的火车。"他张口说道。

其他人似乎也都得赶这班火车。

"大家都知道，"恩特威斯尔先生说，"我是理查德·阿伯内西先生的遗嘱执行人——"

他的话被打断了。

"我就不知道,"科拉·兰斯科内特的语气很欢快,"是你吗?他留给我了什么吗?"

这不是恩特威斯尔先生第一次觉得科拉在不合时宜的时候开口。

他用眼神制止她,继续说:

"就在一年前,理查德·阿伯内西先生的遗嘱还非常简单。除了部分财产外,其他的一切都留给他的儿子——莫蒂默。"

"可怜的莫蒂默,"科拉插话,"脊髓灰质炎实在是太可怕了!"

"莫蒂默的死是个悲惨的意外,来得很突然,给理查德造成了很大的打击。他花了几个月的时间才恢复过来。我当时提醒他,最好重新立一份遗嘱。"

莫德·阿伯内西语气低沉地问:

"要是他没立下新遗嘱会怎么样?是不是所有遗产都归蒂莫西——我的意思是,归他最近的亲人?"

恩特威斯尔先生打算给她上一课,好好讲讲什么是最近的亲人,想了想,还是作罢了,一字一句接着说道:

"理查德听从了我的建议,决定立一份新遗嘱。然后,在那之前,他打算多了解一下年轻的一代。"

"他是想先看看货再决定,"苏珊突然大笑起来,"先是乔治,接着是格雷格和我,然后是罗莎蒙德与迈克尔。"

格雷格·班克斯瘦削的脸庞变得通红,突然说道:

"我觉得你不该这么说,苏珊,先看货再决定,太过分了!"

"可事实就是这样,不是吗,恩特威斯尔先生?"

"他留给我什么东西了吗?"科拉又问了一遍。

恩特威斯尔先生轻咳了两声,语气冰冷地说:

"我准备给在座的每一位寄一份遗嘱副本。如果你们要求，我现在也可以从头到尾为各位读一遍，不过对你们来说，里面都是些晦涩难懂的法律措辞。简单来说就是：一些小的遗物和一笔实际的遗产留给兰斯柯姆作为养老金，除此之外，绝大部分的资产——数量相当庞大——将被等分成六份。当中的四份，完税后留给理查德的弟弟蒂莫西，他的外甥乔治·克罗斯菲尔德，他的侄女苏珊·班克斯以及他的外甥女罗莎蒙德·沙恩。剩下的两份将存入信托基金，收益归他弟弟利奥的遗孀海伦·阿伯内西与他妹妹科拉·兰斯科内特所有，她们有生之年都享有这项收益。她们死后，这项收益将会被平分，由其他四位受益人或他们的后代平均继承。"

"实在是太好了！"科拉的感激之情溢于言表，"一份收益！能有多少钱？"

"我——呃——目前没办法确定。遗产税，当然了，会非常重，而且——"

"你不能给我说个大概数目吗？"

恩特威斯尔先生意识到，必须得给出一个数字才能让她满足。

"大概每年三千到四千英镑之间。"

"太棒了！"科拉说道，"我终于能去卡普里岛了。"

海伦·阿伯内西缓缓地开口：

"理查德真是慷慨善良。我很感激他对我的情义。"

"他很喜欢你，"恩特威斯尔先生说，"几个弟妹中，他最喜欢利奥先生，而利奥先生去世后，理查德先生很感激你时常来探望他。"

海伦遗憾地说：

"我当时要是知道他的病有那么严重就好了——他去世前没多久我还来看望过他，虽然知道他有病在身，但没料想到竟然那么严重。"

"一直都很严重，"恩特威斯尔先生说，"只不过他不想提起，我相信没人能料到他会去得这么快，就连医生也感到很意外。"

"'猝死于家中'，报纸上是这么写的，"科拉点点头，"不过，我得知后非常惊讶。"

"这对我们每个人来说都难以置信，"莫德·阿伯内西说，"对蒂莫西的打击实在太大了。他一直这么说，太突然了，实在太突然了。"

"话虽这么说，他还是严守了秘密，不是吗？"科拉回道。

屋里的人都把目光聚集在她身上，这令她有些不安。

"我想你们说得都很对，"她连忙补充，"非常正确。我的意思是——也没什么好处——把这种事情公之于众，弄得大家都不愉快。这种事情只有我们自家人知道就行了。"

望着她的一张张面孔变得更茫然了。

恩特威斯尔先生向前凑了凑身子：

"说真的，科拉，恐怕我不太明白你的意思。"

科拉·兰斯科内特瞪大双眼，环视书房里的家人。她像只小鸟一样把头偏向一旁。

"可他是被谋杀的，不是吗？"她说。

第三章

1

开往伦敦的火车上,恩特威斯尔先生坐在头等车厢的一角,想着科拉·兰斯科内特那句不寻常的话,越发不安起来。当然了,科拉是个精神不太正常的蠢女人,在她还是个小女孩时,大家就发现她常会脱口说出一些令人难堪的实话。不,他的意思不是"实话"——用这个词很不妥。应该是"令人尴尬的话"——这么说好多了。

他回忆起科拉说出那句不祥的话之后的情形。那么多双混杂着震惊和谴责的目光全部盯着她,科拉似乎意识到自己那句话的严重性了。

莫德惊呼起来:"真是的!科拉!"乔治说:"我的好姑妈科拉。"不知谁说了句:"你什么意思?"

当下,科拉·兰斯科内特立刻感到罪大恶极,窘迫至极,焦急地吐出一串断断续续的句子。

"哦,太抱歉了——我的意思不是——哦,当然了,我真是太蠢了,但我只不过是听了他说的,所以——哦,当然了,我知道这没什么不对,只是他死得那么突然——请把我说的话都忘了吧——我并非故意这么愚蠢——我知道自己总是口无遮拦。"

不安的气氛没过多久就消失了，人们讨论起一些实质问题，关于理查德·阿伯内西私产的处置问题。恩德比府邸和里面的所有东西，恩特威斯尔先生补充说明，这些都将被拍卖。

科拉的过失很快就被大家遗忘了。毕竟，她总是天真到令人难堪的地步——如果不能称为不正常的话。她完全不知道什么该说什么不该说。未成年的时候还没什么大碍，人们顶多说句"童言无忌"，一笑置之，可如果到了近五十岁还童言无忌，就实在说不过去了。她总是突然说出些不受欢迎的实话——恩特威斯尔先生的思绪突然中断了，这个令人不安的词语第二次出现了。实话。为什么这两个字令人如此不安？当然了，是因为科拉脱口而出的话语里总是藏着尴尬与难堪。他们每每因为她的话而感觉难堪，是因为里面或多或少包含着真相！

尽管这个体形臃肿的妇人已经四十九岁，外表和当年那个呆傻女孩也没有几分相似之处，但恩特威斯尔先生还是能从她身上找到一些科拉的怪癖——每当她说出某些使人厌恶的话时，脑袋总像小鸟一样偏向一旁——摆出一副满心期待的愉快神态。带着这种神态，科拉曾评价过厨房女仆的身形："莫莉的肚子那么鼓，简直没办法靠近料理台了。看起来好像已经怀孕八九个月了，我真好奇她为什么会变得这么胖？"

科拉立即被人堵住了嘴。阿伯内西家族的家风沿袭了维多利亚时期那种严厉的管教方式。那个厨房女仆第二天没有出现，经过一番调查之后，一个园丁被下令娶她为妻，并分到了一间小农舍。

很久以前的事了——但其中的确有些道理……

恩特威斯尔先生进一步审视自己不安的原因。科拉那句荒谬的话里究竟有什么东西触动了他的潜意识？从她的话里，他抽出两句,"但我只不过是听了他说的——"和"只是他死得那么突然……"

恩特威斯尔先生从第二句话开始探究。没错,理查德的死,按照常理,的确可以说是很突然。他曾和理查德本人还有理查德的医生讨论过病情,医生坦白地告诉过他,照理查德目前的状况,不能指望长命百岁,但如果好好保重自己,再活两年甚至三年应该不成问题。兴许还能更久——不过可能性不大。无论如何,医生并没有预测短期内的死亡。

看样子,医生错了——不过医生从没有把握能确切了解每个病人对于疾病的反应,这一点,医生自己也承认。有些完全没有希望的病人反倒康复了,而一些恢复得很好的病人却病情突然恶化死去。关键在于病人自己的生命力,在于他们内在的求生欲。

理查德·阿伯内西是个生命力旺盛的强壮男子,却丧失了继续活下去的动力。

六个月前,他唯一在世的儿子莫蒂默染上了脊髓灰质炎,不到一周就病逝了。他的死对理查德来说简直是晴天霹雳。他那么强壮,生机勃勃,热衷于四处冒险,擅长各种运动,人们总说他从没有生过一天病。当时他正要和一位迷人的少女订婚,他父亲未来的全部希望都寄托在这个令他十分满意的宝贝儿子身上。

悲剧降临。未来对于理查德·阿伯内西来说已经没有意义,徒留丧子的悲痛。一个儿子出生没多久就夭折了,第二个还没有任何子嗣就病逝了。他没有孙子。事实上,阿伯内西已后继无人,谁来继承他的财产,接管他的事业?

恩特威斯尔先生知道,这件事让理查德十分忧心。他唯一在世的弟弟和废人没有两样,剩下的就是年轻一代了。律师琢磨,理查德虽然没这么说,但他早有打算,除去一些已确定归属的次要遗产，他打算从年轻一代中选出一个继承人。就恩特威斯尔先生所知，他去世前的最后半年里，他邀请他们和他生活在一起，依次是他的外甥乔治，侄女苏珊和苏珊的丈夫，外甥女罗莎蒙德和罗莎蒙德的丈夫以及他的弟媳利奥的太太海伦。恩特威斯尔律师估计，继承人应该是从前三位当中选出。他估计，理查德邀请海伦·阿伯内西完全是出于个人的情感，可能是想征求她的意见，因为理查德一向看重她的判断力和审时度势的能力。恩特威斯尔先生也记得，在那六个月里，理查德曾短暂拜访过他的弟弟蒂莫西。

最后的处理结果就是律师公文包里的这份遗嘱，所有遗产平均分配。因此，唯一的结论就是，他对他的外甥、外甥女、侄女都很失望，让他失望的可能还包括外甥女和侄女的丈夫们。

就恩特威斯尔先生所知，理查德当时并没有邀请他的妹妹，科拉·兰斯科内特来拜访他——这一点让律师又想起科拉脱口而出的那一串毫无条理的话——"但我只不过是听了他说的——"

理查德·阿伯内西究竟说了什么？什么时候说的？如果科拉没有来过恩德比，那么理查德·阿伯内西一定去过她在伯克郡艺术村落里的那幢小别墅。又或是理查德在写给她的信里说了些什么？

恩特威斯尔先生皱起眉头。当然了，科拉是个非常愚蠢的女人。她很容易就会误解一句话，歪曲话中的意思。不过他很好奇，到底是什么话能被误解成……

这种强烈的不安让他考虑，是否应该拜访兰斯科内特夫人。不能太着急，最好装作没什么大不了的。但他很想弄清楚理查德·阿伯内西究竟对她说过什么，让她能够轻松地脱口说出那句令人震惊的话：

"可他是被谋杀的,不是吗?"

2

同一班列车尾端的三等车厢里,格雷格·班克斯对妻子说:"你那个姑姑简直是个疯子!"

"科拉姑姑?"苏珊有些含糊地说,"哦,是,我想她是有点儿过于单纯之类的。"

乔治·克罗斯菲尔德坐在他们对面,语气尖锐地说:

"必须阻止她到处乱说这种话,人们听到了会胡思乱想的。"

罗莎蒙德·沙恩正拿着口红,细致地勾勒她那丘比特之弓般的嘴唇,喃喃地说:

"我不认为有人会相信一个衣着邋遢的老太婆嘴里的话,瞧她穿的那些奇怪衣服,还有那些珠珠串串——"

"话虽如此,我还是认为必须得制止她。"乔治说。

"好吧,亲爱的,"罗莎蒙德笑着收起口红,满意地望着镜子中的自己,"要阻止,你去。"

她丈夫突然插话:

"我同意乔治的观点。确实很容易引起人们的风言风语。"

"就算真的如此,又有什么关系呢?"罗莎蒙德思量着这个问题,她那丘比特之弓一般的嘴唇两端向上翘起,露出微笑。"应该会很有趣。"

"有趣?"四个声音异口同声问道。

"家中发生了谋杀案,"罗莎蒙德回应,"很惊险刺激,不是吗?"

神色紧张、闷闷不乐的年轻人格雷格·班克斯意识到,苏珊的这个表妹，除了吸引人的外貌之外，和她姑妈科拉多少有些相像之处。罗莎蒙德接下来说的话进一步证实了他的这种想法。

"如果他真是被人谋杀的，"罗莎蒙德说，"你们认为是谁干的？"

她若有所思地环视整个车厢。

"他的死对我们每个人来说都有好处，"她想了想说道，"迈克尔和我已经到了山穷水尽的地步。迈克尔在'桑德波恩秀'里有一个很好的演出机会，如果他能坚持等到那个时候的话。现在我们有钱了，只要我们想，就可以推出我们自己的戏。事实上，有出戏里有个非常精彩的角色——"

没有人在听罗莎蒙德沉溺在狂喜中的唠叨。他们的注意力都转移到自己即将改变的未来上。

"真是命悬一线，"乔治心想，"现在我可以把那笔钱补上，永远不会有人发现……不过，差一点儿就露馅了。"

格雷格闭上双眼，仰靠在椅背上，避免受到他人干扰。

苏珊用她特有的尖利嗓音说："我真为可怜的理查德叔叔感到难过。不过他年纪已经非常大了，再加上莫蒂默也死了，他活着真没什么盼头，一年又一年像个废人似的活下去，对他来说一定很可怕。像现在这样安安静静地突然辞世，对他来说再好不过了。"

她那双闪烁着自信的犀利眼神一看见丈夫，立刻变得温柔起来。她很爱格雷格，她总隐约觉得，格雷格没有像她爱他一样地爱着她——不过这反而增加了她的激情。格雷格是她的，为了他，她可以做任何事，任何事……

3

恩德比府邸。莫德·阿伯内西换下衣服，准备去吃晚餐——她决定留在这里过夜。她不知道是否应该提出多待几天，帮海伦整理和打扫房子。一定全都是理查德的私人物品……也许会有信件……她猜测，所有重要的文件应该已经被恩特威斯尔先生拿走了。而她必须尽快赶回蒂莫西身边，没有她在身边照料，他总是很不安。她希望他在得知遗嘱的内容后能高兴一些。她知道，蒂莫西认为理查德的大部分财产应该归他所有，毕竟他是唯一仍在人世的姓阿伯内西的人，理查德的亲弟弟。理查德也完全可以将年轻一代交给他照顾。没错，她估计蒂莫西要是知道了遗嘱的内容之后肯定会很生气……这对他的肠胃很不好。而且说真的，每当生气的时候他都不太理智，有好几次甚至还失了分寸……她不知道是不是应该和巴顿医生聊一聊这种事情……那些安眠药——蒂莫西最近服得太多了——每当她想帮他保管药瓶子时，他就会大发雷霆。但那些药可能会造成危险——巴顿医生这么说过——服药的人可能会变得昏昏沉沉，忘了自己已经吃过了——然后服下更多的剂量。然后什么事都有可能发生！瓶子里现在没多少药了，按正常的剂量本应该剩下更多的……蒂莫西总不把吃药当回事，从来不听她的……有些时候他真的很不好对付。

她长叹一口气——心情瞬间明朗起来。接下来的日子就好过了。比如，花园……

4

绿色的客厅里，海伦·阿伯内西坐在壁炉旁，等着莫德下楼来共进晚餐。

她环顾四周,回忆起和利奥还有其他人在这里度过的旧时光。在过去,这幢房子里充满了欢声笑语,但像这样的房子需要足够多的人,需要嬉闹的孩童、穿梭的仆人、盛大的宴席和冬日里熊熊燃烧的炉火。当这屋子里只住着一位丧子的孤单老人,房子也变得悲伤了……

她很好奇,谁会买下这幢房子?会被改成一间旅馆还是会所,或是专供年轻人居住的旅社?像这样巨大的府邸如今都是这样处置的,没人会买下来自己住。也许会被拆掉,整体重建。想到这儿,她悲从中来,但很快坚定地压制了这种感觉。留恋往昔不是什么好事。这幢房子,过去的确充满了欢乐,有理查德和利奥,一切都很美好,但都已经成了过去。她有自己真正应该操心的事……而如今,有了理查德留给她的那笔收入,她就可以留在塞浦路斯的小庄园里,所有的计划都可以付诸实践。

为了钱,她一直饱受困扰——税金——所有那些失败的投资……多亏了理查德的钱,现金,都过去了……

可怜的理查德。在睡梦之中悄然辞世对他来说真是太仁慈了……就在二十二号,那么突然——她猜测,这就是科拉产生那个想法的原因。科拉真是太可恶了!一直都是。海伦记起有一次在国外遇见她,正是在她和皮埃尔·兰斯科内特婚后不久。那天碰面时她表现得格外呆傻,简直是愚蠢透顶。她歪着头武断地评价着画作,尤其是她丈夫的作品,那些评语一定让他很不舒服。没有任何男人能忍受一个白痴做自己的妻子,而科拉就是个白痴!哦,算了,可怜的东西,她也控制不了,而且她那个丈夫对她也不算太好。

海伦的目光停留在孔雀石桌上的一束风蜡花上,心不在焉地出神。当所有人都坐在这里等着出发去教堂时，科拉就坐在那张石桌旁，兴致高昂地回忆往昔的岁月，每记起一件事便兴奋不已。很显然，她非常高兴回到自己童年时生活过的家，高兴到忘了大家聚在一起是为了什么。

"或许，"海伦想，"她只是不像我们这么虚伪而已……"

科拉从不是一个注重规矩礼教的人。看她说出那句话时冒失的样子："可他是被谋杀的，不是吗？"

周围的每一张脸都震惊了，瞪大眼睛盯着她！那些脸上的表情真是千变万化……

那一幕清晰地浮现在海伦的脑海里，突然间，她皱起眉头……那画面里有某个地方不对劲儿……

某个地方……

某个人……

是某个人脸上某种特别的表情吗？是不是？还是某种——她该怎么描述——某种不该出现的东西……

她不确定……她找不出来……但当时肯定有某种东西、某个地方——有问题。

5

与此同时，在斯温登的一家自助餐厅里，一位女士戴着黑玉珠串，身着修身丧服，正在喝茶，吃圆餐包，展望着自己的未来。从她的表情看不出丝毫悲恸，她愉快极了。

这种穿越整个国境的旅行当然很折磨人，从伦敦回利契特圣玛丽就轻松多了——而且花费也贵不了太多。啊，花费现在一点儿也不重要了。她本来可能得和家人同行，没准儿一路上还得和他们交谈。太麻烦了。

没错,还是选这条路线比较好。这些圆餐包好吃极了。参加葬礼总会让人异常饥饿。恩德比的汤倒是很美味——还有冷蛋奶酥。

那群人多么自命不凡啊——多么虚伪!那些看着她的表情——当她说到谋杀的时候!他们一个个瞪大眼睛看着她的样子!

嗯,那么说一点儿也没错。她满意地点了点头,自我肯定。是的,一点儿也没错。

她扫了一眼钟表。离她乘坐的那班火车出站还有五分钟。她端起茶杯一饮而尽。不是什么好茶,她做了个鬼脸。

顷刻间,她做起了白日梦。梦见自己的未来一步步展开……想到这儿,她笑得像个快乐的孩童。

终于可以好好享受享受了……她一边在心里暗暗计划,一边走出餐厅,向支线上的一列小火车走去……

第四章

1

恩特威斯尔先生辗转反侧了一整夜。早晨醒来时依旧感觉很累，很不舒服，所以没有起床。

帮他料理家务的姐姐用托盘把早餐端到床边，严厉地教训他，以他的年纪，身体状况又不好，就不应该千里跋涉到北英格兰去。

恩特威斯尔先生解释说理查德·阿伯内西是他的老朋友了。

"葬礼！"他姐姐的语气听起来更不赞成了，"像你这种年纪的人还去参加葬礼，简直是不要命了！如果你再不好好照顾自己，就会和你那位宝贝阿伯内西先生一样，不知哪天突然断了气。"

"突然"这个词让恩特威斯尔先生畏缩了一下。也让他沉默下来，没和她继续争辩。

他很清楚自己为什么听到突然这两个字会如此畏缩。

科拉·兰斯科内特！她当时暗示的事情绝对不可能是真的，但无论如何，他决定弄清楚她说出那句话的原因。是的，他应该到利契特圣玛丽去找她。借口说有一些关于遗嘱认证的文件需要她签字，没必要让她察觉到自己是为了探究她那句愚蠢的话。他应该去拜访她——而且一定要快点儿动身。

他吃完早餐,靠在枕头上拿起一份《泰晤士报》。他发现今天的《泰晤士报》非常有趣。

当天晚上五点四十五分,电话铃响起。

他接起来。听筒那头的声音是詹姆斯·帕罗特,博拉尔德-恩特威斯尔公司的第二合伙人。

"听着,恩特威斯尔,"帕罗特先生说,"我刚接到一个名叫利契特圣玛丽的地方的警察打来的电话。"

"利契特圣玛丽?"

"没错,应该是——"帕罗特先生稍作停顿,语气似乎有些为难,"电话是关于科拉·兰斯科内特的,她不是阿伯内西的遗产继承人中的一个吗?"

"没错,当然了。我昨天才在葬礼上见过她。"

"哦?她去参加葬礼了,是吗?"

"是的。她怎么了?"

"呃,"帕罗特先生的语气带着一丝歉意,"她……这实在是太不寻常了……她被人,呃……谋杀了。"

帕罗特先生说出最后几个字时,语气极为鄙夷。他认为这种字眼永远都不应该和博拉尔德-恩特威斯尔公司扯上任何关系。

"被谋杀了?"

"是的——恐怕——是这样没错。呃,我是说,已经确定了。"

"警察是怎么找上我们的?"

"是她的贴身女仆还是管家什么的,吉尔克里斯特小姐。警察向她询问了科拉小姐的近亲和律师的名字,而吉尔克里斯特小姐好像不太熟悉她的亲戚以及他们的地址,但她知道我们,所以警方就立刻联系我了。"

"他们凭什么断定是谋杀？"恩特威斯尔先生追问道。

帕罗特先生带着歉意回答。

"呃，关于这一点，应该是没有任何疑问的——我是说，凶器好像是斧头之类的东西——非常暴力的杀人手法。"

"入室抢劫？"

"这的确是一种猜测。窗户被敲碎了，丢失了一些不值钱的小玩意，抽屉也都被翻找过了，但警察似乎认为有可能……呃……有可能是伪造的。"

"什么时候发生的事？"

"大概在今天下午两点到四点半之间。"

"当时那个管家在哪儿？"

"到雷丁的图书馆还书去了。她五点左右回来时，发现兰斯科内特夫人已经死了。警察想知道我们是否知道有谁可能对她下毒手，我回答他们说，"帕罗特先生的语气很愤慨，"我认为那是最不可能的事。"

"是的，当然了。"

"是当地某个鲁莽的蠢货——本想偷些东西，结果头脑一热把她杀了。肯定是这样——嗯，你说对不对，恩特威斯尔？"

"是，是……"恩特威斯尔先生心不在焉地回答。

他告诉自己，帕罗特先生说得没错。肯定就是这么回事……但他耳边又不安地响起科拉快活地说出的那句话：

"可他是被谋杀的，不是吗？"

真是个白痴，科拉，一直都是。如此胆大妄为……说一些惹人厌烦的实话……

实话！

又是这个该死的词……

2

恩特威斯尔先生和莫顿督察互相打量着对方。

按照督察的命令,恩特威斯尔先生严谨地把所有和科拉·兰斯科内特相关的资料找了出来。她的出身、婚姻、守寡、财务情况、亲戚等。

"蒂莫西·阿伯内西先生是她唯一还在世的哥哥,也是她最亲近的亲人,但他常年隐居,而且身体虚弱,的确没办法离开家。他已授权我,必要时替他做所有安排。"

督察点了点头。和这个精明的老律师打交道的确让他松了一口气。他指望这位律师能协助他早日解决眼前这令人迷惑的难题。

他说:

"我从吉尔克里斯特小姐那里得知,就在兰斯科内特夫人被谋杀的前一天,她去北部参加了她大哥的葬礼?"

"的确是这样,督察先生。我当时也在场。"

"当时她的行为举止没有什么异常、奇怪,或是担忧的样子吗?"

恩特威斯尔先生做出一副惊讶的模样,抬起眉毛。

"一个即将被谋杀的人行为举止通常都很异常吗?"

督察苦笑了一下。

"我并不是说她临死前有异常兴奋的状态或是表现出了什么征兆。不是那个意思,我只是希望发现一些细节——嗯,一些不同以往的细节。"

"我不太明白你的意思,督察先生。"恩特威斯尔先生说。

"这个案子不太容易理解,恩特威斯尔先生。凶手监视着这位吉尔克里斯特小姐,看着她两点左右从房子里出来,一路走到村子里,到了公共汽车站。凶手从柴棚里拿出预先藏好的斧头,砸碎玻璃,进入房子,上楼,用斧头杀了兰斯科内特夫人——凶残地砍死了她。共砍了六次到八次。"恩特威斯尔先生畏缩了一下——"嗯,没错,非常残忍的凶杀案。紧接着,凶手拉开几个抽屉,搜罗了一些不值钱的小玩意——加起来顶多价值十英镑,然后逃走了。"

"她当时在床上?"

"是的。她前一天从北部回来时已经非常晚了,很疲惫,但非常兴奋。据我所知,她继承了一些遗产?"

"没错。"

"她睡得很不好,醒来之后一直头疼。她喝了几杯茶,吃了一些止疼药,并吩咐吉尔克里斯特小姐午餐前不要打扰她。但还是感觉不舒服,因此又吃了两颗安眠药,接着她让吉尔克里斯特小姐搭公共汽车去雷丁的图书馆帮她换几本书。凶手闯进房间时,她就算没有睡着,应该也是昏昏沉沉的。他可以威胁她并拿走他想要的一切,或是轻而易举地塞住她的嘴。处心积虑地从外面带一把斧头进来,似乎有些过头了。"

"他没准儿只是想拿斧头恐吓她,"恩特威斯尔先生猜测,"如果她反抗就——"

"根据法医鉴定证据,没有任何反抗的迹象,所有证据似乎都显示,被袭击时她正安详地侧躺在床上酣睡。"

恩特威斯尔先生心神不宁地换了个坐姿。

"我以前的确听说过这种惨无人道、毫无道理的谋杀案。"他指出。

"哦,是的,没错。这起案件很有可能也是这种情况。我们留意了所有有嫌疑的人。当地人都没有涉嫌,这一点我们很确信。我们都已经排查了。大部分当地人当时都在工作。当然了,她的别墅在村子外的一条小巷尽头,任何人都可以神不知鬼不觉地接近那里。村子周围的巷子像迷宫一样。当天早晨天气晴好,很多天没下雨了,所以并没有汽车的轮胎痕迹——假设有人开车经过的话。"

"你认为凶手是开车过去的?"恩特威斯尔先生突然问。

督察耸了耸肩,"我说不清。只能说这个案子有些地方很特别。比如,这些——"他从桌面上推过来一些东西——一枚镶嵌着小珍珠的三叶草胸针、一枚紫水晶胸针、一小串珍珠和一个石榴石手镯。

"这些是从她首饰盒里拿走的东西,就丢在房外的树丛里。"

"是的——没错,这的确有些古怪。也许凶手事后很害怕……"

"的确有可能。但若真的是这样,他更可能把珠宝留在楼上她的房间里……当然,他要是突然害怕了,应该是在卧室和前门之间的时候。"

恩特威斯尔先生语气平静地说:"或者,正如你暗示的,这些东西可能只是用来掩盖真相的。"

"是的,有很多种可能性……当然,也有可能是那个叫吉尔克里斯特的女人干的,两个女人住在一起——你永远不知道可能引起怎样的争执、怨恨和怒火。哦,是的,我们把这种可能性也考虑进来了。但这似乎不太可能,从各方面来说,她们都相处得很融洽。"他稍做停顿,继续说,"依照你的说法,没人会因兰斯科内特夫人的死获利?"

恩特威斯尔律师不安地挪了挪身子。

"我并没有这么说。"

莫顿督察突然抬起头看着他。

"我记得你说过,兰斯科内特夫人的收入来源是她哥哥给她的一份津贴,而且就你所知,她没有任何个人财产。"

"的确是这样。她丈夫死时穷困潦倒,而且从她还是个小女孩时我就认识她。以我对她的了解,如果她曾经存过一分钱那才奇怪呢。"

"小别墅是租的,不属于她,那几样家具即使放在现在也不值得一提,都是一些仿造的白橡木家具和一些附庸风雅的画作。"

恩特威斯尔先生摇摇头。

"关于她的遗嘱,我一无所知。你要知道,我和她已经很多年没联系过了。"

"那么,你刚才那句话是什么意思?我猜,你是不是有什么想法?"

"是的,我的确有些想法。我希望我能表达得更准确一些。"

"你是指你刚才提到的遗产?她哥哥留给她的那份?她是不是有权任意处置?"

"不,并不是你想的那样。她没有权力处置本金。现在她死了,那份遗产将由理查德·阿伯内西的其他五个遗产继承人均分。我的意思就是这样。她一死,其他五个继承人自动受益。"

督察看上去很失望。

"唉,我还以为有线索了。好吧,这么看来似乎任何人都没有动机跑来拿斧头砍死她。看样子应该是某个神经不正常的家伙干的——也许是那些未成年的罪犯——这种人真不少,杀了人后吓坏了,把首饰扔进树丛就逃跑了……是的,一定是这样。除非是那位很受尊敬的吉尔克里斯特小姐——我必须得说,那几乎不可能。"

"她是什么时候发现尸体的?"

"快五点的时候。她坐四点五十分的公共汽车从雷丁的图书馆回来,到了小别墅,从前门进去,在厨房烧了一壶水准备泡茶。兰斯科内特夫人的屋里没有任何动静,吉尔克里斯特小姐猜测她可能还在睡觉。紧接着,她注意到厨房的窗子,满地都是碎玻璃。即便到了那个时候,她还以为可能是某个小孩用球或弹弓打破的。她悄悄上楼,到了兰斯科内特夫人的房间里,看看她是否还在睡觉,还是已经醒了打算喝点儿茶。然后,可想而知,她吓得尖叫起来,急忙冲到最近的邻居家。她的说辞似乎完全符合事实,她的房间、浴室和衣服上也没有任何血迹。对,我不认为吉尔克里斯特小姐与此案有任何干系。医生五点半赶到现场,判定死亡时间最迟不晚于四点——很可能在两点左右,看样子,无论凶手是谁,一定在附近埋伏着,等待吉尔克里斯特小姐离开。"

律师的脸抽动了一下。莫顿督察继续说:"我猜,你打算去见见吉尔克里斯特小姐?"

"我的确想见见她。"

"我很高兴你打算这么做。我想,她已经把所有能告诉我们的都说了,不过也不一定。有些时候,在言谈之中没准儿能冒出一两条有用的信息。她是个无足轻重的老小姐——但明理务实——对这件事情她真的很热心,办事也很有效率。"

他略作停顿,接着说:"尸体就在停尸间。如果你想看看的话——"

恩特威斯尔先生对这个邀请的反应并不热情,但还是同意了。

几分钟后,他站在科拉·兰斯科内特的尸体前。她遭受了残暴的袭击,深红色的伤口凝结着血块。恩特威斯尔先生双唇紧闭,强忍着恶心把视线移开。

可怜的小科拉,前天还那么急切地想知道她哥哥是否留给了她什么。她一定对未来充满了美好的期待。她原本可以用那些钱——做不少蠢事——并且自得其乐。

可怜的科拉……她的期待只维持了那么短暂的时间就破灭了。

没人能因为她的死得到什么——甚至那个扔掉首饰逃跑的凶手也不能。五个遗产继承人能多分得几千英镑的本金——但他们本来得到的已经足够了,不,他们没有杀人动机。

可笑的是,就在科拉自己被谋杀的前一天,她的脑海中还出现过"谋杀"这个词。

"可他是被谋杀的,不是吗?"

多荒谬的一句话啊,荒谬!荒谬至极!荒谬得不值得向莫顿督察一提。

当然,等他见过吉尔克里斯特小姐之后……

如果这位吉尔克里斯特小姐——当然,可能性很小——能够透露一些理查德给科拉说过的话。

"我只不过是听了他说的——"理查德究竟说过什么?

"我必须立刻见见吉尔克里斯特小姐,"恩特威斯尔先生对自己说。

3

吉尔克里斯特小姐身材瘦小,面容苍老,一头铁灰色的短发。有着五十岁左右的女人常有的犹豫神情。

她热情地接待了恩特威斯尔先生。

"你能来我实在太高兴了,恩特威斯尔先生。对于兰斯科内特夫人的家庭,我了解得很少,而且,当然了,我以前从来没遇到过谋杀这种事。太可怕了!"

恩特威斯尔完全相信她所说的。她对于这件事的反应和他的合伙人如出一辙。

"当然了,人们偶尔会读到这种事,"吉尔克里斯特小姐立刻将自己与这些罪行划清界限,"即便是在书中,我也不喜欢看。这类事情大都很龌龊。"

恩特威斯尔先生跟随她进入客厅,看向四周。客厅里有一股浓重的油画颜料的气味。房间内十分拥挤,如同莫顿督察之前说的,家具并不多,大部分物品都是画作。墙上挂满了画,大多是些颜色阴暗的油画。也有一些水彩写生,其中一两幅倒也栩栩如生。小一点儿的画作都堆放在窗台上。

"兰斯科内特夫人经常去拍卖场买画,"吉尔克里斯特小姐解释说,"这是她的一大兴趣,可怜的人啊。附近的拍卖场她都去过。如今的画都很廉价,根本不值钱。她买的任何一幅都不超过一英镑,有的只有几先令而已。但她常说,很可能买到值钱的作品。她常说这幅画是意大利文艺复兴前的作品,可能值不少钱。"

恩特威斯尔先生狐疑地看向那幅作品。他回想起来,科拉对绘画一窍不通。这堆涂鸦中要有任何一幅能值五英镑,他立刻把自己的帽子吃下去!

"当然了,"吉尔克里斯特小姐注意到他的表情,很快猜到了他的想法,"我懂得不多,虽然我父亲是个画家——但恐怕也不算成功。我小时候常画一些水彩画,对兰斯科内特夫人来说,有个懂得绘画的人和她聊聊，应该还不错。可怜的人啊，她那么喜欢这些艺术品。"

"你很喜欢她？"

多愚蠢的问题，他对自己说。她难道还能回答"不喜欢"不成？他想，和科拉住在一起应该很痛苦。

"哦，是的，"吉尔克里斯特小姐说，"我们相处得非常融洽。在某些方面，你知道，兰斯科内特夫人就像个孩子，想到什么就说什么。我没想到她的判断总是那么准确——"

没人会用这样的话来描述一位已逝之人。"她是个彻头彻尾的蠢女人——"恩特威斯尔先生说，"无论从任何方面来看，她都不是个聪明人。"

"不……不是……可能不是。但她很精明，恩特威斯尔先生。她非常精明。我有些时候也很惊讶——她总是能一针见血。"

恩特威斯尔先生更感兴趣了。他注视着吉尔克里斯特小姐，心想，眼前这个女人并不傻。

"你照顾兰斯科内特夫人有些年头了吧，我想？"

"三年半了。"

"你——呃——是她的贴身女仆，但也同时——呃——操持家务？"

很显然，他谈到了一个微妙的话题。吉尔克里斯特小姐有些脸红。

"哦，是的。大部分时间是我做饭——我很喜欢下厨——也喜欢打扫和处理一些轻松的家务。当然不包括那些粗重的活儿。"吉尔克里斯特小姐的语气像在表达一个坚定的立场。恩特威斯尔先生完全不知道什么是所谓"粗重的"，只得含糊地附和了一声。

"村里的潘特夫人负责那些粗重的家事，她每周来两次。你瞧，恩特威斯尔先生，我并没有打算靠做仆人过活。我的小茶馆倒闭的时候——简直是个灾难——你知道，都是因为战争。那是一个令人愉悦的小天地，我叫它垂柳屋，所有的瓷器上都印着青柳纹——那么精致，还有蛋糕也非常不错——我对烘焙蛋糕和司康饼一向很在行。没错，当时生意很好，紧接着战争爆发了，物资削减，一切都结束了——我是战争的牺牲品，我总这么说，也说服自己这么想。父亲留给我的钱全都赔在上面了。当然，我得四处找活儿干。我从没受过任何训练。我去帮一位女士工作，可那根本不可行——她非常粗鲁，也很蛮横——我也尝试过一些办公室的文书工作——但压根儿不喜欢。之后，我来到兰斯科内特夫人这里，我们俩各方面都很合拍——她的丈夫是个艺术家，还有其他方面。"吉尔克里斯特小姐一口气说到这里，停了停，悠悠地加了一句："可我是那么喜欢我那间小茶馆，去那儿的客人都那么高雅！"

看着吉尔克里斯特小姐，恩特威斯尔先生心中突然泛起一种似曾相识的感觉——眼前浮现出一幅画面：成百个贵妇模样的人物，在无数个叫作"海湾树""姜黄猫""蓝鹦鹉""垂柳屋"和"惬意一角"之类的茶馆里，穿着蓝色、紫色或橘色的套装，用精美的瓷器盛装茶点，接待客人。吉尔克里斯特小姐经营的这个心灵之家——典雅华贵的茶馆，拥有一切旧时代茶馆的高雅气质和一批上流社会的常客。他寻思，像吉尔克里斯特小姐这样的人，这个国家还有很多，都有着温柔耐心的面孔、紧绷的上唇和有些稀疏的灰色头发。

吉尔克里斯特小姐继续说道："我实在不应该说这么多关于我自己的事。警察们非常和善，考虑也很周全。真的很和善。总部来过一位莫顿督察，他最善解人意了，甚至还安排我到巷子那头的雷克夫人家里过夜,但我拒绝了。我认为留在这里是我的责任,兰斯科内特夫人的很多好东西还都在这里。他们把……把……"吉尔克里斯特小姐深吸一口气——"把尸体抬走,当然了,给卧室上了锁,督察告诉我,会有一位巡警在厨房值夜——因为窗子被砸碎了,但今天早晨已经修好了,我真的很高兴。我说到哪儿了?哦,没错,所以我告诉他们,我留在自己的房间里完全没问题,但我必须承认,我的确把一个五斗柜堵在门口,并且在窗台上放了一大壶水。这种事情真的很难说——万一真的是个疯子——我的确听说过这种事……"

吉尔克里斯特小姐说到这儿,停了下来。恩特威斯尔先生立刻插话:

"大致的情况我已经知道了。莫顿督察已经告诉我了。不过,如果你不觉得为难的话,我想听听你的看法——"

"当然可以,恩特威斯尔先生。我很清楚你的感受。警察们都太冷漠了,不是吗?就是这样,当然了。"

"兰斯科内特夫人前天晚上从葬礼上回来。"恩特威斯尔先生立刻说。

"是的,她搭的那班火车很晚才到。我按她的吩咐,叫了一辆出租车去接她。她很疲惫,可怜的人——不过以她的年纪,这再正常不过了——但总的来说,她情绪很不错。"

"是的,是的。她有没有聊到葬礼?"

"一点点。我给她倒了一杯热牛奶——她别的都不要——她告诉我,教堂里全是人,还有数不清的花——哦!她还说,她很遗憾没能见到另一个哥哥——叫蒂莫西——是吧?"

"没错,蒂莫西。"

"她说她已经二十多年没见过他了,很希望当时他也在场。

但她也很清楚,那种情况,他还是回避比较好,但他妻子出席了,她一向很受不了莫德夫人——哦,天哪,我请求你的原谅,恩特威斯尔先生——一不小心说漏了嘴——我不是故意——"

"没关系,没关系,"恩特威斯尔先生的语气带着鼓励,"你知道,我不是他们的亲戚,而且我很了解科拉和她嫂子一直处不来。"

"嗯,她大概也是这么说的。'我就知道莫德是个霸道、爱管闲事的女人,'这就是她的原话。之后,她觉得很疲惫,说要立刻上床——暖水袋我已经准备好了——她就上楼去了。"

"你还记得她说过什么特别的话吗?"

"她当时没表现出任何自己将要被害的迹象,恩特威斯尔先生,如果你指的是这个。我非常肯定这一点。她真的,你知道,情绪真的很好——除了很疲惫,还有——葬礼带来的悲伤。她问我想不想去卡普里岛。去卡普里!我当然回答说,能去的话那真是太棒了——我做梦都想不到我能去——接着她说:'我们就要去了!'就这样。我估计——当然了,我们并没有真的谈起这个话题——她哥哥留给她一笔养老金之类的。"

恩特威斯尔先生点点头。

"可怜的人。无论如何,我很高兴她享受了计划未来的乐趣——计划这些事情,"吉尔克里斯特小姐叹了口气,语气遗憾地嘟囔着,"我想,如今我是去不了卡普里岛了——"

"那第二天早晨呢?"恩特威斯尔先生无视吉尔克里斯特小姐的失落情绪,继续追问。

"第二天早晨兰斯科内特夫人很不舒服,真的,她看上去糟糕极了。她一整晚都没怎么睡,告诉我她一直做噩梦。'一定是你昨天太疲惫了。'我告诉她,她回答或许是这样。她在床上吃了早餐,整个早晨都没有下床,午餐的时候,她告诉我说她一直睡不着。'我感觉很不安,'她说,'一直在胡思乱想。'之后她说她打算吃些安眠药,然后下午试着睡个好觉。她让我乘公共汽车去雷丁的图书馆帮她换两本书,因为她借的书在火车上都看完了,现在没东西可读了。一个星期她通常能读两本书。所以我两点刚过就出发了,而那……而那……那就是最后一次……"吉尔克里斯特小姐开始抽泣,"她当时一定睡着了,你知道。她肯定什么都没听见,督察先生向我保证,她当时没有受苦……他认为,凶手第一下就砍死了她。哦,天哪,就连想一想,我都很痛苦!"

"请别这样,请不要难过。我并不想让你告诉我之后的情形。我只想听听惨剧发生前兰斯科内特夫人的情况。"

"非常正常,我很确定。请务必告诉她的亲戚,除了睡得不安稳之外,她真的非常愉快,满心憧憬着未来。"

恩特威斯尔先生停顿了一下,问了下一个问题。他小心谨慎,避免有引导证人之嫌。

"她有没有特别提过她的某一位亲戚?"

"没有,我想应该是没有,"吉尔克里斯特小姐想了想,"除了说她很遗憾没见到她哥哥蒂莫西。"

"她也完全没说过有关她哥哥理查德病情的事?他的——呃——死因?诸如此类的话题?"

"没有。"

吉尔克里斯特小姐脸上没有任何警觉的迹象。恩特威斯尔先生确信,如果科拉曾和她聊过谋杀的事,她应该会立刻有所警觉。

"他病了有一段时间了,我想,"吉尔克里斯特小姐含糊地说,"不过我不得不说,得知他的死我很惊讶。他看上去那么健康。"

恩特威斯尔先生连忙问:

"你见过他——什么时候?"

"他来看望兰斯科内特夫人的时候。我想想——大概是三周前。"

"他留下来过夜了吗?"

"哦——没有——只是来吃午餐。兰斯科内特夫人很惊讶,压根儿没想到他会来。我估计,应该是有些家庭内部的矛盾。她告诉我,她已经很多年没见过他了。"

"是的,的确如此。"

"她非常难过——再次看见他——很可能意识到他病情严重——"

"她知道他病了?"

"是的。我记得很清楚。因为当时我也在琢磨——你知道,只是在私底下,没说出来——阿伯内西先生的病可能是脑软化症。我有一个姑姑——"

恩特威斯尔先生巧妙地把话题从她姑姑身上移开。

"是不是兰斯科内特夫人说过些什么,让你怀疑是脑软化症?"

"是的。兰斯科内特夫人好像说过'可怜的理查德,莫蒂默的死让他一下子老了那么多。他的声音听起来那么苍老。胡思乱想,认为有人要害他,不停给他下毒。人老了总是容易这样。'当然了,据我所知,她说得再正确不过了。我刚才提到我的那个姑姑——一直深信仆人们在她的饭菜里下毒,到了最后,只肯吃煮鸡蛋——因为,她说,你总没办法钻进煮鸡蛋里下毒吧。我们常拿她打趣，如果换做现在，我们还真没什么好办法。鸡蛋这么稀缺，大部分都是进口的，就算只吃水煮蛋也有风险。"

对于吉尔克里斯特小姐姑姑的历险故事，恩特威斯尔先生充耳不闻。他感到很焦躁。

吉尔克里斯特小姐终于安静下来，他说：

"我想，兰斯科内特夫人说那些话的时候应该并没有当真吧？"

"哦，不，恩特威斯尔先生，她非常清楚自己在说什么。"

恩特威斯尔先生发现这句话也一样令人焦躁，尽管他所想的和吉尔克里斯特小姐的意思不大一样。

科拉·兰斯科内特真的清楚吗？或许当下并没有，而是之后反应过来了。还是她猜测过头了？

恩特威斯尔先生知道，理查德·阿伯内西身上没出现任何器官衰竭的迹象。他身体各项机能一直很好，绝不会有任何形式的迫害妄想症。他是，也向来都是头脑冷静的生意人——疾病并没有影响他的这一特质。

他会给他妹妹说这种事，的确非同寻常。也有可能是科拉自己——她的想法总是古灵精怪，像个孩子——从她哥哥的话里，一字一句地揣摩，听出了弦外之音。

恩特威斯尔先生想，大部分情况下，科拉是个十足的傻瓜，没有任何判断力，思维完全不协调，总是以一种粗暴幼稚的方式看问题，但她同时也具备孩童的视角，个别情况下，她能以令人震惊的方式一针见血地说出真相。

恩特威斯尔先生没再多想。他认为吉尔克里斯特小姐应该已经把她知道的所有事情都告诉他了。他问她是否知道科拉·兰斯科内特有没有留下遗嘱。吉尔克里斯特小姐立即答道，她的遗嘱存放在银行里。

问完这个问题，又给了吉尔克里斯特小姐一些嘱咐之后，他起身告辞。他坚持让她接受一小笔现金，以贴补开销，并告诉她，日后还会与她联系，如果她能在找到新工作之前留在小别墅里，他会非常感激的。吉尔克里斯特小姐说，这再方便不过了，而且她住在这里一点儿也不害怕。

他实在无法推辞吉尔克里斯特小姐的邀请，被她带着四处参观了一番，还被迫听她介绍那些挤在小餐厅里的皮埃尔·兰斯科内特的画作，那着实让恩特威斯尔先生畏惧——全是一些缺乏技巧的裸体画，却异常注重细节。他也被迫欣赏了科拉画的一些美丽渔港的写生。

"波尔佩罗，"吉尔克里斯特小姐自豪地说，"去年我们一起去的，兰斯科内特夫人看到那里的美景非常高兴。"

恩特威斯尔先生仔细审视着画中的波尔佩罗，头偏向左边，再偏向右边，换了各种角度。他同意她说的，兰斯科内特夫人作画的时候一定是满怀着热情。

"兰斯科内特夫人曾许诺留给我一些她的写生，"吉尔克里斯特小姐渴望地说，"我真的很欣赏这些画。瞧这一幅，你简直能看见海浪翻滚而出，难道不是吗？即便她忘了，我或许也可以留下一幅做纪念，你说呢？"

"我相信这一定可以安排。"恩特威斯尔先生和善地回应。

他又嘱咐了几句后便离开了，去见银行的管理人员，再和莫顿督察做进一步的沟通。

第五章

1

"看看你自己,筋疲力尽了吧,"恩特威斯尔小姐以一个姐姐对弟弟常有的严厉态度说,话里带着些许恐吓的意味,"到了你这把年纪,就不应该做这种事情。我倒是很好奇,这和你有什么关系?你已经退休了,不是吗?"

恩特威斯尔先生语气温柔地解释说,理查德·阿伯内西是他的老朋友了。

"即便是这样,理查德已经死了啊?我真不明白你为什么要卷进和自己毫无关系的事里,该死的火车车厢冷得要命,这感冒能要了你的命。还有谋杀案!我真不明白他们找你干什么。"

"他们找上我,是因为科拉的小别墅里有一封我寄给她的信,写了关于葬礼的种种安排。"

"葬礼!一场接着一场,这倒是提醒我了。有一个你的宝贝阿伯内西来过的电话——我记得他说他叫蒂莫西。是从约克郡的某个地方打来的——也是关于葬礼的事!他说他会再打过来。"

当天晚上,恩特威斯尔先生接到一通电话,电话那头的声音是莫德·阿伯内西。

"谢天谢地,我总算联系上你了!蒂莫西的情况很糟糕。他妹妹科拉被害的消息给他造成了严重的打击。"

"这可想而知。"恩特威斯尔先生回答。

"你说什么？"

"我说，这是意料之中的事。"

"大概是吧，"莫顿的语气非常疑惑，"你真的认为那是谋杀？"

"可他是被谋杀的，不是吗？"科拉曾说过。但这次，答案很确定，没有任何可怀疑的余地。

"是的，的确是谋杀。"恩特威斯尔先生说。

"报纸上说，凶器是一把斧头？"

"是的。"

"这对我来说实在是太不可思议了，"莫德说，"蒂莫西的那个妹妹——他的亲妹妹——竟然被人用斧头砍死了！"

恩特威斯尔先生也觉得不可思议。蒂莫西的生活向来远离暴力，这让人不禁觉得，他的亲戚也应该如此。

"现实就是现实，恐怕不得不去面对。"恩特威斯尔先生宽慰她。

"我真的很担心蒂莫西。这一切对他来说简直太糟糕了！我已经照顾他上床休息了，但他坚持让我请求你来见他一面。他有很多事情想弄清楚——警方会不会组织死因审判？如果会的话，谁应该出席？多久之后才能举行葬礼？该动用哪部分基金支付葬礼的费用？还有，科拉有没有表达过希望被火葬还是……她有没有立遗嘱——"

恩特威斯尔先生在话题变得没完没了之前，及时打断了她。

"有，有遗嘱。她指名蒂莫西做遗嘱执行人。"

"哦，天哪，恐怕蒂莫西没办法承担——"

"我的公司会负责一切事宜。遗嘱非常简单,她把自己画的写生以及一枚紫水晶胸针留给了她的贴身女仆吉尔克里斯特小姐。剩下的东西都留给苏珊。"

"给苏珊?我很奇怪为什么留给苏珊?我相信她根本没见过苏珊——打她还是个婴儿起就没见过。"

"我猜想,应该是因为家人都不太满意苏珊的婚姻。"

莫德哼了一声。

"就算是格雷格,也比那个皮埃尔·兰斯科内特强一百倍!当然了,在我那个年代,嫁给一个男店员是听都没听说过的事情——但药房总比杂货铺要强——至少格雷格看上去还挺值得尊敬的。"她停了停,补充道,"那是不是说,理查德留给科拉的那份遗产也都归苏珊所有?"

"哦,不。根据理查德的遗嘱,本金将均分。可怜的科拉只留下了几百英镑和小别墅里的一些家具。还清债务,卖掉家具之后,我估计所有遗产加起来最多也就五百英镑。"他继续说,"当然了,这种事件警方肯定会组织死因审判。日期定在下周四。如果蒂莫西同意,我们可以派劳埃德代表你们家出席整个流程,"他略带歉意地补充道,"恐怕这件事会惹来一些非议,由于——呃——这种特殊的情况。"

"太令人不愉快了!他们抓住凶手了吗?"

"还没有。"

"我估计,肯定是某个游手好闲的毛头小子,跑到乡下来到处游荡,伺机杀人。警方太无能了。"

"不,不,"恩特威斯尔先生说,"警方一点儿也不无能。在这种时刻,千万别这么想。"

"唉,在我看来,这事情实在是不寻常,而且对蒂莫西的健康非常不利。我想你可能是来不了吧，恩特威斯尔先生？如果你能来，我会非常感激的。看到你，蒂莫西一定会很安心。"

恩特威斯尔先生沉默了一会儿。此时收到这个邀请，倒也不赖。

"你说得有道理，"他坦言，"而且蒂莫西作为遗嘱执行人，这里还有一些文件需要他签字。是的，我想这应该可行。"

"实在是太棒了。这下子我就放心了。明天怎么样？你可以在这里过夜。最方便的一列火车十一点二十分从圣潘克拉斯出发。"

"恐怕我得搭下午的火车了，"恩特威斯尔先生说，"早晨还有其他的事情要处理……"

2

乔治·克罗斯菲尔德热情地欢迎了恩特威斯尔先生，但多少有些惊讶。

恩特威斯尔先生像是在解释，但其实完全没有解释清楚：

"我刚从利契特圣玛丽回来。"

"这么说，真的是科拉姨妈？我在报纸上看到消息，一直不肯相信。我以为是某个重名的人。"

"兰斯科内特并不是一个常见的姓。"

"是的，当然不是。我想，不愿相信自己的亲戚被人谋杀也是很自然的反应。听起来和上个月在达特穆尔发生的凶杀案很像。"

"是吗？"

"没错。一样的情形。偏僻的小别墅。两个年长的女人住在一起。被抢走的现金数目实在很小，不禁让人觉得很不值得。"

"钱的价值向来是相对而言的，"恩特威斯尔先生说，"重点是当下的需求。"

"没错——没错，我想你是对的。"

"如果你急需十英镑——那十五英镑就已经绰绰有余了。反之亦然，如果你需要一百英镑，四十五英镑简直比没有还要糟糕。而如果你需要一千英镑，几百英镑就差得更远了。"

乔治的眼睛突然亮了一下："我敢说，时下就算一英镑都很有用，每个人的日子都不好过。"

"不好过，但不是绝望，"恩特威斯尔先生指出，"绝望的时候就另当别论了。"

"你是不是有什么特别的想法？"

"哦，不，完全没有。"他稍稍顿了一下，继续说道，"遗产还需要一些时间才能处理好，预支一些对你来说会不会比较方便？"

"老实讲，我正想和你说这事呢。不过，我今天上午去过银行，向他们提起你，他们很不乐意让我支取。"

乔治的眼神又闪烁了一下。根据自己多年的经验，恩特威斯尔先生立刻明白了那眼神里的含义。他很确定乔治虽然还没到绝望的地步，但非常需要钱。他潜意识里早就清楚，现在更确定了，在金钱方面，乔治不能信任。他很好奇，看人一向很有经验的理查德·阿伯内西有没有看出这一点。恩特威斯尔先生也很确定，莫蒂默死后，阿伯内西曾想过选择乔治做他的继承人。乔治虽然不姓阿伯内西，却是年轻一代中唯一的男性，自然顺理成章地成为莫蒂默的接班人。理查德·阿伯内西曾邀请乔治过来，和他一起住一段时间。到最后，老人家很可能发现乔治实在不能令他满意。他是不是也和恩特威斯尔先生一样,本能地感到乔治不是个正直的人?一家人当时都认为,劳拉选择嫁给乔治的父亲是个错误。他父亲是个股票经纪人,同时也从事一些神秘的活动。乔治更像他父亲,而不是阿伯内西家族的人。

也许是误解了律师此刻的沉默,乔治不安地笑了笑,说道:

"事实上,我最近的投资都很不走运。我冒了一些风险,但结果不是很理想,钱都差不多赔光了。但我很快就能重整旗鼓了,现在只需要一些本金而已。阿登斯联合公司的股票势头很好,你不觉得吗?"

恩特威斯尔先生没有表态。他此刻正在考虑,乔治会不会挪用客户的钱去做投机生意?若真如此,那他会面临刑事控诉的危险——

恩特威斯尔先生斟酌后,选择了一种最准确的表述,问道:

"葬礼第二天,我曾打电话到你公司,但你没在办公室。"

"是吗?他们没告诉我。事实上,得知那个好消息之后,我想我值得为此休一天假!"

"好消息?"

乔治的脸变得通红。

"哦,听我说,我指的不是理查德舅舅的死。不过得知自己有了一笔钱,总是一件值得兴奋的事,一定会想庆祝一下的。事实上,我那天去了哈斯特马场,赌中了两匹冠军。钱这东西和下雨一样,要么一滴都没有,要么瓢泼不止!只要你走运,做什么都走运!虽然只是小赢了五十英镑,但也是一笔钱啊。"

"哦,是的,"恩特威斯尔先生说,"多少都是钱。而且你姨妈科拉死后,你又可以多分一笔了。"

乔治看上去很不安。

"可怜的老姑娘，"他说，"看起来真是倒霉透顶了，不是吗？就在她正准备享受人生的时候。"

"但愿警察能早日抓到凶手。"恩特威斯尔先生说。

"我想他们肯定能。这些警察能干得很。他们会把附近的好事之徒全部抓起来，让他们一个一个交代案发时的行踪。"

"如果稍微耽搁一些时日，恐怕就没那么简单了，"恩特威斯尔先生冷笑一声，表示自己接下来说的是句玩笑话，"事发那天三点半，我正在哈查德书店。但如果警察十天后问我，我很怀疑自己能否记清楚。而你呢，乔治，你当时在哈斯特马场，假如一个月以后问你——你还能记得自己哪天去看的赛马吗？"

"哦，我可以从葬礼想起——葬礼之后的那天。"

"的确——的确。而且你赌中了两匹赢家。这也能帮你记起来。人们很难忘记帮自己赢钱的马的名字，顺便问一句，是哪两匹来着？"

"我想想，是盖马尔克和弗罗格二世。没错，我一时半会儿的确忘不了它们。"

恩特威斯尔先生干笑一声，告辞了。

3

"见到你真高兴，当然，"罗莎蒙德的话中没有一丝热情，"但现在也太早了点儿。"

她重重地打了个哈欠。

"已经十一点了。"恩特威斯尔先生说。

她哈欠连连，略带歉意地说：

"我们昨天狂欢到深夜，喝了太多酒，迈克尔现在还是宿醉状态。"

正说着,迈克尔出现了,同样打着哈欠。他端着一杯黑咖啡,穿着一件帅气的睡袍,看上去有些憔悴,但很迷人——他的笑容也一如往常,极具魅力。罗莎蒙德身穿黑裙子,配一件脏兮兮的黄色套头衫,据恩特威斯尔先生推断,里面应该什么都没穿。

严苛的律师完全不赞成年轻的沙恩夫妇的生活方式。这套破旧的公寓位于切尔西某座建筑的一层——满地狼藉,地上都是酒瓶、酒杯和烟蒂,空气中弥漫着腐坏的气味,四处都是灰尘,杂乱不堪。

在这种消沉的环境里,罗莎蒙德和迈克尔的美丽容颜像两朵盛开的花。他们是一对漂亮的情侣,而且就恩特威斯尔先生看来,非常相爱。罗莎蒙德绝对深爱着迈克尔。

"亲爱的,"她说,"想不想来点儿香槟?来提提神,再向未来致敬。哦,恩特威斯尔先生,我们实在太幸运了,理查德舅舅留给我们那么多可爱的钱——"

恩特威斯尔先生注意到,迈克尔皱了皱眉,但罗莎蒙德仍陶醉地继续说着:

"因为有一出戏,有很大的希望能成功。迈克尔有权买下它。戏里面有个完美的角色,实在太适合他了,甚至还有一个我能演的小角色。是一个关于那些年轻的罪犯的故事,你知道,其实他们都是圣人——这出戏里充满了前卫的创意。"

"听起来似乎是这样。"恩特威斯尔先生生硬地回应。

"他抢劫,你知道,也杀人,警察和整个社会都在追捕他——而到了最后,他却创造了奇迹。"

恩特威斯尔先生很气愤,坐在那里一言不发。这些年轻的白痴竟会说出如此荒谬、邪恶的东西!竟然还写成剧本。

迈克尔·沙恩话不多，脸上的表情仍有些阴沉。

"恩特威斯尔先生可不想听我们这些不切实际的狂想，罗莎蒙德，"他说，"你安静一会儿，听恩特威斯尔先生说说他为什么来找我们。"

"只有一两件小事，"恩特威斯尔先生说，"我刚从利契特圣玛丽回来。"

"这么说，被杀的人的确是科拉姨妈？我们在报纸上看见了。我说肯定是她，因为她的名字很罕见。可怜的科拉姨妈。我在葬礼上看见她的时候还在想，如果变得和她一样邋遢，还不如死了算了——结果她真的死了。昨天晚上，我告诉他们，报纸上那个被斧头砍死的人是我姨妈时，他们还不肯相信！一个劲儿地大笑，是不是，迈克尔？"

迈克尔·沙恩没有回答。罗莎蒙德继续兴高采烈地说：

"接连发生两起谋杀案。简直太刺激了，不是吗？"

"别犯傻了，罗莎蒙德，你舅舅理查德不是被谋杀的。"

"可是，科拉说他是被谋杀的。"

恩特威斯尔先生打断他们的对话，问道：

"参加完葬礼，你们就回伦敦了，对吗？"

"没错，我们和你搭乘了同一列火车。"

"当然……当然了。之所以这么问，是因为我尝试过联系你，"他迅速瞥了一眼旁边的电话，"事实上，葬礼第二天——我尝试了好几次，但都没有人接听。"

"哦，天哪——实在是抱歉。那天我们在干什么？前天的话，我们十二点之前还在，对吧？然后你出门去找罗森海姆，又和奥斯卡吃了午餐。我出去看看能不能买到尼龙袜，顺便逛逛街。我本来和珍妮约好了，但不巧错过了。没错，那天下午我一直愉快地逛街——然后我们在卡斯蒂耶吃了晚餐。回到家的时候应该是十点左右，我想。"

"说到这儿，"迈克尔·沙恩若有所思地看着恩特威斯尔先生，"你给我们打电话有什么事吗，先生？"

"哦！只是一些关于理查德·阿伯内西遗产的小事——有一些文件要签，诸如此类的。"

罗莎蒙德问："我们现在就能拿到钱吗？还是需要等很久？"

"恐怕，"恩特威斯尔先生回答，"法律程序一般总是会耽搁一段时间。"

"但我们可以预支，不是吗？"罗莎蒙德很紧张，"迈克尔说可以，老实说，这至关重要。因为那出戏。"

迈克尔轻松地说：

"哦，其实也没那么急。其实只是关系到能否优先买下来而已。"

"预支你们一些钱很容易，"恩特威斯尔先生说，"想预支多少都可以。"

"那就好。"罗莎蒙德长舒了一口气。她突然想起刚才的话题，追问道："科拉姨妈留下了什么吗？"

"一点点，全都留给了你表姐苏珊。"

"为什么给苏珊，我倒真想知道！钱多吗？"

"几百英镑和一些家具。"

"高级家具？"

"不是。"恩特威斯尔先生回答。

罗莎蒙德瞬间没了兴致。"真是古怪，不是吗？"她说，"葬礼之后，先是科拉突然间冒出一句'他是被谋杀的'，紧接着第二天她自己就被人谋杀了。我是说，这实在是很古怪，不是吗？"

在恩特威斯尔先生开口之前，是一阵令人尴尬的沉默，他语气很平静："没错，确实很古怪……"

4

苏珊·班克斯把身体凑在桌子前面，说话的语气非常生动。恩特威斯尔先生默默地观察她。

虽然没有罗莎蒙德的那种美丽，但眼前这张面孔也很有吸引力，恩特威斯尔先生想，这种吸引力应该来自她的活力。唇线弯曲、丰盈，是一张很有女人味的嘴。她的身材更是女人味十足——毫无疑问。与此同时，苏珊的很多方面，都让他想起她伯父——理查德·阿伯内西。无论是头型、下巴的轮廓，还是深邃闪亮的双眼。她有着和他一样习惯主导的个性，一样充沛的精力，一样精准的判断力。年轻一代的三个人当中，只有她有那种带领阿伯内西家族致富的气质。理查德有没有在她身上发现和自己一样的气质？恩特威斯尔先生认为他一定发现了。在判断人的个性方面，理查德一向很在行。显而易见，她身上有着他寻找的继承人的气质。然而在他的遗嘱中，理查德·阿伯内西并没有特别优待她。恩特威斯尔先生相信，他不信任乔治，极其美丽但无比愚蠢的罗莎蒙德就更不用提了——他难道没有发现苏珊身上有他想要的——一个和他气质相同的继承人？

如果答案是否定的呢，一定是因为——对了，这再合理不过了，她丈夫……

恩特威斯尔先生的视线轻柔地越过苏珊的肩膀，落在她身后的格雷格·班克斯身上。他站在那里，正心不在焉地削一支铅笔。

这个毫无特点的年轻人，身材瘦高，脸色苍白，淡茶色的头发有些泛红。他的光彩被苏珊强烈的个性掩盖，让人实在很难了解他到底是个什么样的人。难以捉摸的家伙——很和善，随时准备着附和——用当下的话来说，一个只会说"是"的男人，这样的描述似乎还是不尽如人意。格雷格·班克斯平庸的外表之下，似乎隐藏着一丝暧昧和不安定的东西。对于苏珊来说——他并不是个合适的人选，但她还是执意嫁给了他——不顾所有反对的声音——为什么？她究竟看中了他什么？

如今，婚后六个月——"她为这家伙疯狂。"恩特威斯尔先生在心里暗暗说。他能看出来，博拉尔德-恩特威斯尔公司接待过很多婚姻出了问题的妻子。她们疯狂地爱着自己差强人意，甚至不太讨人喜欢的丈夫，或是对自己完美又极具吸引力的丈夫感到厌烦。女人究竟看中了某些男人的什么地方，实在是超出了智商处于平均水平的男性的理解范围。事情就是这样。女人在各个方面都可以非常精明，可一旦遇到某个男人，就变成了彻头彻尾的傻瓜。恩特威斯尔先生想，苏珊也只是她们中的一个。对她来说，整个世界都围绕着格雷格转动，而这种情况会给她带来不止一种危险。

苏珊加重语气，非常愤慨。

"因为这实在是太可耻了。还记得去年在约克郡被杀的那个女人吗？凶手根本没有抓到。还有糖果店的那个老妇人，被人用铁锹杀了。警察拘留了一个人，后来又把他给放了。"

"我的好姑娘，必须得有证据才行。"恩特威斯尔先生说。

苏珊不理会他。

"还有一个案子—— 一个退休的护士——凶器也是斧头之类的——和科拉姑姑的情况一模一样。"

"老天！你似乎对这些案件很有研究，苏珊。"恩特威斯尔先生温柔地说。

"这种事情当然会记得——再加上自己的家人被人杀害——用差不多同样的方式——依我看，这说明现在这种人很多，在乡间四处游荡，然后破门而入去袭击一些孤单的妇人——而警方竟然对这种事情不闻不问！"

恩特威斯尔先生摇了摇头。

"苏珊，别小看警察。他们都非常精明，很有耐心，也非常执着。一个案子没有出现在新闻中，不代表已经他们停止调查了。两者差得很远。"

"那每年还是有好几百件没破的案件。"

"好几百件？"恩特威斯尔先生一脸怀疑，"是有一部分，没错。而这其中的大多数案件，警察都已经掌握了罪犯的情况，只是缺乏足够的证据逮捕他们而已。"

"我不相信，"苏珊说，"我相信，只要你能确定罪犯，就一定能找到证据。"

"我很怀疑，"恩特威斯尔先生似乎在思考什么，"非常怀疑……"

"他们到底有没有任何头绪——科拉姑姑的案子——是谁干的？"

"这我真不知道，我了解的情况不多。有进展他们也不会告诉我——现在还早——记得吗，凶杀案是前天发生的事。"

"肯定是某种特定类型的人，"苏珊琢磨着，"惨无人道，也许智力有些缺陷——退伍的军人或是逃犯。我是说，竟然用斧头做凶器。"

恩特威斯尔先生的表情略微有些滑稽，他扬起眉毛，喃喃念道：

> "莉齐·博登举着斧头，
> 砍了父亲五十下。
> 看到自己做了啥，
> 又砍了妈妈五十一下。"

"哦，"苏珊生气地涨红了脸，"科拉没有亲戚和她同住——除非你指的是她的那个贴身女仆。而且无论如何，莉齐·博登被无罪释放了。没人能证明她杀了自己的父亲和继母。"

"这的确是首污蔑人的打油诗。"恩特威斯尔先生表示同意。

"你是说，真的是那个贴身女仆干的？科拉有没有留给她什么东西？"

"一枚不值钱的紫水晶胸针，还有一些只有纪念价值的渔村的写生画。"

"杀人必然有动机——除非是个白痴干的。"

恩特威斯尔先生低声笑起来。

"就目前的情况来看，唯一有动机的人就是你，我亲爱的苏珊。"

"你这是什么话？"格雷格突然走过来，他好像突然从梦中惊醒，目露凶光。刹那间，他不再是刚才那个可以忽视的背景人物了。"这和苏珊有什么关系？你什么意思——说这种话？"

苏珊连忙说：

"住嘴，格雷格。恩特威斯尔先生没有任何意思——"

"只是我的一句玩笑话，"恩特威斯尔先生带着歉意回答，"恐怕不太得体。科拉把她的遗产全留给了你，苏珊。不过对于一位刚刚继承了几十万英镑的女士来说,一份区区几百英镑的遗产,应该不足以构成谋杀的动机。"

"她把钱留给了我?"苏珊听上去很惊讶,"太奇怪了,她压根儿不认识我!你说,她为什么会这么做?"

"我想,她应该是听说了一些流言——呃——你结婚时遇到了些困难。"格雷格愁容满面地走回去,继续削铅笔,"她结婚的时候也面临一些困难——我想,她应该是有同病相怜的感觉。"

苏珊饶有兴致地问:

"她嫁给了一个艺术家,是吗?一家人都不喜欢他?他是个出色的艺术家吗?"

恩特威斯尔先生果断地摇摇头。

"小别墅里还有他的作品吗?"

"有。"

"那么我会自己判断。"苏珊说。

看着苏珊坚毅地扬起下巴的样子,恩特威斯尔先生笑了。

"就这么办吧。毫无疑问,我是个老古板,艺术品位也非常守旧,无药可救。但我真的不认为你能够驳倒我的看法。"

"无论如何,我想我都应该去一趟。看看那里究竟是什么样子。那里现在还有人吗?"

"我安排吉尔克里斯特小姐待在那里,等我做进一步的安排。"

格雷格说:"她胆子真不小——一个人待在案发现场。"

"我得说,吉尔克里斯特小姐是个非常明理的女人,而且,"律师冷冷地说,"我不认为在找到新工作之前,她有其他地方可去。"

"这么说,科拉姑姑这一死,她就孤立无援了?她——和科拉姑姑——她们两人亲密吗？"

恩特威斯尔先生好奇地看着她。不知道她脑子里在想什么。

"我想，还算亲密，"他回答，"她从不把吉尔克里斯特小姐当仆人看待。"

"没准儿比对待仆人还糟糕，"苏珊说："现如今，这些所谓的'老小姐'很可怜，日子很不好过。我可以试着帮她找个体面的工作。应该不难。现在能做家务又会做饭的人简直和黄金一样珍贵——她会做饭，对吧？"

"哦，是的。我想她只是不愿做她所谓的……呃……粗重的活儿。恐怕我不太清楚什么是'粗重的活儿'。"

苏珊看起来非常好奇。

恩特威斯尔先生看了看表，说：

"你姑姑让蒂莫西做她的遗嘱执行人。"

"蒂莫西，"苏珊轻蔑地说，"蒂莫西叔叔简直是个谜，谁都没见过他。"

"的确，"恩特威斯尔先生又看了看表，"我打算今天下午动身去见他。我会告诉他你决定去你姑姑那里一趟。"

"我估计只能去一两天。我不能离开伦敦太久，因为手上还有很多事情。我打算开始做生意。"

恩特威斯尔先生环顾这个小公寓的狭窄客厅。很显然，格雷格和苏珊的日子并不好过。他知道，她父亲生前把钱都花光了，女儿只能过着拮据的生活。

"你们未来是如何打算的，你不介意我这么问吧？"

"我看中了卡迪根大街的一处房产。我想，如果有必要，你可以预支一些钱给我们吧？我需要付定金。"

"可以安排，"恩特威斯尔先生说，"葬礼的第二天我就给你打了几次电话——但都没有人接听。我想你应该需要预支一些钱,不知道你们是不是外出了。"

"没有,"苏珊立刻回答。"我们整天都在。两个人都在,根本没有外出。"

格雷格轻声说:"你知道,苏珊,我想我们的电话那天一定是出故障了。你还记得那天下午吗,我打电话给哈德公司,一直打不通。我本来打算报修的,可第二天早晨电话又通了。"

"电话这东西,"恩特威斯尔先生说,"有些时候非常靠不住。"

苏珊突然说:

"科拉姑姑怎么知道我结婚的事?我们是公证结婚的,没有告诉任何人,直到结完——"

"我猜是理查德告诉她的。她大概三周前才修改遗嘱——旧遗嘱是把所有遗产都留给神智学协会——大概就在他去拜访她的时候。"

听了这话,苏珊明显受了惊吓。

"理查德伯父去见过她?我怎么完全不知道?"

"我也不知道。"恩特威斯尔先生说。

"所以那是——"

"是什么?"

"没什么。"苏珊说。

第六章

1

"你能来实在是太好了,"贝翰康普顿车站的月台上,莫德粗声粗气地向恩特威斯尔先生表示欢迎,"我向你保证,蒂莫西和我都非常感激你能来。当然了,理查德的去世的确给蒂莫西造成了很大的打击。"

恩特威斯尔先生没有从这个特殊的角度来看待过他朋友的死。他明白莫德·阿伯内西夫人,永远只站在这个角度上看待此事。

他们到达出站口的时候,莫德就这个主题继续说下去。

"首先,这是个巨大的打击——蒂莫西和理查德非常亲近。其次,蒂莫西因为这件事情想起了死亡。常年体弱多病的蒂莫西开始为自己的生命担忧。他意识到,自己是几兄弟中唯一还在世的——他开始说什么下一个就轮到他,而且要不了多久——我告诉他,都是些非常消极的言论。"

他们从车站出来,莫德把他领到一辆出厂年份久远的破旧汽车前。

"很抱歉用这辆老破车来接你,"她说,"我们很多年前就想换一辆新的,但真的负担不起。这辆车的引擎已经换过两次了——这种老车真的很结实。"

"希望能发动起来，"她补充道，"个别时候得用手摇。"

她发动了几次，汽车只是毫无意义地喘了两声，就一动不动了。恩特威斯尔先生一辈子都没动过车，因此感到有点儿不安，但莫德立刻下了车，扳下手摇曲柄，用力转了几下，把马达唤醒。恩特威斯尔先生心想，幸好莫德是个魁梧强壮的女人。

"就是这样，"她说，"这老家伙最近总和我耍把戏。上次从葬礼回家的路上也是这样，害我走了几英里才找到一家修车厂。他们根本不行——都是乡下水平。笨手笨脚的，一时半会儿也修不好，我不得不住在当地的旅馆里。这当然让蒂莫西很焦虑。我不得不打电话给他，告诉他我明天才能回去。他担心坏了。不管出了什么事情，我一向尽量瞒着他——但有些事情任谁都没办法——比如说，科拉被谋杀。我不得不请巴顿先生给他开镇静剂。以蒂莫西的健康状况，谋杀这种事情实在是太难承受了。我想，科拉一向是个白痴。"

恩特威斯尔先生默默消化这最后一句话，不知道她指的到底是什么。

"我想，我婚后就再没见过科拉，"莫德说，"当时我不忍心告诉蒂莫西：'你的那个妹妹精神不正常。'当然不是这样，但我当时就这么以为。她总说些非常奇怪的话，让人不知是该生气还是该笑。我猜，她大概是活在自己想象的世界里——满脑子都是关于其他人的闹剧和奇思妙想。唉，可怜的人，如今遭了报应。她没有门客，对吧？"

"门客？你是指？"

"我也只是猜测。某个吃白食的年轻画家或音乐家——诸如此类的人物。没准儿被她收留了，却为了一些现金把她杀了。也许是个青少年——那个年纪的人有时候真的很难捉摸——尤其是那种附庸风雅、神经过敏的人。我的意思是说，大白天闯进房子里杀人，这着实很奇怪。如果你打算破门而入，一定会选择晚上。"

"若真如此，屋里就会有两个人了，而不是她孤身一人。"

"哦，没错，那个贴身女仆。我实在不敢相信，竟然有人处心积虑地等着她出门，再闯进去袭击科拉。为了什么？他总不会认为她有钱或是什么值得偷的东西吧，而且如果真是为了钱，两人都不在家的机会也有很多，那样不是更安全吗？除非迫不得已，不然犯下杀人这种罪真是愚蠢至极。"

"那么，科拉被谋杀，你认为是无妄之灾？"

"依我看实在是太笨了。"

谋杀一定要合情合理吗？恩特威斯尔先生想着。理论上说，是的。但也有很多毫无道理可言的谋杀案。他心想，这取决于凶手的心理状态。

关于凶手和他们的心理状态，他又了解多少呢？很少。他的公司从没有承接过谋杀案，他个人对于犯罪学也没什么研究。杀人凶手——依照他的判断——各种类型都有。有些是受过度的虚荣心驱使，有些贪恋权力。有些像塞登，是卑鄙贪婪；还有些像史密斯和罗斯，是对女人过分迷恋；有些像阿姆斯特朗，与人交往时非常友善。伊迪丝·汤普森则生活在暴力的虚幻世界里，沃丁顿护士愉快地把那些老病人干掉，就像处理一项日常的工作……

莫德的声音打断了他的沉思。

"如果当时我能把报纸藏好，不让蒂莫西看到就好了！可他坚持要看——接下来，可想而知，那新闻让他难过极了。你一定能理解，对吗？恩特威斯尔先生，蒂莫西无论如何也不能出席死因审判。如果需要的话，我可以请巴顿医生写个证明之类的。"

"这件事你尽管放心。"

"谢天谢地！"

汽车转进斯坦菲尔德庄园的大门，行驶在一条破旧的车道上。这个小庄园过去应该很迷人——如今却因缺乏维护而破败不堪。莫德长叹一口气，说道：

"战时我们不得不让它这么荒废下去。两个园丁全被征走了，现在只剩一个老人——水平还不怎么样，工资却涨得吓人。必须得说，当得知我们终于能够花钱修缮这地方时，我实在太感激了。我们夫妻俩都很喜欢这里。我之前真的担心我们不得不卖掉它……我从没和蒂莫西说过。他要是知道了，一定会难过得要死。"

汽车在门廊前停下。这是一幢非常老旧的乔治亚王时期的建筑，外墙急需粉刷。

"没有仆人，"莫德的语气略带苦涩，她带着恩特威斯尔先生走进去，"只有几个过来帮忙的妇人。一个月前，我们还有一个全职女仆——略微有些驼背，腺体肿大很严重，各方面都不太机灵，不过能有这么个人帮忙已经很不错了——她的家常菜做得很好。可你能相信吗，她辞职跑去为另一个女人工作，那女人养了六只京巴犬——房子肯定比这里大，工作也多——她说她'非常喜欢小狗狗'。狗，真是的！除了生病和给人找麻烦，我怀疑那东西还能干什么。说真的，养狗的那些女孩儿都有神经病！所以事情就变成了如今这样，要是哪天下午我不得不出去办事，把蒂莫西一个人留在家里，万一有什么事，他该怎么找人帮忙？不过我把电话放在他椅子旁边。如果他感觉不舒服，立刻就可以打给巴顿医生。"

莫德领着恩特威斯尔先生进入客厅,茶叶已经准备好了,搁在壁炉旁。请恩特威斯尔先生就座之后,她就消失不见了,应该是去里屋了。几分钟后,她端着一个茶壶和一个银质水壶走进来,征询他喝茶的喜好后,帮他泡了茶。茶很好,还有自制蛋糕和新鲜的小圆面包。恩特威斯尔先生轻声问道:

"蒂莫西不喝些茶吗?"

莫德语气轻快地解释说,她出发去车站之前,就已经用托盘把茶点端给他了。

"现在,"莫德说,"他应该已经睡醒了。这个时候让他见你再合适不过了。请你务必让他别太激动。"

恩特威斯尔先生向她保证,他一定会非常注意。

他在跳跃的火光中审视她,心中泛起一丝同情。这个体形高大,甚至有些壮硕的女人,是如此健康和活力充沛,她通情达理,却在某个方面表现得那么脆弱。恩特威斯尔先生明白,她对她丈夫的爱是一种母性的爱。莫德·阿伯内西是位天生的母亲,却没有自己的孩子。她把自己病重的丈夫当成了孩子,他需要她的守护和照顾。也许,身为夫妻二人中强势的一方,她这种性格无形之中使得她丈夫变得更懦弱。

"可怜的蒂莫西夫人。"恩特威斯尔先生心想。

2

"非常感谢你能来,恩特威斯尔。"

蒂莫西从躺椅上坐起来,伸出手。他是个身材高大的男人,和他哥哥理查德很像。不过理查德很有力量,而蒂莫西非常虚弱。他下巴的线条往回缩，嘴形看上去为人优柔寡断，眼睛算不上深邃，额头上有因为焦躁而突显的青筋。

他膝上盖着的毯子和右手边桌子上瓶瓶罐罐的药说明了他此时重病的状态。

"我不能太用力，"他提醒恩特威斯尔先生，"医生明令禁止。总是让我别担心！怎么能不担心！我敢打赌，要是他家里发生了谋杀案，他也一样担心！这一切实在太让人难以承受了。先是理查德的死，然后听说了他的葬礼和他的遗嘱——多么周全的遗嘱啊！最后是小科拉被人用斧头砍死的消息。斧头！啊！这个国家如今充斥着恶棍、暴徒——战争遗留下来的产物！到处游荡，残杀这些毫无反抗之力的女人。没有人有魄力采取强硬的手段，把这些败类一口气铲除。我想知道，再这么下去，这个国家会变成什么样子？"

恩特威斯尔先生对这个话题非常熟悉。过去二十年，他的顾客们或早或晚都一定会问出这个问题，他也有一套例行的回答。他那些不包含任何确切意见的话语可以被归类为宽慰人的废话。

"都是从那个该死的工党政府开始的，"蒂莫西说，"领着整个国家入了地狱。现在这个政府一样糟糕，全是些软弱无能的社会主义者！看看我们现在的状况吧！找不到一个像样的园丁，找不到仆人——可怜的莫德不得不亲自动手，在厨房里忙得不可开交。（对了，亲爱的，我想今晚的主菜配奶油冻布丁再合适不过了，还有，可以先上一道清汤吗？）我得保持体力——巴顿医生说的——让我想想，刚才说到哪儿了？哦，对，科拉。晴天霹雳，我可以明确地告诉你，一个男人听见自己的妹妹——他的亲妹妹——被人谋杀了！我足足心悸了二十分钟！你得帮我出面处理所有事情，恩特威斯尔。我实在没办法参加死因审判，更不可能处理任何与科拉遗产相关的事情。我要忘了整件事。另外，理查德留给科拉的那份遗产怎么处理？应该是归我吧，我想？"

莫德嘟囔了几句，好像是要去收拾茶点，便离开了房间。

蒂莫西躺回椅子上，说道：

"没有女人在场好多了。我们现在可以聊聊正事，不要担心任何愚蠢的干扰。"

"科拉分到的那部分信托基金里的钱，将由你和你的侄女、外甥、外甥女平分。"

"可你听着，"因为愤怒，蒂莫西的双颊有些发紫，"我才是她血缘最近的亲人，不是吗？她唯一在世的哥哥。"

恩特威斯尔先生详细地解释了理查德·阿伯内西遗嘱中的条款，并温和地提醒蒂莫西，自己已经给他寄了一份副本。

"你不会指望我了解那些法律名词吧？"蒂莫西丝毫不感激律师的这一举动，"你们这些律师！说实话，莫德回来把遗嘱的主要内容转述给我时，我就不相信！我以为她听错了。女人的头脑一向很糊涂。莫德，全世界最好的女人——却对理财一窍不通。我想莫德压根儿没有意识到，要不是理查德的死，我们很可能要从这里搬走。千真万确！"

"如果你向理查德求助的话，当然——"

蒂莫西干笑一声，犹如狗吠。

"那不是我的作风。父亲当年留给我们每个人一份非常可观的钱——前提是，我们不想接管家族事业。我就没有，我的理想可比面粉厂远大，恩特威斯尔！这下好了，扣除税金，货币贬值，倒霉的事情一件接一件——想维持下去真的很不容易。我不得不把财产变卖成现金，那是时下唯一的方法。我曾向理查德暗示过，住在这个地方实在负担太大。他当时表态说，我们应该换一个小一点儿的地方，那样就轻松多了。对莫德也是，他当时说，还能节省不少劳力——节省劳力，这是什么话！哦，不，我绝不可能向理查德寻求帮助。但可以告诉你，恩特威斯尔，为生计担忧，这严重地影响了我的健康。像我这种健康状况的人，根本不应该忧心忡忡。接下来理查德去世了，当然了，他的死让我非常悲痛——他毕竟是我的哥哥——但我也不禁对前景松了口气。没错，如今总算一帆风顺了，真是如释重负。找人把房子重新粉刷，请一两个能干的伙计打理花园，肯出好价钱还是能找到的。把玫瑰园重新建起来。而且，我说到哪儿了——"

"详细描绘你未来的计划。"

"是的——没错——我真不应该拿这些事情来烦你。让我感到难过的是——应该说是非常伤心——是理查德遗嘱的内容。"

"是吗？"恩特威斯尔先生好奇地看着他，"遗嘱的内容——不符合你的预想？"

"必须得说，没错！照常理，莫蒂默死后，我自然认为理查德会把所有东西留给我。"

"呃，他有没有——曾经——这样暗示过你？"

"从来没有——起码没有明确地表示过，理查德是个沉默寡言的人。但他曾来这里和我讨论过——就在莫蒂默死后不久，他想和我聊聊家里的情况。我们讨论了乔治，还有那些女孩和她们的丈夫。他想知道我的看法，但我也没多少意见可以给他。我是个病人，没办法四处走动，莫德和我一直过着与世隔绝的生活。要让我说，那两个女孩在选择丈夫这方面愚蠢透了。嗯，我问你，恩特威斯尔，他来找我讨论这些事情，是不是把我当作他去世后的一家之主？我很自然会以为家庭的财产应该由我来掌管。在照顾年轻一代这方面，理查德当然可以信任我。我本还可以好好照顾可怜的老科拉。真是该死,恩特威斯尔,我姓阿伯内西——是最后一个姓阿伯内西的,所有掌控权都应该属于我。"

蒂莫西情绪激动地踢掉毛毯,直挺挺地坐在椅子上。憔悴和软弱一扫而光。恩特威斯尔先生心想,他看上去非常健康,甚至有些兴奋。老律师还意识到,很显然,蒂莫西·阿伯内西一直暗暗嫉妒他哥哥理查德。他们俩长得很像,蒂莫西一直不满他个性坚强的哥哥掌握家庭大权。理查德一死,蒂莫西就跃跃欲试,想在晚年继承掌握他人生死的权力。

理查德·阿伯内西并没有赋予他那种权力。他会不会想过,但后来又改变了主意?

花园里突然传来一阵猫叫,蒂莫西从椅子上一跃而起,冲到窗边大声咒骂:"别叫了,你们!"然后拿起一本厚厚的书,朝窗外这群入侵者扔了过去。

"这群野猫,"他回到恩特威斯尔先生身边,喃喃抱怨,"把花床都毁了,而且我受不了那该死的叫声。"

他重新坐下,问道:

"要不要喝一杯,恩特威斯尔?"

"暂时不用了,莫德刚才给我喝了杯好茶。"

蒂莫西说:

"能干的女人,莫德。不过她做的事情太多了,甚至还得对付我们那辆老破车——要知道,说起修理东西,她简直是个专业技工。"

"我听说从葬礼回来的路上,汽车发生了故障?"

"没错,抛锚了。她还特意打了一通电话告诉我,害怕我担心,可那个帮我们打理家事的笨女人留了一张字条,我根本读不懂。我当时出去呼吸新鲜空气了——医生建议我尽量多做一些运动——散步回来之后，我发现一张字条上歪七扭八地写着：'夫人抱歉的汽车出问题了，得过夜。'我自然想到她应该还在恩德比，就打了一通电话过去，发现莫德早上就离开了。车有可能在任何地方抛锚！真是一团糟！那个帮我们打理家事的白痴女人只给我留了一小碗乳酪通心粉当晚餐。我不得不亲自去厨房加热，还得自己动手泡茶，更别说自己添煤生火了。我的心脏病差点儿发作——可那种女人会在乎吗？肯本不会！如果她还有一点点良知，晚上就应该回来好好照顾我。这些低贱的人根本不懂得忠诚——"

他陷入了沉思。

"关于葬礼和你亲戚们的事，不知道莫德告诉了你多少，"恩特威斯尔先生说，"科拉当时说了句让人难堪的话。漫不经心地说理查德是被谋杀的，是吗？或许莫德已经告诉你了。"

蒂莫西笑了起来。

"没错，我听说了。在场的每个人都赶紧低下头，装出很震惊的样子。这正是科拉会说的话！她从小就口不择言，你难道不记得了，恩特威斯尔？她在我的婚礼上也说了一些话，让莫德很不高兴，我记得。莫德向来不是很喜欢她。是的，葬礼之后的晚上，莫德打电话问我是否一切安好，琼斯夫人有没有帮我准备晚餐。她告诉我仪式非常顺利。然后我问她'遗嘱呢'？她吞吞吐吐，不肯说。但当然了，我还是让她如实告诉了我。我简直无法想象，我告诉她，她一定是听错了，但她非常确定。太伤人了——恩特威斯尔——真正伤害了我，你知道我的感受吧。说实话，理查德实在太可恨了。我知道不应该说死人的坏话，可是，我发誓——"

蒂莫西继续就这个话题滔滔不绝。

莫德走进房间,语气坚定地说:

"亲爱的,我想,恩特威斯尔先生和你已经聊得够久了。你必须休息了。如果你们已经谈妥了所有事情——"

"哦,已经都谈妥了。接下来的事情就都交给你了,恩特威斯尔。等他们抓住凶手,一定要告诉我——如果他们能抓到的话。我对这年头的警察没信心——警察局局长压根儿不是那块料。你会处理——呃——下葬的事情,对吧?恐怕我们应该没办法出席。不过,请务必订一个最高级的花圈,还得准备一块像样的墓碑——她应该在当地下葬吧,我猜?没道理把她的遗体运回北方,我也不知道兰斯科内特家族的人都葬在哪里,可能是法国的某个地方吧。不知道一个被谋杀的人墓碑上该写些什么……'进入安息乡'之类的词句不太合适。得好好挑选一段恰当的墓志铭。'安息'?不好,只有天主教徒才这么写。"

"哦,主啊,你目睹了我的冤屈,请你还我公道。"恩特威斯尔先生低声说道。

蒂莫西惊恐地看着他,恩特威斯尔先生微微一笑。

"摘自《耶利米哀歌》[①],"他说,"虽然有些戏剧化,但似乎挺恰当的。无论如何,距离准备墓碑还有一些日子。呃——墓地的选址得尽快确定,你知道。你不用操心,我们会全权处理,并随时告知你最新进展。"

第二天,恩特威斯尔先生搭早餐时间的火车返回伦敦。

回到家,他犹豫再三,还是给他的一位朋友打了一个电话。

---

① 《耶利米哀歌》是《希伯来圣经》中的一个书卷,在基督教传统中列在《旧约圣经·耶利米书》之后。

第七章

"真不知该如何感谢你邀请我来。"

恩特威斯尔先生热情地握住主人的手。

赫尔克里·波洛热情周到地请他在壁炉旁的椅子上就座。

恩特威斯尔先生叹了一口气,坐下来。

房间的另一头摆着一张双人餐桌。

"我今天早晨才从乡下回来。"他说。

"你有事要找我商量?"

"是的。恐怕是个非常冗长的故事。"

"那就等我们吃过饭后再说吧。乔治!"

手脚利落的乔治端着肥鹅肝酱饼出现了,还带来了一个用餐巾包裹的热吐司。

"我们可以在壁炉边先吃些鹅肝,"波洛说,"然后再上桌。"

一个半小时后,恩特威斯尔先生舒舒服服地躺在椅子上,心满意足地叹了一口气。

"你可真会享受,波洛。不愧是法国人。"

"我是比利时人。除此之外,你完全正确。到了我这个年纪,最主要的乐趣——甚至可以说是仅存的乐趣——就是在餐桌边大快朵颐了。幸好我的胃口还不错。"

"啊。"恩特威斯尔先生低声说。

他们先喝了杯上好的维罗妮卡葡萄酒开胃,接着享用了米兰小牛肉片,甜点是火焰酿雪梨配冰淇淋。

喝完一支哥尔顿葡萄酒后,他们又喝了一支宝利白,恩特威斯尔先生举起一杯上好的波特酒仔细观察。波洛不喜欢波特酒,正小口抿着可可力娇酒。

"我真不知道,"恩特威斯尔先生仍在回味,"你从哪儿搞来那么嫩的小牛肉!简直入口即化!"

"我有一个朋友是欧洲的肉商,我帮他处理了一件微不足道的家务事。他很感激——从那以后,他就一直关照我的胃。"

"家务事,"恩特威斯尔先生叹了一口气,"真希望你没提醒我……这么完美的时刻……"

"等等再说吧,我的朋友。现在让我们先喝些清咖啡,来点儿上好的白兰地,在那之后,等我们消化得差不多了,你再告诉我,为什么来寻求我的建议。"

一直到九点半,时钟敲响,恩特威斯尔先生有些坐不住了。他的心理已经做好准备,不再为自己提出的这个困惑感到为难——正相反,他急着一吐为快。

"我不确定,"他说,"我是不是在庸人自扰。无论如何,我都想不出该怎么办。但我想把事情的全部经过告诉你,听听你的想法。"

他稍作停顿,接着以平实、精准的方式讲述了整件事。训练有素的大脑帮助他清晰地陈述了事实,没有一丝遗漏,也没有一句添油加醋的废话。他的叙述清楚、平实。脑袋像个鸡蛋一样的小老头坐在对面听着,他非常欣赏恩特威斯尔的说话方式。

恩特威斯尔先生讲述完,准备好回答对方的问题。可过了好一阵子仍没有出现任何问题。赫尔克里·波洛正在回想他刚才说的话。

他终于开口了：

"事情似乎很清楚。你在心里怀疑，你的朋友理查德·阿伯内西有可能是被谋杀的，对吗？这种怀疑，或者说是假设，只基于一件事——科拉·兰斯科内特在理查德葬礼上说的那句话。除了这个，没有任何其他根据。而她自己在葬礼之后被人杀害，也可能纯粹是个巧合。理查德·阿伯内西的死的确很突然，但照顾他的医生声誉很好，对他的病情也非常了解，这位医生对死因没有任何疑问。理查德是火葬还是土葬？"

"火葬——遵循他本人的遗愿。"

"这样，那的确得照办。火葬也就意味着，必须有第二位医生签发证明——但想做手脚应该也不难。既然如此，我们回到最关键的一点，科拉·兰斯科内特的那句话。你当时也在场，亲耳听到她说那句话。她说：'可他是被谋杀的，不是吗？'"

"是的。"

"而问题的重点在于——你相信她说的是事实。"

律师犹豫片刻，说道：

"没错，我相信。"

"为什么？"

"为什么？"恩特威斯尔重复这句话，带着一些困惑。

"没错，为什么？是不是因为，你内心深处早就对理查德的死因有些怀疑？"

律师摇了摇头。"不，不，一点儿也不。"

"那就是因为她——科拉。你很了解她？"

"我已经有——哦——二十多年没见过她了。"

"如果在大街上和她擦肩而过，你能认出她吗？"

恩特威斯尔先生想了想。

"应该认不出来。我最后一次见她时,她还是个纤弱的小姑娘,现在已经变成一个矮胖、邋遢的中年妇女。但我估计,如果和她面对面交谈,我一定能认出她。她的发型还是当年那样,留着齐齐的刘海儿,总会从刘海儿的缝隙里偷瞄你,神情像只害羞的动物,而且她有个很显著的特征,总喜欢打断别人,把头歪向一边,说一些让人恼火的话。她很古怪,你知道,而古怪的人各有特色。"

"事实上,她还是那个几十年前你认识的科拉,也依旧说着惹人恼火的话!而那些话,她过去曾说过的那些让人恼火的话——通常——都是事实?"

"这正是科拉令人难堪的地方。有些时候,事实还是不要说出来为好,而她总会脱口而出。"

"她这一点完全没变。理查德·阿伯内西是被谋杀的——所以科拉当即说出了事实。"

恩特威斯尔先生吓了一跳。

"你认为他真是被谋杀的?"

"哦,不,不,我的朋友,还不能这么快下定论。我们只能说——科拉认为他是被谋杀的。她非常确信这一点。对她而言,这绝不是臆测。因此,我们可以推断出,她如此确信,一定有理由。而根据你对她的了解,我们可以说,她说那句话并不是在胡闹。现在,请告诉我——当她说出那句话时,在场的人立刻一致抗议——对不对?"

"对。"

"然后她慌了,非常羞愧,开始找台阶下,说了一句——根据你的回忆——'但我只不过是听了他说的——'"

律师点点头。

"真希望我能记得更准确。但我非常确定,她当时用的词是'他说'或是'他告诉我——'"

"之后这件事就过去了,大家开始聊别的话题。你仔细想想当时的情形,现场有没有人脸上有异样的神情?你记忆中有没有任何——我们不妨说——不寻常的事情?"

"没有。"

"而就在第二天,科拉被人谋杀——你问自己:'这当中会不会存在因果关系?'"

律师有些激动。

"难道你认为我是在胡思乱想?"

"一点儿也不,"波洛说。"假定原先的猜测是事实,那么一切都合乎逻辑。理查德·阿伯内西的死是完美的谋杀,一切都进行得非常顺利——可突然之间,冒出来一个掌握真相的人!很显然,必须尽快把这个人的嘴封住。"

"所以你认为——的确是谋杀?"

波洛的语气很沉重:

"亲爱的朋友,我的看法和你一样——这肯定值得调查一番。你采取了任何行动吗?向警察报告过这些情况吗?"

"没有。"恩特威斯尔先生摇摇头,"在我看来,这么做似乎不会有什么好结果。我的职责是代理这个家庭的事务。如果理查德·阿伯内西真是被谋杀的,似乎只有一种方法可以办到。"

"下毒?"

"正是。而且尸体已经被火化,没有任何证据能证明这个推断。不过我决定,我必须要搞清楚真相。这也是我今天来见你的原因,波洛。"

"理查德死的时候,恩德比府邸里都有哪些人?"

"一个跟随他多年的老管家,一个厨师和一个女仆。看起来,应该是这三个人之一——"

"啊!别干扰我的判断。这个科拉,她知道理查德·阿伯内西是被谋杀的,却勉强闭上了嘴,没继续说。她说:'我想你们说的都很对。'由此可以推断,凶手一定是在场的家庭成员之一,这个人,连死者本人都不愿让他被当众指控。否则,科拉那么喜欢她哥哥,她绝不会允许凶手逍遥法外。这一点你同意吧?"

"和我的推断一样——是的,"恩特威斯尔先生说,"不过,怎么可能有任何一个家庭成员——"

波洛打断他的话。

"如果涉及下毒杀人,可能性多种多样。假定他是在睡眠中死去的,而且外表看起来没有任何异样,那凶手使用的一定是某种麻醉剂。或许他服用的药里原本就有麻醉剂。"

"无论如何,"恩特威斯尔先生说,"凶手如何下手已经不重要了,我们永远都没办法证明任何事。"

"就理查德·阿伯内西的死来说,的确没办法。但科拉·兰斯科内特被谋杀一案就不同了。只要我们能弄清杀害她的凶手,就有可能找到证据。"他目光敏锐地看了恩特威斯尔先生一眼,"或许,你已经有所行动了。"

"只做了很少的调查。我想,我的目的主要是排除嫌疑。我实在不愿相信凶手是阿伯内西家族中的某个人,至今我都无法相信。我希望通过一些不怎么高明的问题,排除一些家人的犯罪嫌疑。兴许,能全部排除。若真如此,科拉的判断就是错的,而她遇害也可能只是某个小偷临时起意。毕竟,我需要得到的答案非常简单。在科拉·兰斯科内特被杀的那个下午,阿伯内西家族的成员都在干什么？"

"非常好，"波洛说，"他们都在干什么？"

"乔治·克罗斯菲尔德在哈斯特马场赌马。罗莎蒙德·沙恩在伦敦逛街。她丈夫——必须得把她丈夫包含在内——"

"当然。"

"她丈夫在和人商谈购买一出戏剧的事，苏珊和格雷格·班克斯一整天都待在家里，蒂莫西·阿伯内西是个病人，待在约克郡的家中，他妻子在从恩德比府邸回家的路上。"

他停下了。

赫尔克里·波洛点了点头，示意他明白了。

"嗯，那是他们说的，都是事实吗？"

"我就是无法确定，波洛。有些说辞可以查证——不过，在这么做的同时要隐瞒我的真实意图，非常困难。事实上，查证就等于指控。我可以给你简单讲讲我得出的结论。乔治当时有可能在哈斯特马场赌马，但我认为他没说实话，他当时非常莽撞地吹嘘自己赌中了两匹赢家。根据我以往的经验，罪犯总是因为说了太多而自露马脚。我问他那两匹马的名字，他毫不犹豫就脱口而出，据我调查，当天下在那两匹马身上的赌注很多，其中一匹的确赢了，另一匹，虽然最被看好，却连名次都没得。"

"有意思。这个乔治在他舅舅去世的时候，是不是急需用钱？"

"我认为他急需用钱。这么说没什么证据，但我怀疑他挪用了客户的钱，随时都有可能被起诉。虽然这只是我的印象，但我对这类事情有些经验。玩忽职守的律师，很遗憾地说，并不少见。我只能告诉你，我个人绝不放心把钱托付给乔治，而且我猜像理查德·阿伯内西那么精明的人，看人又一向很准，肯定对自己的外甥很不满意,而且不信任他。"

"他母亲,"律师继续说,"是个漂亮又有些单纯的女孩,嫁给了一个——要让我说——是个非常可疑的人物。"他叹了口气,"阿伯内西家族的女孩向来不会选丈夫。"

他稍稍停了一会儿,继续说:

"至于罗莎蒙德,她是个可爱迷人的傻姑娘。我实在无法想象她用斧头砍烂科拉的头!她丈夫迈克尔·沙恩,绝对不是等闲之辈——是个野心勃勃的家伙,而且我得说,他有些过分贪慕虚荣。但我对他的了解真的不多,没理由怀疑他会犯下如此惨绝人寰的罪过,或是精心策划下毒。不过,在我弄清他那天的行踪是否与他所说的一致之前,我没办法把他排除。"

"但你不怀疑他妻子?"

"不——不——她某些方面冷酷得吓人……但不,我真的无法想象她用斧头行凶——她看上去非常娇弱。"

"而且很漂亮!"波洛略带讽刺地笑了笑,"那个侄女呢?"

"你说苏珊?她和罗莎蒙德是完全不同的类型——我必须得说,她是个非常有能力的女孩。她和她丈夫那天都在家。我骗她说,那天下午我给她打了好几通电话。格雷格立刻解释,电话那一整天都有问题,他试着打给别人,也打不通。"

"这么说,也一样不能下定论……你并没能如愿排除他们……她丈夫是个什么样的人?"

"他让人捉摸不透。他的个性总让人觉得有些讨厌,却又说不上来为什么会给人这种印象,至于苏珊——"

"嗯?"

"她让我想起她伯父。她精力十足并充满干劲儿,和她伯父一样聪明过人。但缺乏我那个老朋友身上的仁慈和热情。"

"女人从不仁慈，"波洛评价道，"不过她们有时候可以非常温柔。她爱她的丈夫吗？"

"全心全意，我得说。但说真的，波洛，我不相信——我哪怕一刻也绝不愿相信凶手是苏珊——"

"你更愿意相信是乔治？"波洛说，"这是人之常情！至于我，我不会对年轻漂亮的女孩有多余的好感。现在，和我说说你去拜访老一代的情况吧。"

恩特威斯尔先生花了一段时间叙述他去拜访蒂莫西和莫德的情况。波洛归纳出重点。

"这么说，阿伯内西夫人对器械挺在行。她知道汽车的全部构造，而阿伯内西先生也不像他自己认为的那么孱弱。他可以外出散步，而且照你的描述，可以做大幅度的活动。与此同时，他还有些自大，而且嫉恨他哥哥的成功与自视高人一等的态度。"

"但他说到科拉时非常感伤。"

"却讥讽她在葬礼之后说的傻话。第六个受益人呢？"

"海伦？利奥夫人？我完全不怀疑她。而且无论如何，她的清白很容易证明。她当时在恩德比，和三个仆人一起待在府邸。"

"好的，我的朋友，"波洛说，"让我们实际一点儿，你想让我干什么？"

"我希望弄清真相，波洛。"

"是的，是的。如果我是你，也会有同样的想法。"

"而你正是能帮我弄清真相的人。我知道你已经不再接案子了，但我想请你接下我的委托。这是公事，你办案的费用我来负责。快答应吧，多赚些钱没什么坏处。"

波洛咧开嘴笑起来。

"好处再多还不是都交了税金！但我同意，你这个案子我很感兴趣！因为很困难……迷雾重重……还有一件事，我的朋友，需要由你来办。之后，我会处理所有事情。我想最好由你出面，去见见当时照顾理查德·阿伯内西的那位医生。你认识他吗？"

"算是认识。"

"是个什么样的人？"

"是个中年全科医生。非常能干。和理查德关系很好，是个心思缜密的好人。"

"那么就请你去找他。比起我，他和你聊天应该更放松。问问阿伯内西先生的病情，查清楚理查德去世之前服用的所有药物，理查德·阿伯内西是否曾对他提起过有人给他下毒的事。对了，那个吉尔克里斯特小姐确定理查德和他妹妹谈话时，用的是'下毒'这个词吗？"

恩特威斯尔先生回忆了一下。

"的确是这个词——不过她是那种随时可能改变证词的证人，因为她总是对自己的联想很自信。如果理查德说他怀疑有人要杀他，吉尔克里斯特小姐有可能立刻会认为是下毒，因为他的这种恐惧让她联想起自己的某个姑姑，她那个姑姑怀疑自己的食物里被人动了手脚。就这一点，我会抽空再去找她聊聊。"

"是的，或者我去也行。"波洛略一停顿，换了一种语气，"我的朋友，你有没有想过，吉尔克里斯特小姐可能处在某种危险当中？"

恩特威斯尔先生一脸惊讶。

"我没想过。"

"可是，她的确有危险。葬礼那天，科拉说出了她的怀疑。凶手也许会想，得知理查德死后，她是否曾向任何人说过自己的这个怀疑？如果有，那么最有可能的人就是吉尔克里斯特小姐。

我想,我的朋友,她还是不要独自留在那幢小别墅里为好。"

"我记得苏珊说过,想要去一趟。"

"啊,这么说,班克斯夫人打算过去?"

"她想去看看科拉留下的东西。"

"我知道了……我知道了……好吧,我的朋友,照我说的去做。你也可以告知阿伯内西夫人——利奥·阿伯内西夫人一声,我有可能会去恩德比一趟。到时再说吧。从现在起,一切都交给我来办。"

波洛充满干劲儿,捋了捋胡子。

第八章

1

恩特威斯尔先生心绪颇重地注视着拉若比医生。

他这一生阅人无数，很有经验，也常常遇到很难处理的情况或是很难开口的微妙话题。在如何恰当处理此类事宜这一方面，恩特威斯尔先生已经非常老练。究竟该如何向拉若比医生开口，这个话题着实难办，医生有可能会认为这是对自己医术的质疑而勃然大怒。

坦白——恩特威斯尔先生心想——至少是稍加修饰的坦白。告诉他，因为一个蠢女人不经意的一句蠢话，有人对理查德的死因产生了怀疑，如此一来，对他行医的声誉肯定有影响。拉若比医生并不了解科拉。

恩特威斯尔先生清了清喉咙，鼓起勇气开口了。

"我想请教你一件非常微妙的事情，"他说，"也许会冒犯到你，但我衷心希望不会。你是个明事理的人，而且相信你会了解，对待一个——呃——荒谬的暗示，最好的处理方法就是给出一个合理的回答，而不是一味叱责。这件事关系到我的客户——理查德·阿伯内西。我想直率地问你这个问题。你确定，完全确定，他是自然死亡吗？"

拉若比医生原本红润、和善的脸上立刻充满讶异。他望向提问的人。

"你到底——他当然是自然死亡。我签过证明了,不是吗?如果我不确定的话——"

恩特威斯尔先生巧妙地打断他的话:

"当然了,当然了。我向你保证,我个人绝没有任何猜测。但还是希望听到你肯定的保证——鉴于——呃——鉴于现在漫天的谣言。"

"谣言?什么谣言?"

"不知道是从哪儿传出来的,"恩特威斯尔先生撒了个谎,"但我认为,这种流言应当立即制止——如果可能的话,应该由你出面。"

"阿伯内西是个病人。他患的那种病,早已被证明患者最快两年内就会死亡,我敢说。也有可能更早。他儿子的死讯减少了他求生的欲望和对抗病魔的力量。我承认,我没想到他死得那么快,或者说那么突然,但这种情况是有先例的——很多先例。任何一个所谓能准确预测病人什么时候会死或是还能活多久的医生,都是自欺欺人。人的因素是不可预料的。弱者有时拥有出人意料的抵抗力,而身强体壮的人有时却会轻易地被病魔击垮。"

"这我都明白。我并不是在怀疑你的诊断结果。阿伯内西先生是——我们不妨这么说,尽管或许过于戏剧化——已经被判了死刑,而我想请教你的是,作为一个已经知道或是预料到自己时日不多的人,有没有可能自行缩短自己的生命或是别人替他这么做?"

拉若比医生眉头紧锁。

"你的意思是,自杀?阿伯内西不是会自杀的人。"

"我明白了。从医学的专业角度上讲,你可以向我保证,这样的假设不可能成立。"

医生不自在地动了动。

"我不会说不可能。他儿子去世后,对于阿伯内西先生来说,生命已远不如过去那样有意义。我当然不认为有自杀的可能——但我不能说那绝对不可能。"

"你的这个结论是站在心理学角度分析得出的。我刚才说医学的专业角度,真正的意思是:就他当时死亡的情况来说,这种事是不可能的,是吗?"

"不,哦,不。不,我不会这么说。他是在睡梦中去世的。没有任何理由怀疑他是自杀,就他的心态来说,也没有任何迹象。如果每一个病重的人在睡梦中去世,都需要验尸的话——"

医生的脸变得越来越红。恩特威斯尔先生急忙收敛了话锋。

"当然了,当然了。但如果存在这种迹象呢——一些你没有发现的迹象。比方说,他曾向某人提起过——"

"暗示他打算自杀?他说过吗?我必须得说,我非常惊讶。"

"但如果真是如此——这只是我的假设——你能排除这种可能性吗?"

拉若比医生缓缓地说:"不——不——我不能。但我要再重申一遍,如果真是如此,我会感到非常惊讶。"

恩特威斯尔先生乘胜追击。"那么,如果我们假定他不是自然死亡——这当然只是纯粹的假设——那究竟是什么造成了他的死亡?我的意思是,哪一种药物?"

"有几种,可能是某种麻醉剂。他死时皮肤并没出现青紫,神态也很安详。"

"他服用了任何安眠剂或安眠药吗?或是成分类似的东西。"

"有。我给他开过安眠药——是一种安全可靠的助眠药。他并不是每晚都吃,而且一次只给他开一小瓶。按我给他的剂量,服用三四倍也不会致死。事实上,他死后,我看见他盥洗台上的药瓶子几乎还是满的。"

"你还给他开过什么药?"

"很多种——有一种药含有少量吗啡,他疼痛难忍的时候可以服用。还有一些维生素胶囊和助消化的混剂。"

恩特威斯尔先生打断他。

"维生素胶囊?我想我之前也服用过,小小的圆形胶囊。"

"没错,还有维生素 AD。"

"会不会有其他什么东西混进——呃——其中的某一个胶囊里?"

"你是说,某种致命的东西?"医生的表情越来越讶异了,"但肯定不会有人——听着,恩特威斯尔,你在暗示什么?上帝啊,难道你,你是在暗示谋杀?"

"我也不太清楚我在暗示什么……我只想知道有没有这种可能性。"

"可你有什么证据暗示这种事?"

"我没有任何证据,"恩特威斯尔先生的语气很疲惫,"阿伯内西先生死了——听他提起过这件事情的人也死了。整件事情只是谣传而已——含混、惹人烦的谣传,而我想尽自己的最大努力扼杀它。只要你能告诉我,没有任何人能以任何方式毒害阿伯内西,我会非常高兴的!我向你保证,这绝对会减轻我的一大负担。"

拉若比医生站起来,来回踱步。

"我不能告诉你你想让我说的事,"他终于说,"我很希望我能,那当然是有可能的。任何人都可以抽出胶囊里的油脂,换成——比方说——纯尼古丁或是一半剂量的其他物质。也有可能混在他的饮食中,这不是更有可能吗?"

"的确。但你看,在他死时,府邸里只有几个仆人——我不认为他们当中的任何一个人能干出这种事——事实上,我很确定不是他们,因此我想找的是一种能延时发作的东西。我想,应该没有某种成分能让人吃了一星期以后才毒发身亡吧?"

"真是个方便的主意——不过恐怕不能成立。"医生冷冷地说,"我知道你是个公道的人,恩特威斯尔,可究竟是谁在做这种暗示?这在我看来实在太勉强了。"

"阿伯内西从没给你说过类似的事情?暗示他的某一个亲戚想把他除掉?"

阿伯内西好奇地看着他。

"没有,他从没有说过这种事。恩特威斯尔,你确定这不是某些人——呃,故意挑起事端?要知道,有些歇斯底里的人,表面看起来很正常,很理智。"

"我希望是这样,有可能确实如此。"

"让我猜猜。有人说阿伯内西告诉她——说明是个女人,没错吧?"

"哦,没错,是个女人。"

"他告诉她,有人想要杀他?"

恩特威斯尔先生走投无路,只得勉强地告诉他科拉在葬礼上说的话,拉若比医生的脸色明朗了起来。

"我亲爱的朋友。这种话我绝对不会放在心上!理由太简单了。女人到了某个年龄段总爱无事生非,心智不稳定,完全靠不住,什么话都敢说。你要知道,她们的确这样!"

恩特威斯尔先生对于他这种武断的推测非常不满。他自己曾经应对过许多无事生非、歇斯底里的女人。

"你说的可能很对，"他站起身，"但我们没办法求证，因为她被人谋杀了。"

"什么——被人谋杀？"拉若比医生狐疑地看着恩特威斯尔先生，好像在怀疑他的心智也不太正常。

"你或许在报纸上读到了，利契特圣玛丽的兰斯科内特夫人。"

"没错，但我不知道她竟然是理查德·阿伯内西的亲戚！"拉若比医生看上去非常震惊。

恩特威斯尔先生感觉自己报复了医生那种自视权威的优越感，同时也因为自己白跑一趟，心中的疑惑没有得到解答而感到失望。他起身告辞。

2

回到恩德比，恩特威斯尔先生决定找兰斯柯姆聊一聊。

为了挑起谈话，他先询问了老管家未来的计划。

"利奥夫人请我待在这里，先生，知道房子被卖掉，我也乐意遵照她的吩咐。我们都非常喜欢利奥夫人。"他叹了一口气，"我非常遗憾，先生，请你原谅我提起这件事——这房子不得不被卖掉。我在这里工作了这么多年，看着年轻的小姐和少爷在这里长大。一直以为莫蒂默先生在他父亲死后会回到这里，或许会在这里成家立业。都已经安排好了，先生，我退休以后会住到背面的小屋去。是间非常漂亮的小屋子——我一直期盼那一天的到来。可我想，这都已经成为幻影。"

"恐怕是的，兰斯柯姆，整个房产要一起出售，但你有那份遗产——"

"哦，我并不是在抱怨，先生，我非常感激阿伯内西先生是如此慷慨。他给我的养老金非常丰厚，但现在想买个小房子很不容易。虽然我已经出嫁的侄女请我和她们住在一起，可那和住在这里不一样。"

"我明白，"恩特维斯尔先生说，"对我们老一辈的人而言，这是个冷酷的新世界。我真希望在我老朋友去世前，能多见他几面。他最后几个月是怎么过的？"

"哦，他变得和以前不一样了，先生，自从莫蒂默先生死后。"

"的确，他整个人都崩溃了。从那以后，他就成了一个病人——病人很容易胡思乱想。我猜阿伯内西先生生前最后几天也是这样。他有时候会提到仇人，说有人想伤害他——或许吧？他甚至怀疑自己的食物被人动了手脚？"

老兰斯柯姆看上去非常惊讶——并且被冒犯了。

"我想不起来有这种事，先生。"

恩特威斯尔先生全神贯注地盯着他。

"你是个非常忠诚的仆人，兰斯柯姆，这我很清楚。而阿伯内西先生有些幻觉——呃……也没什么大不了的……这是……可以说……一些疾病的自然症状。"

"真的吗，先生？我只能说，阿伯内西先生从没有对我说过类似的话，我也没听到过。"

恩特威斯尔先生不动神色地转入另一个话题。

"在他去世前，他曾邀请一些家人到这里与他同住，对吗？他的外甥，外甥女、侄女和她们的丈夫？"

"是的，先生，确有其事。"

"对于他们的来访,他满意吗?还是很失望?"

兰斯柯姆眯起双眼,脊背僵直。

"我真的不能说,先生。"

"我想你可以,"恩特威斯尔先生温柔地鼓励道,"依你的身份,不应该谈论这些事情——你是这个意思。但人有些时候要学会变通。我是你主人的老朋友,非常关心他,你也一样。因此才把你当作一个普通人来询问,而不是一名管家。"

兰斯柯姆沉默了片刻,然后语气平淡地问:

"是不是有什么——不对劲儿,先生?"

恩特威斯尔先生坦诚地回答他。

"我也不清楚,"他说,"希望没有。我想要确定一下,你有没有感觉到什么事情——不对劲儿?"

"只有在葬礼之后,先生,而且我也说不清楚到底是什么。不过,那天晚上所有人离开后,利奥夫人和蒂莫西夫人的行为举止也和往常不太一样。"

"你知道遗嘱的内容吧?"

"知道,先生。利奥夫人认为我想知道,所以告诉了我。如果允许我评论的话,在我看来,是一份非常公平的遗嘱。"

"没错,的确是一份公平的遗嘱。财产等分。但我想这应该不是阿伯内西在他儿子去世后原本想要立下的遗嘱。现在,你愿不愿意回答我刚才的问题?"

"这只是我个人的观点——"

"是的,是的,刚才我已经说过了。"

"乔治先生来过之后,主人非常失望,先生……他本希望,我猜,乔治先生会像莫蒂默先生一样。而乔治先生,我不得不说,完全没有达到标准。劳拉小姐的丈夫本就不令人满意,我想,乔治先生恐怕也遗传了这一点。"兰斯柯姆停了停,继续说道,"看到苏珊小姐时他非常满意——是个精神饱满、英气十足的年轻女士。依我看,主人实在无法忍受她丈夫。现如今的年轻女士总是做出一些可笑的选择,先生。"

"另一对夫妇呢?"

"关于他们,我能说的就不多了,是对漂亮、讨人喜欢的年轻夫妇。我想有他们的陪伴,主人也很高兴——可我不认为——"老人犹豫了。

"不认为什么,兰斯柯姆?"

"呃,主人向来看不上舞台、表演之类的事情。有一次他曾对我说:'我实在不明白,竟然有人会愿意以表演为生。简直是愚蠢至极的生活方式,把人仅存的一点点理性都剥夺了。我不知道这对人的道德有什么影响,但一定会让人丢失分寸。'他当然并不是直接指——"

"不是,当然不是,我很理解。他们——来访后,阿伯内西先生亲自动身了——先去他弟弟那里,然后去拜访他妹妹兰斯科内特夫人。"

"这我就不清楚了,先生。我是说,他跟我提过,他要去拜访蒂莫西先生,然后去一个叫什么圣玛丽的地方。"

"这就没错了。你还记不记得,他回来之后有没有说过什么?"

兰斯柯姆回忆着。

"我真的不知道——并没有直接相关的事。他说他回到家很高兴。长途跋涉,住在陌生的房子里让他非常疲惫——我记得他就说了这些。"

"没说别的?没有提到两人中的任何一个?"

兰斯柯姆皱起眉头。

"主人生前常常——呃，低声念叨，你明白我的意思吧——好像是在对我说，更像是在喃喃自语——根本没注意我在他身边——因为他对我非常了解……"

"了解并且信任你，是的。"

"不过我对他说的那些话印象很模糊——好像是说，他不知道那家伙的钱都到哪儿去了——说的应该是蒂莫西先生，我估计。然后好像还说什么：'女人可以愚蠢九十九次，但第一百次绝对精明。'哦，对了，他还说，'你只能对自己同一辈的人说出你心里真正所想。他们不会像年轻一代一样，认为你是在胡思乱想。'紧接着他说——但我实在听不出当中的联系——'给人设圈套可不好，但我实在没有别的办法了。'不过我猜，他大概是想到了那个园丁——一个摘桃子的问题。"

恩特威斯尔先生认为，当时理查德·阿伯内西所想的绝不是那个园丁的事。又问了几个问题后，他放过了兰斯柯姆，细细回想自己刚刚得到的信息。真的一无所获——什么都没有，换句话说，没什么是他之前没有推测到的，但有几点还是暗示了什么。他说女人很傻，也可以很精明，应该不是在说他的弟媳莫德，而是他妹妹科拉。他正是向她倾诉了自己内心的那些"幻想"。他还说他设了一个圈套，给谁设的呢？

3

恩特威斯尔先生一直在犹豫究竟应该告诉海伦多少。最后他决定完全信任她。

他首先感谢她已经整理好了理查德的遗物，同时料理各种家务。房屋出售的广告已经登出去了,而且有一两个有可能的买主在不久之后就会来看房子。

"私人买主?"

"恐怕不是。基督教女子青年会正在考虑,还有一个年轻人的俱乐部,杰佛森信托机构的董事们也在寻找一个合适的地方收纳他们的珍藏。"

"这房子不再是一个家,着实让人难过,不过,在现如今这么想当然不切实际。"

"我正想问你,在房子卖出去之前,你能不能留在这里?还是说,你不太方便留下?"

"不——事实上,这再方便不过了。我想等到五月再去塞浦路斯,而且我真的更情愿留在这里,而不是按我之前计划的那样去伦敦。我爱这幢房子,你知道,利奥也是,我们在这里度过的时光总是那么愉快。"

"你能留在这里,我又有了一个感激你的理由。我有一个朋友,名叫赫尔克里·波洛——"

海伦突然失声尖叫:"赫尔克里·波洛?那么你认为——"

"你知道他?"

"是的,从我几个朋友那儿听说过——但我以为他早就去世了。"

"他活得好好的。当然,已经不年轻了。"

"是,他不可能年轻。"

她的脸色变得惨白,神情紧绷,吃力地问道:

"你认为——科拉说的是真的?理查德确实是——被谋杀的?"

恩特威斯尔先生如释重负地把一切都告诉了海伦。让头脑清晰的海伦一起承担此事的确是种安慰。

等他说完，她说：

"任谁说，这都不太可能——我却不这么认为。莫德和我在葬礼之后的那个晚上——我敢保证，我们俩都有同样的想法。我们在心里不停对自己说，科拉是个蠢女人——却无法抑制内心的不安。紧接着，科拉就被杀了——我告诉自己那只是巧合，当然有可能是……可是……哦！要是能确定就好了，这实在是太难熬了。"

"没错，是很难熬。但波洛是个很有创造力的人，近乎天才。他很清楚我们需要的是什么——就是确保这整件事情只是空穴来风。"

"可如果不是呢？"

"你为什么会这么说？"恩特威斯尔先生警觉地问。

"我不知道。我就是很不安……不单单是因为科拉那天说的那句话——还因为另一件事情，一件当时我就觉得很不寻常的事情。"

"不寻常？怎么说？"

"就是不寻常。我也不知道。"

"你是说，当时书房里某个人的某种表现不寻常吗？"

"是的——是的——这一类的。但我不记得到底是谁，或是什么事情……哦，这听起来一定很荒谬——"

"一点儿也不。有意思——非常有意思。你不是傻瓜，海伦。如果你注意到某件事情，说明那件事一定有它的意义。"

"是的，可我怎么也想不起来到底是什么。我越想——"

"暂时别想了。这样强迫自己回忆是不对的。别管它，迟早会重新出现在你的脑海里。只要一出现——请马上告诉我。"

"我会的。"

第九章

吉尔克里斯特小姐将黑色礼帽稳稳地戴在头顶，把一绺落在外面的灰发塞回帽子里。死因审判定在中午十二点，现在才将近十一点二十分。她想，这件灰色大衣和裙子看上去很不错。她还给自己买了一件黑色上衣。她本希望能穿全黑的，但那超出了她的经济能力。她环视这间整洁的小卧室，墙上挂满写生画——布里克瑟姆海港、卡金顿铁匠铺、安斯蒂河湾、基扬斯河湾、伯尔弗莱生港、巴巴柯姆海湾等。所有画上都有科拉·兰斯科内特龙飞凤舞的签名。她的目光停留在自己格外喜爱的那一幅上，伯尔弗莱生港。衣柜上挂着一张精心装裱的照片，已经略微褪色，是垂柳屋的照片。吉尔克里斯特小姐饱含深情地看着它，叹了口气。

楼下的门铃突然响了，把她从美梦中惊醒。

"哎呀，"吉尔克里斯特小姐嘟囔道，"不知道是谁……"

她走出卧室，沿着略微有些摇晃的楼梯下去。伴随着急促的敲门声，门铃声又响了起来。

不知为什么，吉尔克里斯特小姐突然紧张起来。她放慢了脚步，很不情愿地向门口走去，让自己不要瞎紧张。

一位年轻女士穿着一身潇洒的黑衣，提着一个小手提箱，站在门前的阶梯上。她注意到吉尔克里斯特小姐脸上紧张的神色，立刻自我介绍道：

"你是吉尔克里斯特小姐？我是兰斯科内特夫人的侄女——苏珊·班克斯。"

"天哪，是的，当然了。我不知道是你。请快进来，班克斯夫人。请小心衣帽架——有些挡路。请进来这里，是的。我不知道你也会特地过来参加死因审判，不然我一定会早做准备——咖啡之类的。"

苏珊·班克斯立刻说：

"什么都不用。很抱歉刚才吓到你了。"

"哦，你知道我刚才被吓到了，确实是有一点儿。说起来真是太愚蠢了。我通常不会这么紧张。事实上，我告诉律师我完全不紧张，而且独自待在这里也不会害怕，事实上我真的不紧张。只是因为——或许是待会儿的死因审判和——脑海中胡思乱想的事情，可是我整个上午都坐立不安。半个钟头前，门铃就响了一次，我实在无法让自己走过去开门——想想实在是太蠢了，凶手怎么可能会回到这里呢——再说他为什么要回来——事实上，按门铃的人只是一位修女，帮一个孤儿募捐——我如释重负，所以给了她两先令。虽然我不是天主教徒，对教会和这些修士修女们也没什么同情心，但我相信那位穷人的小姐妹是在做善事。快请坐下，班——班——"

"班克斯。"

"是的，当然了，班克斯夫人。你是坐火车来的？"

"不，我开车过来的。这里的巷道好像都很窄，我开过去了一段路才找到一个旧采石场，把车子倒了进去。"

"巷子的确非常窄，不过路上几乎没有什么车，非常冷清。"

吉尔克里斯特小姐说完最后一个词，身子稍稍抖了一下。

苏珊·班克斯正在环顾这间屋子。

"可怜的老科拉姑姑,"她说,"你知道,她把所有东西都留给了我。"

"是的,我知道。恩特威斯尔先生告诉我了。我猜想你应该很高兴能拿到这些家具。你刚新婚不久,我知道,现如今,添置家具非常费钱。兰斯科内特夫人有一些很好的物件。"

苏珊并不同意。科拉对古董没有任何品位,房间里的家具都是些介于"现代主义"和"附庸风雅"之间的货色。

"这些家具我一件都不要,"她说,"我已经添置好了,你知道。我应该会把家具都拍卖了。除非——这当中有你中意的吗?我非常愿意……"

她停下来,略微有些不好意思。但吉尔克里斯特小姐一点儿也不觉得难堪,对她回以微笑。

"真的,你实在是太善良了,班克斯太太——真的,非常善良。我非常感激。但事实上,你知道,我自己也已经备齐了。我把东西都放好了,以防——将来某一天——我会用得到,还有我父亲留给我的一些画作。你知道,我过去曾有一间小茶馆——但后来战争爆发了——非常倒霉。但我并没有把所有东西都卖掉,因为我很希望将来有一天能拥有属于自己的一个小家,所以我把当中最好的东西,连同我父亲的画作和之前家里的一些收藏,都收起来了。不过,如果你真的不介意,我非常喜欢兰斯科内特夫人的那张小茶几,多么漂亮的小物件啊,我们过去常坐在它旁边喝茶。"

苏珊惊恐地看着那张绿色的小桌子,上面画着大朵大朵的紫色铁线莲。她立即表示,很乐意把它送给吉尔克里斯特小姐。

"非常感谢你,班克斯夫人。我觉得自己真是有些贪心。我已经得到了她那些漂亮的写生画,你知道,还有一枚精美的石榴石胸针,不过我觉得我应该把那枚胸针还给你。"

"不用,不用,真的。"

"你来这儿是想在死因审判之后看看她的东西?"

"我想我会待一两天,看看她的东西,顺便清理一下。"

"你是说,住在这里?"

"是的。有什么不方便吗?"

"哦,没有,班克斯夫人,当然没有。我会给我的床铺换张新床单,我可以暂时先睡在沙发上,没有问题。"

"可是,不是有科拉姑姑的房间吗?我可以睡在她房间里。"

"你——不忌讳?"

"你是说,因为她是在那间卧室里被谋杀的?哦,不,我不忌讳。我胆子非常大,吉尔克里斯特小姐。房间已经——我是说——没什么问题了吧?"

吉尔克里斯特小姐明白她的意思。

"是的,班克斯夫人。所有的毯子都送去干洗了,我和潘特夫人把整间卧室都彻底清洗过了,而且还有很多备用的毯子。不过你还是自己上来看看吧。"

她上了楼梯,苏珊在后面跟着。

科拉·兰斯科内特被谋杀的房间干净整洁,完全感受不到一丝罪恶的气息。和客厅一样,这件卧室里也摆满了各种现代风格的物品和带绘饰的家具,完全体现了科拉明朗但缺乏品位的个性。壁炉架上挂着一幅油画,画中一位丰满的年轻少女正宽衣解带,准备入浴。

苏珊看到那幅画,立刻哆嗦了一下。吉尔克里斯特小姐说:

"那是兰斯科内特夫人的丈夫画的。楼下餐厅里还有很多他的画。"

"太可怕了。"

"哦,我个人也不是很喜欢那种绘画风格——但兰斯科内特夫人以她的艺术家丈夫为傲,而且认为他的作品没能得到世人认可,是件很可悲的事。"

"科拉姑姑自己的画呢?"

"在我房间里,你想看一看吗?"

吉尔克里斯特小姐骄傲地向她展示自己的珍藏。

苏珊评论道,科拉姑姑似乎非常喜欢描绘海边风光。

"是的。你知道,她和兰斯科内特先生在布列塔尼的一个小渔村里住了好几年。小渔船入画一向很美,不是吗?"

"显然是,"苏珊低声说。她心里暗暗琢磨,科拉·兰斯科内特的这些画都异常注重细节,用色十分鲜艳,简直可以做成一整套风景明信片。这些画甚至让人怀疑,可能就是比照着风景明信片画的。

不过,当她贸然表达了这个观点后,吉尔克里斯特小姐非常不满。兰斯科内特夫人向来都是实景写生!事实上,有一次她曾在作画时苦苦等候,一直要等到光线正合适,否则不肯离开。

"兰斯科内特夫人是个真正的艺术家。"吉尔克里斯特小姐的语气略带责备。

她看了看表,苏珊立刻说:

"是的,我们应该出发去参加死因审判了。远吗?我用不用开车?"

吉尔克里斯特小姐向她保证,走路只需要五分钟。因此她们一起步行过去,途中正好遇见刚下火车的恩特威斯尔先生,三人结伴走进村公所。

现场似乎有大量陌生人。整场死因审判没有什么特别之处,死者的身份确认证明,致命伤的医学鉴定证明。犯罪现场没有反抗的痕迹,死者被杀时有可能处于麻醉状态,在无意识中死去。死亡时间不超过四点三十分,估计是在两点到四点半之间。吉尔克里斯特小姐证实发现了尸体,一名巡警和莫顿探长也陈述了证词。验尸官给出简要的总结:"被一人或多人谋杀,凶手身份未定。"陪审团没有任何异议。

死因审判结束后,他们走出室外。几架照相机咔嚓作响。恩特威斯尔先生领着苏珊和吉尔克里斯特小姐走进"纹章官"饭店吃午餐,他在那里预订了一间吧台后面的隐蔽包厢。

"不是什么像样的午餐。"他略带歉意地说。

不过午餐并没有想象中糟糕。一开始,吉尔克里斯特小姐啜泣了一会儿,小声嘟囔着"实在是太可怕了",在恩特威斯尔先生的坚持下,她喝了一杯雪利酒,然后高兴起来,对着一份爱尔兰炖肉大快朵颐。恩特威斯尔先生对苏珊说:

"我不知道你今天会来,苏珊,不然我们可以一道过来。"

"我知道我说过不会出席。但我如果不来的话,就没有任何家人出席了。我给乔治打过电话,他说他很忙,没办法来。罗莎蒙德有一场试演,而蒂莫西就更不可能来了,他身体那么虚弱。所以我只好来了。"

"你先生没和你一起来?"

"格雷格不得不去那个烦人的店里。"

观察到吉尔克里斯特小姐讶异的眼神,苏珊说:"我丈夫在一家药店工作。"

一个从事零售工作的丈夫和吉尔克里斯特小姐印象中聪明干练的苏珊似乎不怎么相配,但她还是勇敢地说:"哦,是的,就像济慈[1]。"

"格雷格不是诗人。"苏珊回答。

她接着说："我们未来有非常好的计划——一幢两用的房产——一边经营化妆品和美容院，另一边做特别处方实验室。"

"那样就好多了，"吉尔克里斯特小姐赞同地说，"就好像伊丽莎白·雅顿，别人告诉我，她其实是个女伯爵——还是海伦娜·鲁宾斯坦？不管是谁，"她又和善地说，"一家药店可绝不像普通的商店——布料店或杂货店。"

"你说，你曾开过一家茶馆，是吗？"

"是的，没错。"吉尔克里斯特小姐的脸瞬间亮了。她从没觉得"垂柳屋"做的生意和一般店铺的买卖相同。在她心目中，开茶馆是文雅的上流工作。她开始向苏珊介绍起"垂柳屋"来。

恩特威斯尔先生之前已经听过一遍了，便把心思转到其他事情上。苏珊两次和他搭话，他都没回答。他急忙道歉。

"原谅我，亲爱的。我正在思考，事实上，是关于你蒂莫西叔叔的事，我有些担心。"

"关于蒂莫西叔叔？我才不会为他担心呢。我不相信他真有什么毛病，他只是得了臆想症而已。"

"是的——是的，你有可能是对的。我必须得说，我刚才担心的并不是你叔叔的健康状况，而是蒂莫西夫人。她从楼梯上摔了下去，扭伤了脚踝。现在卧病在床，而你叔叔的情况也非常糟糕。"

"因为他不得不反过来照顾她吧？对他应该很有好处，"苏珊说。

---

[1] 济慈（1795年—1821年），全名约翰·济慈，他是杰出的英国诗的作家之一，也是浪漫派的主要成员。他曾是药剂师的学徒。

"是的——没错,我敢说一定是的。但你那可怜的婶婶能得到照顾吗?这真是个问题,家里一个仆人也没有。"

"对这些老年人来说,生活真是和地狱一样糟糕,"苏珊说,"他们住在一个乔治王时代建造的庄园里,不是吗?"

恩特威斯尔先生点点头。

他们小心翼翼地从"纹章官"饭店走出来,不过记者似乎都已经离开了。

有几个记者在小别墅门口等着苏珊。在恩特威斯尔先生的陪同下,她说了几句不痛不痒的客套话。之后,她和吉尔克里斯特小姐走进别墅,恩特威斯尔先生回到"纹章官"饭店,他在那里订了一个房间。葬礼将于第二天举行。

"我的车还停在采石场呢,"苏珊说,"我完全忘了,一会儿我去把车停到村子里去。"

吉尔克里斯特小姐紧张地说:

"别太晚。你不会打算天黑了再出去吧,是吗?"

苏珊看着她,笑了起来。

"你不会认为凶手还潜伏在这附近吧?"

"不——不,我想应该不会。"吉尔克里斯特小姐非常尴尬。

"她一定是那么想的,"苏珊心想,"真有趣!"

吉尔克里斯特小姐向厨房的方向走去。

"相信你会愿意提早喝下午茶。大概再过半个钟头怎么样,班克斯夫人?"

苏珊觉得三点半就喝下午茶实在有些过分,但她体贴地体会到"一杯好茶"是吉尔克里斯特小姐为了克服紧张而想出的主意,而自己也有理由取悦她,便说:

"随你决定吧,吉尔克里斯特小姐。"

厨房里传来了厨具发出的欢快声响。苏珊走进客厅,刚过了几分钟,伴随着一串有规律的敲门声,门铃响起。

苏珊走到门厅,吉尔克里斯特小姐系着围裙,两手满是面粉,出现在厨房门口。

"哦,天哪,你想会是谁?"

"我猜,应该又是记者。"苏珊说。

"老天,真是烦人,班克斯太太。"

"哦,没关系,我去应付他们。"

"我正打算做些司康饼,用来配茶。"

苏珊朝前门走去,吉尔克里斯特小姐不安地来回徘徊。苏珊想,她是不是认为门外站着一个拿着斧头的男人。

然后,访客是一位年长的绅士,苏珊打开门后,他立刻抬了抬帽子,慈祥地向她微笑,说道:"我想,你一定是班克斯夫人。"

"是的。"

"我的名字叫格思里——亚历山大·格思里。我是兰斯科内特夫人的朋友——多年的老朋友,我想你是她的侄女,苏珊·阿伯内西小姐吧?"

"没错。"

"既然介绍过了,请问我能进去了吗?"

"当然。"

格思里先生在脚垫上仔细地擦了擦鞋底,走进屋里,脱去大衣,把衣服和帽子一起放在一只橡木箱子上,跟随苏珊走进客厅。

"真是个悲伤的时刻,"格思里说,悲伤这个词放在他身上似乎很不合适,他看起来是个非常乐观的人,"的确,非常悲伤。

如今和她生死相隔,我觉得自己至少应该出席死因审判——当然还有葬礼。可怜的科拉——可怜的傻科拉。亲爱的班克斯夫人,她刚结婚没多久我就认识她了。她是个精力充沛的女孩——而且对待艺术非常认真——皮埃尔·兰斯科内特也是一样——我是说,我把他当作一个艺术家。总的来说,他对她还不算太坏。他很迷茫,你应该明白我的意思,是的,他一直很迷茫——不过幸好科拉把这当作艺术家气质的一部分,因为他是个艺术家,所以有权不道德!事实上,我不敢确定她会不会更进一步认为,因为他的不道德,所以一定是个艺术家!可怜的科拉,对艺术完全没有鉴赏力——但在其他方面,我必须得说,科拉很有天赋——是的,令人惊讶的天赋。"

"似乎每个人都这么说,"苏珊说。"我并不怎么了解她。"

"没错,没错。因为家人不喜欢她的宝贝皮埃尔,于是她跟家人断绝往来。她向来不是个漂亮的女孩——但具有某种特质。她是个很好相处的人!你永远猜不到她接下来会说什么,而且你永远都没办法判断她那种天真无邪是天生的还是故意装出来的。她总能逗得我们开怀大笑,永远是个孩子——我们一直都这么看她。而且我最后一次来看她时——皮埃尔死后,我时不时来看看她——很讶异她的一举一动还是像个小孩子。"

苏珊递给格思里先生一支香烟,但这位老绅士摇了摇头。

"不,谢谢你,亲爱的。我不抽烟。你一定很好奇我为什么来这儿,老实告诉你,我有些良心不安。几周前我答应科拉来看她,我通常一年拜访她一次,但她最近喜欢在本地的拍卖场买画,让我先看看其中的几幅。我的职业是艺术评论家,你知道。当然了,科拉买的大部分画都是些劣质的涂鸦,但总的来看,倒也不是一项太坏的投资。这些乡下拍卖场里的画一般一文不值,画框都比镶在里面的画值钱。当然任何一场重要的拍卖会都会有行家在场,你不可能买到杰作。但就在几天前,克伊普的一幅小画在一个农庄拍卖会上被人以几英镑的价格买入。这幅画的来历很有意思——一家人把它送给了一位在他们家尽职服务了好几年的老护士,他们当然不知道它的价值,这位老护士把它送给了一个农夫的侄子,他很喜欢画中的那匹马,但嫌它太脏!没错,没错,这种事有时候的确会发生,而科拉对自己看画的眼光很有信心。事实上,她根本没有眼光,于是请我来看一幅她去年买的伦布兰特的作品。伦布兰特!那甚至算不上一幅好的仿作!不过她也买到过一幅巴尔托卢奇的版画——可惜受潮了。我帮她卖了三十镑,这笔买卖显然是鼓舞了她。她写信给我,盛赞自己在某个拍卖场买到的一幅意大利文艺复兴前的作品,我答应她过来看看。"

"我想,应该就在那边,"苏珊指了指他身后的墙,说道。

格思里先生站起来,戴上一副眼镜,走过去观察那幅画。

"可怜的科拉。"他最终说。

"还有很多呢。"苏珊告诉他。

格思里先生随意地巡视兰斯科内特夫人的艺术珍藏,有时发出啧啧声,有时叹气。最后,他取下眼镜。

"灰尘,"他说,"是个神奇的东西,班克斯夫人!它可以为这些糟糕透顶的仿制画上蒙上一层古朴优雅的浪漫气息,恐怕她买到那幅巴尔托卢奇的版画纯属侥幸。可怜的科拉。不过这为她的生活增添了很多乐趣,我很庆幸自己没有揭穿她的幻想。"

"餐厅里还有一些画,"苏珊说,"不过我想都是她丈夫的作品。"

格里斯先生略微有些发抖,举起手来使劲儿摇。

"别强迫我再看一遍那些东西了。那实在不是我们这种阶层的人能欣赏的东西！我一直尽力不伤害科拉的感情。一个一心一意的妻子——忠心耿耿。好了，亲爱的班克斯夫人，我不应该再占用你更多时间了。"

"哦，留下来喝茶吧，我想很快就准备好了。"

"你真是太热情了。"格思里先生立刻坐回原位。

"我去看看。"

厨房里，吉尔克里斯特小姐刚把最后一批司康饼从烤箱里端出来。茶具已经准备好了，烧水壶的盖子被蒸汽轻轻地顶起。

"有一位格思里先生来了，我请他留下来喝茶。"

"格思里先生？哦，没错，兰斯科内特夫人的好朋友，是个有名的艺术评论家。真巧，我烤了很多司康饼，还有些自制的草莓酱，又做了些小蛋糕。我来泡茶——茶壶已经温过了。哦，让我来，班克斯夫人，别端那么重的东西。我来拿就好了。"

苏珊还是端起茶盘，走进客厅，吉尔克里斯特小姐拿着烧水壶和茶壶跟在后面。和格思里先生打了个招呼后，三人坐下来，开始享用茶点。

"热司康，真是太好了，"格思里先生说，"还有这么可口的果酱！时下能买到的那种货色可真没办法和这相比。"

听了这话，吉尔克里斯特小姐脸红了，非常高兴。小蛋糕非常美味，司康饼也是。"垂柳屋"的灵魂在这个下午茶聚会中重现了。此时，很显然，吉尔克里斯特小姐非常享受这一切。

"好了，谢谢你，或许我还吃得下，"格思里先生接过吉尔克里斯特小姐递上的最后一块蛋糕，"虽然我真的有些惭愧——在可怜的科拉被残酷谋杀的地方享用茶点。"

吉尔克里斯特小姐的反应出人意料，她用维多利亚式的态度说：

"哦，如果兰斯科内特夫人还在，她也会希望你喝杯好茶，吃些点心。你要保持体力。"

"是的，是的，或许你是对的。不过说实话，你知道，我真的无法相信自己认识——切实认识的人——会被人谋杀！"

"我也有同感，"苏珊说，"这似乎——太不可思议了。"

"而且肯定不是被某个偶然闯进来的流浪汉杀害的。你知道，我都能猜到，科拉究竟为什么会被人杀害——"

苏珊立即问道："你能？那是为什么？"

"哦，她太大意了，"格思里先生说，"科拉向来很大意。而且她喜欢——我该怎么表达——喜欢表现出自己很精明？像个掌握了别人秘密的小孩。如果科拉知道了别人的秘密，她一定会说出来，即便她答应守口如瓶，她还是会说，她控制不了。"

苏珊没回话。吉尔克里斯特小姐也是，她看上去非常忧虑。格思里先生继续说。

"是的，在茶里加一点儿砒霜——这个我绝不意外——或是寄一盒巧克力。但如果只是单纯的抢劫行凶，似乎非常不符合当前的情况。我有可能是错的，但我的确认为，她根本没什么值得偷的东西。家里也没放多少钱，不是吗？"

"非常少。"吉尔克里斯特小姐说。

格思里先生叹了口气，站起身。

"唉，不管怎么说，自从战争结束后，目无法纪的人实在太多了。时代已经变了。"

他谢过她们的茶点，礼貌地和她们一一道别。吉尔克里斯特小姐送他出去，帮他穿上了大衣。苏珊站在客厅的窗边，看着他步伐轻快地走向大门。

吉尔克里斯特小姐回到屋子里,手里拿着一个小包裹。

"刚才我们去参加死因审判的时候,邮差一定来过,把这个塞进了信箱,掉在门背后的角落里了。我不知道——当然了,一定是结婚蛋糕。"

吉尔克里斯特小姐高兴地撕开包装纸。里面是个白色的小盒子,系着银色的丝带。

"真的是!"她拉开丝带,里面是块不大不小的楔形蛋糕,上面有杏仁酱和白色的糖衣。"真漂亮!是谁——"她看了看上面附的卡片,"约翰和玛丽——是谁?怎么傻到连姓都不写。"

苏珊回过神来,神色茫然地说:

"人们有时候只用教名,真的很难分辨。前两天我收到一张明信片,上面的署名是琼。我算了一下,我一共认识八个叫琼的人——而且现在电话这么普遍,人们通常很难辨认他人的笔迹。"

吉尔克里斯特小姐兴高采烈地回想着她认识的约翰和玛丽。

"有可能是多萝西的女儿——她的名字叫玛丽,但我连她订婚的消息都没听过,更不可能结婚了。还有一个小约翰·班菲尔德——我想他已经长大了,到了该结婚的年龄。或许是恩菲尔德家的女儿——不对,她的名字是玛格丽特。上面也没有地址什么的。算了,我敢说,这肯定是寄给我的……"

她端起餐盘,走进厨房。

苏珊站起来,说道:

"呃,我想我最好还是去找个地方重新停车。"

第十章

苏珊回到采石场后,把车子开进村子里。她看到一个加油泵,但没有车库。有人告诉她可以停在"纹章官",那里应该有空位。一辆巨大的戴姆勒高级汽车正要开出去,她打算把车停在那里。除了司机,车里还坐着一位年迈的外国绅士,他留着长长的胡子,整个人裹得严严实实。

苏珊正和一位年轻人谈论那辆车子,对方似乎听不进去她的话,而是出神地盯着她。

最后他语气敬畏地问:

"你是她侄女,不是吗?"

"你说什么?"

"你是死者的侄女。"年轻人重复了一遍。

"哦——是的——没错,我是。"

"啊!我说好像在什么地方见过你。"

"莫名其妙。"苏珊在往回走的路上心想。

吉尔克里斯特小姐一见她就说:

"哦,你安全回来了。"如释重负的语气让她更心烦了。吉尔克里斯特小姐焦急地补充道:

"你愿意吃通心粉吧?今晚我想——"

"哦,是的,什么都可以,我没有食欲。"

"不是我自夸,我做的乳酪通心粉非常美味。"

她果然不是在自夸。苏珊心想,吉尔克里斯特小姐的确是个出色的厨师。苏珊提议自己来帮忙清洗碗筷,吉尔克里斯特小姐虽然很感激她的提议,却告诉苏珊没什么需要帮忙的。

稍后,她端着咖啡进来。咖啡味道一般,有点儿淡。吉尔克里斯特小姐请苏珊尝一块结婚蛋糕,但被苏珊婉拒了。

"很不错的蛋糕,"吉尔克里斯特小姐一边吃一边不停念叨。她已经心满意足地将寄蛋糕的新人确定为她口中的"亲爱的艾伦家的女儿""我知道她订婚和结婚的事情,但怎么也想不起来她的名字。"

苏珊在开始自己的话题前,任由吉尔克里斯特小姐喋喋不休,直到她安静下来。此时她们刚吃完晚餐,坐在壁炉前,非常惬意。

她终于开口了:"我伯伯理查德死前来过这里,是吗?"

"是的,他来过。"

"确切地说是哪一天?"

"我得想想——一定是……一、二——大概在我们得知他去世的消息前的三星期。"

"他当时看起来有没有——生病的样子?"

"哦,没有,我看不出来他有任何疾病。他当时精神很好。兰斯科内特夫人看见他时非常惊讶。她说:'唉,说真的,理查德,这么多年了!'然后他说:'我来是想亲自看看你过得怎么样。'兰斯科内特夫人回答:'我很好。'我觉得,你知道,他这么突然来访,她有点儿不高兴——尤其是在失和那么久之后。无论如何,阿伯内西先生说:'为过去的事情耿耿于怀没什么用。你、我和蒂莫西是最后三个还活在这世上的——何况没人能和蒂莫西说上话，除非是谈论他的健康问题。'之后他说，'皮埃尔似乎让你很幸福，所以我应该是错了。这么说，能让你满意吗？'他态度非常和善，是个英俊的男人，虽然是老了些，当然。"

"他在这里待了多久？"

"他留下来吃了午餐。我做了牛肉卷。那天肉贩正好过来。"

吉尔克里斯特小姐的所有记忆似乎都是关于烹饪的。

"他们当时相处得很愉快？"

"哦，是的。"

"得知他去世——科拉姑姑是不是很震惊？"

"哦，当然了，太突然了，不是吗？"

"是的，确实很突然……我的意思是——她一定很震惊。他有没有和她说起过自己的病有多严重？"

"哦——我明白你的意思。"吉尔克里斯特小姐想了一会儿，"没有，没有，我想你也许是对的。她的确说过，他老了很多——我想她是说衰老……"

"但你不认为他衰老？"

"没错，起码看起来不像。不过我当时没跟他说几句话。我尽量让他们俩单独待在一起。"

苏珊看着吉尔克里斯特小姐，心里不停揣测。她是那种会在门口偷听的女人吗？苏珊能确定一点，她非常诚实，应该不会干些小偷小摸的事或是盗用家里的东西、偷拆信件。但就算是正人君子，也可能隐藏着爱打听别人隐私的癖好。吉尔克里斯特小姐或许发现需要在某扇开着的窗子附近做些园艺工作，或是清扫门厅的灰尘……这种活动在许可的范围内。然后，当然，她很有可能不可避免地听到些……

"你没有听到任何他们谈话的内容？"苏珊问。

问得太鲁莽了，吉尔克里斯特小姐听到后立刻气得涨红了脸。

"没有，真的，班克斯夫人。我从来没有偷听人家谈话的习惯！"

这说明她有，苏珊心想，否则她只会回答"没有"。

她高声说："很抱歉，吉尔克里斯特小姐。我并不是那个意思。但在这种不坚固的小别墅里，有时候总会不可避免地听见周边发生的事情，况且他们都已经死了，对于我们家人来说，知道他们见面的时候说了些什么非常重要。"

这幢别墅绝不能称作"不坚固"——它建造于施工非常严谨的年代，不过吉尔克里斯特小姐咬了这个饵，认可了苏珊提出的这种假设。

"你说得当然很对，班克斯夫人——这的确是幢很小的别墅，我也非常理解你希望知道他们之间说了些什么。可我恐怕真的帮不上什么忙。我想，他们应该是在谈论阿伯内西先生的健康状况，和一些——呃，他的幻觉。他没有切实地看见过。可他是个病人，对于病人来说，这种情况很常见，把他的病归罪于某个外人。我相信，这是一种很普遍的情况。我姑姑——"

吉尔克里斯特小姐描述了她姑姑的情况。

和恩特威斯尔先生一样，苏珊把话题从她姑姑身上引开。

"是的，"她说，"我们也是这么想的。我伯伯的几个仆人对他非常忠心，对于他的这些想法，他们感到很不高兴——"她停顿了一下。

"哦，当然会！仆人对这种事情非常敏感。我记得我姑姑——"

苏珊再次打断她的话。

"他怀疑是仆人，我想？我是说，怀疑他们下毒？"

"我不清楚……我——真的——"

苏珊意识到,她非常困惑。

"不是仆人。是不是某一个人?"

"我不知道,班克斯夫人。我真的不知道——"

她避开苏珊的视线。苏珊心想,吉尔克里斯特小姐知道的远比她愿意承认的多。

吉尔克里斯特小姐很有可能知道很多……

苏珊不再追问她,说道:

"你未来有什么计划,吉尔克里斯特小姐?"

"呃,真的,我正打算和你说这件事呢,班克斯夫人。我告诉恩特威斯尔先生,在所有事情理清之前,我愿意留在这里。"

"听说了。我非常感激。"

"我想问问你,这大概需要多久,因为,当然了,我必须开始寻找另一份工作。"

苏珊想了想。

"这里也没什么好清理的。大概两三天,我就可以把东西都分类整理好,通知拍卖商。"

"这么说,你决定把所有东西都卖了?"

"是的。我想,这幢别墅应该很容易出租吧?"

"哦,是的——想租的人大排长龙,我很确定。如今能出租的别墅很少,大部分都必须得买。"

"这么一来就很好办了,你瞧。"苏珊犹豫了一会儿,说,"我想告诉你——我希望你能收下三个月的薪水。"

"你真是太慷慨了,班克斯夫人。我非常感激。不知你能否——我的意思是,不知我能否,如果必要的话,请你——写一封推荐信?说我曾帮你的一位亲戚工作过,并且——令人满意?"

"哦,当然没问题。"

"我不知道我这个要求合不合适,"吉尔克里斯特小姐双手有些颤抖,她尽量稳住自己的声音,"但能不能不要——提到这里的情况——最好连名字也别提?"

苏珊瞪大眼睛看着她。

"我不明白。"

"那是因为你没有想过,班克斯夫人,这可是谋杀。报纸上都刊登了,人人都读到过。你还不明白吧?人们肯定会想:'两个女人住在一起,其中一个被杀了——或许是那个贴身女仆干的。'班克斯夫人,你能体会我的心情吗?我确定,如果是我要聘用一个像我自己这样的人——我会——呃,事先好好考虑考虑——你明白我的意思吧。因为谁也说不准!这实在太让我担心了,班克斯夫人。我整晚都睡不着觉,担心自己可能永远都找不到下一份工作了——找不到这一类的工作了。可除了这种工作,其他的我还能做什么?"

这个问题带着不经意的悲怆。苏珊突然被震撼了。她意识到自己面前这位言语和善的平凡妇人心中的绝望,她的生杀大权全都掌握在雇主手中。吉尔克里斯特小姐刚才说的也是实话。如果不是迫不得已,谁会想要聘用一个曾经涉及谋杀案的女人帮忙打理家事呢——不管她是不是无辜。

苏珊说:"如果她们抓到了凶手——"

"哦,那当然就没事了。可他们能抓住吗?在我个人看来,警方现在一点儿头绪都没有。如果凶手没有抓到——那,我就变成了——虽不是嫌疑最大,但绝对是嫌疑人之一。"

苏珊了点了点头。科拉·兰斯科内特的死对吉尔克里斯特小姐的确没有任何好处,这是事实——可是又有谁知道呢?而且,坊间传言那么多——都是些不堪入耳的传言,两个住在一起的女人互生嫌隙,某种奇怪的病态引发暴力行为。不了解她们的人,可能会认为科拉·兰斯科内特和吉尔克里斯特小姐之间就是如此……

苏珊如同往常一样果断地说:

"不用担心,吉尔克里斯特小姐,"她的语气既轻快又愉悦,"我肯定能在我的朋友中给你找一份工作。这不困难。"

"我恐怕,"吉尔克里斯特小姐恢复往常的态度,说,"我不能承担任何粗重的工作,只能做些家常菜,打理打理家事——"

电话铃声突然响起,吉尔克里斯特小姐跳起来。

"天哪,会是谁打来的?"

"我想是我丈夫,"苏珊起身,说,"他说过今晚要给我打电话。"

她走过去接起电话。

"喂?是的,我是班克斯夫人……"过了一会儿,她的语气突然变得很温柔,充满热情,"喂,亲爱的——是,是我……哦,很好……凶手的身份还没确定……没什么特别的……只有恩特威斯尔先生……什么?这很难说,但我想是这样……没错,和我们当初想的一样……完全按照计划……我打算把东西都卖了。这儿没有任何我们需要的东西……一两天的事……的确可怕极了……别大惊小怪的。我知道我在做什么……格雷格,你没有……你应该记得小心……不,没什么。没事了。晚安,亲爱的。"

她挂断电话。吉尔克里斯特小姐就在旁边,让她觉得不太方便。虽然她特意从厨房退出来,吉尔克里斯特小姐还是有可能听到她的谈话。她想问格雷格一些事情,但没有问。

她站在电话旁出神,紧紧皱着眉头。突然,她想到一个主意。

"当然了,"她对自己说,"就该这么办。"

她拿起听筒,拨通长途电话局。

几分钟过去了,十几分钟过去了,听筒里传来一个倦怠的声音:"恐怕没有人应答。"

"请继续呼叫。"

苏珊的态度很强硬。她听着遥远的电话铃"嘟——嘟——"的声音。突然,声音中断了,电话那头传来一个不耐烦、略微有些生气的男声:"喂,喂,是谁?"

"蒂莫西叔叔?"

"你说什么?我听不清楚。"

"蒂莫西叔叔?我是苏珊·班克斯。"

"苏珊什么?"

"班克斯。娘家姓阿伯内西。你的侄女苏珊。"

"哦,你是苏珊,是吗?怎么了?你这么晚打来有什么事?"

"现在还很早呢。"

"已经不早了,我已经躺下了。"

"你一定习惯早睡。莫德婶婶怎么样?"

"你打电话来就为了问这个?你婶婶疼得要命,什么都干不了。她很无助,我们现在一团糟。那个白痴医生连个护士都找不到,他想让莫德去住院。我坚决反对。他正在想办法帮我们找个人来。我什么都做不了——连尝试一下都不敢。今晚村子里有个傻瓜过来帮忙——可她总是在唠叨要回去找她丈夫,我们真不知道该怎么办。"

"我打电话给你正是为了这件事情。你觉得吉尔克里斯特小姐怎么样?"

"她是谁?我从来没有听过。"

"科拉姑姑的贴身女仆。她非常善良,而且很能干。"

"她会做饭吗?"

"会,她厨艺很好,而且她也可以帮忙照顾莫德婶婶。"

"那实在太好了,但她什么时候能来?现在这里就我一个人,偶尔有些乡下来的蠢女人过来帮把手,我可不能接受。我的心脏正和我作对呢。"

"我会安排她尽快过去,后天吧,或许?"

"好的,非常感谢,"对方的语气很勉强,"你是个好姑娘,苏珊——呃——谢谢了。"

苏珊挂掉电话,走进厨房。

"你愿不愿意去约克郡帮忙照顾我的婶婶?她不小心摔伤了脚踝,我叔叔又完全帮不上忙。他有些讨人厌,但莫德婶婶是个很好相处的人。他们已经从村子里请了一些帮手,你可以做饭,照顾莫德婶婶。"

吉尔克里斯特小姐兴奋地丢下咖啡壶。

"哦,谢谢你,太感谢了——你实在是太好了。我必须得说,我非常擅长照顾病人,而且你叔叔我也应该能应付,给他做几顿好吃的。你实在太善良了,班克斯夫人,我非常感激。"

第十一章

1

苏珊躺在床上,等着睡意来袭。度过了这漫长的一天,她感觉真的很疲惫。她本以为自己很快就能睡着,于是躺在床上,可过了一个小时又一个小时,依旧没能睡着,眼睛睁得大大的,脑子飞快地转动。

她之前说自己不介意睡在这个房间里,这张床上。就在这张床上,科拉·兰斯科内特被——

不,不,她必须把这些想法都从脑海里抛开。她一向自傲于自己的冷静。可为什么要想起不到一星期前的那个下午发生的事?想想以后——未来。她和格雷格的未来。卡迪根大街的那处房产——正是他们想要的。楼下做生意,楼上是温馨的家,后面的房间可以给格雷格做实验室。这么一来,所得税可以节省很多。格雷格也会变得和以前一样平静、正常,不会再时不时胡思乱想。他有几次看着她的神情,好像不知道她是谁。有一两次,她真的吓着了……还有老科尔先生——他之前暗示——威胁说:"如果再有下次……"真的有可能会有下次——确实会有下一次。如果理查德叔叔不是正好在那个时候去世……

理查德叔叔——可她为什么一定要这么想?他没有继续活

下去的意义了。老了，累了，而且重病缠身。他儿子也死了。那对他才是一种解脱。在睡梦中安详地去世。安详地……在睡梦中……如果她能睡着就好了。她没理由躺在这里一个钟头又一个钟头地失眠……听家具嘎吱作响，听窗外的风吹动树枝和灌木丛的沙沙声，还有偶尔一两声哀伤的鸣叫——是猫头鹰，她猜。乡下地方不知为何总有一种阴森的感觉，这儿和嘈杂、冷漠的城镇完全不同。住在城镇会感觉安全一些——被人们围绕着——不会感觉孤单一人，而在这里……

发生过谋杀案的房子有时候会闹鬼，或许这幢别墅会以鬼屋闻名。科拉·兰斯科内特的鬼魂在这里徘徊……科拉姑姑。很奇怪，真的，自从她到这里的那一刻起，就感觉科拉姑姑离自己很近……触手可及。这都是胡思乱想和神经过敏。科拉·兰斯科内特已经死了，明天就会下葬。这幢房子里除了苏珊和吉尔克里斯特小姐之外，没有其他人。可为什么她总感觉屋里还有别人，就藏在她身旁……

当那把斧头砍向她的时候，她就躺在这张床上……毫无戒备地熟睡着……而现在，她不让苏珊睡着……

耳边再次传来家具发出的嘎吱声……难道是鬼鬼祟祟的脚步声？苏珊打开灯。什么都没有，神经过敏，除了神经过敏什么都没有……闭上你的眼睛……

那的确是呻吟声——呻吟或是细微的叹息……有人在痛苦之中垂死挣扎……

"我绝不能再想这些事情了，绝不能，不能。"苏珊轻声对自己说。

死亡就是终结——在那之后不会再有任何东西存在。死去的人也绝不可能再回来。她难道正在重现当时那一幕——一个垂死的妇人在痛苦地呻吟……

又是那声音……更大了……有人在剧痛的折磨下呻吟……

但——这是切切实实的声音。苏珊再一次打开灯，从床上坐起来仔细听。呻吟声真真切切，她能透过墙壁听见。是从隔壁房间传来的。

苏珊跳下床，匆忙套上睡袍，走出房门。她走到楼梯口，轻轻敲了敲吉尔克里斯特小姐的门，然后走了进去。屋里的灯亮着，吉尔克里斯特小姐坐在床边，脸色惨白吓人，表情因为疼痛而扭曲。

"吉尔克里斯特小姐，怎么回事？你生病了？"

"是的。我也不知道怎么——我——"她挣扎着尝试起身，突然剧烈地呕吐了几下，瘫倒在枕头上。

她虚弱地说："请——打电话给医生。我一定是吃了什么东西……"

"我帮你拿些小苏打水来。如果明天早晨没有好转，我们再找医生。"

吉尔克里斯特小姐摇摇头。

"不，现在就找。我——难受极了。"

"你有医生的电话吗？还是在电话簿里？"

吉尔克里斯特小姐把电话告诉她。说了一半又呕吐起来。

苏珊拨通电话，电话那头传来一个困乏的男声。

"谁？吉尔克里斯特？在米德巷。好的，我知道了，我尽快到。"

果然像他说的一样，十分钟后，苏珊听到外面传来汽车停靠的声音，她打开门。

她大概解释了一下情况，带着他上楼。"我想，"她说，"她一定是吃了什么东西,身体不适应了。可她看上去真的很严重。"

医生看上去脾气还不错,而且似乎有过半夜三更因为一些不必要的小毛病出诊的经验。检查过房间里那个不停呻吟的妇人后,他的态度立刻改变了。他给苏珊简要安排了几件事之后便下楼打电话,然后和苏珊一起走到客厅。

"我已经叫了一辆救护车。必须立刻把她送进医院。"

"这么说,她真的很严重?"

"是的。我替她打了一针吗啡,减轻她的痛苦。但看起来——"他没再继续说。"她都吃了些什么?"

"我们晚餐吃的乳酪通心粉和烤布丁,之后还喝了咖啡。"

"你也吃了同样的东西?"

"是的。"

"但你没事?没有疼痛或不舒服的感觉?"

"没有。"

"她有没有吃其他东西?鱼罐头或是香肠之类的?"

"没有。我们的午餐是在'纹章官'饭店吃的——在死因审判结束后。"

"哦,是的。你是兰斯科内特夫人的侄女?"

"没错。"

"那真是惨无人道,希望他们尽快逮到凶手。"

"是的。"

救护车来了,吉尔克里斯特小姐被送上车,医生和她一起离开了。他告诉苏珊,明天上午会打电话给她。他离开后,苏珊回到床上躺下来。

这次,她的头一碰到枕头就睡着了。

2

葬礼有不少人参加。村子里的大部分人都出席了。苏珊和恩特威斯尔先生是仅有的两个哀悼者,不过其他家庭成员都送了花圈。恩特威斯尔先生询问了吉尔克里斯特小姐的状况,苏珊小声地把昨晚的情形大致说给他听。恩特威斯尔先生皱起眉头。

"有点儿奇怪吧?"

"哦,她今天上午好多了。医院的人给我打电话。人们总有胆汁逆流的时候,有些人只是更大惊小怪而已。"

恩特威斯尔先生没再说话,葬礼结束之后,他立刻返回伦敦。

苏珊回到别墅。她找到一些鸡蛋,给自己做了个煎蛋卷。吃完后,她走进科拉的房间,开始整理这位死去的妇人的遗物。医生突然来了,打断了她的工作。

医生看上去忧心忡忡。他回答苏珊的询问,说吉尔克里斯特小姐已经好多了。

"再过一两天,她就可以出院了,"他说,"不过幸好我来得及时。否则——她很有可能没命。"

苏珊很震惊:"真有那么严重?"

"班克斯夫人,你能不能再明确地给我讲一遍,昨天吉尔克里斯特小姐吃过喝过的东西。每一样东西。"

苏珊仔细回想,然后一样样仔细说给他听。医生摇了摇头,看上去很不满意。

"肯定有什么东西,她吃了而你没吃吧?"

"我不记得了……蛋糕、司康、果酱、茶——然后是晚餐。不,我真的不记得有其他东西了。"

医生摸了摸鼻子，在房间里来回踱步。

"一定是因为她吃的某种东西吗？确定是食物中毒？"

医生敏锐地扫了她一眼，然后似乎下了决心。

"是砒霜中毒。"他说。

"砒霜？"苏珊说，"你的意思是，有人给她吃了砒霜？"

"看起来的确是这样。"

"会不会是她自己吃的？我的意思是，故意的？"

"自杀？她说不是，而且神智非常清晰。再说，就算她真想自杀，也不可能选择砒霜，这屋子里有安眠药。她多吃一些安眠药就行了。"

"有没有可能是砒霜不小心被混进别的东西里了？"

"我也这样怀疑。但可能性似乎很小，不过这种事情之前的确发生过。但你和她吃了同样的东西——"

苏珊点点头。她说："这简直不可能——"她突然喘了一口气，"啊，当然了，是结婚蛋糕！"

"你说什么？结婚蛋糕？"

苏珊向他解释。医生全神贯注地听。

"奇怪，你说她不确定是谁寄来的？蛋糕还有剩下的吗？或是当时送来的包装盒？"

"不知道，让我找找。"

他们一起寻找，终于在厨房的餐具柜上发现了那个白纸盒，上面有留有一点儿蛋糕屑。医生小心地用纸包起来。

"这个由我来保管。知不知道包装纸去哪儿了？"

这次他们失败了，苏珊说，很有可能被吉尔克里斯特小姐丢进壁炉烧掉了。

"你暂时不会离开这里吧，班克斯夫人？"

他的语气很温和，但还是让苏珊有些不舒服。

"不，我要收拾我姑姑的遗物，应该还会在这里待几天。"

"很好，警察可能会来问你几个问题，你应该能理解。你知不知道有什么人——呃，有可能给吉尔克里斯特小姐寄这块蛋糕？"

苏珊摇了摇头。

"我真的不怎么了解她。她为我姑姑工作已经有些年头了——我只知道这个。"

"是的，是的。她看起来一向是个谦逊、愉快的妇人——非常平凡。可以说，看起来绝不是那种会树敌或是惹是生非的人。邮寄的结婚蛋糕，听起来像是某个嫉妒的女人——可谁会嫉妒吉尔克里斯特小姐呢？这似乎讲不通。"

"的确不合理。"

"好了，我必须得走了。真不知道我们这个平静的利契特圣玛丽究竟怎么了。先是一起残忍的谋杀，紧接着又是通过邮寄下毒。太奇怪了，一件接着一件。"

他沿着小路走回车上。小别墅里的空气很不通畅，苏珊把门开着，慢慢走回楼上，继续刚才的整理工作。

科拉·兰斯科内特向来不是个整洁、有条不紊的女人。她的抽屉里杂乱地堆着各式各样的东西。一个抽屉里塞满了化妆品、信件、旧手帕和画笔等物品。旧信件和账单则塞在一个装满内衣的抽屉里。另一个抽屉里放着几件毛绒背心，底下有个硬纸盒，里面装着两片假刘海。还有一个抽屉里全是照片和素描簿。苏珊拿起一张照片，显然是很多年前在法国某地拍摄的集体照。照片中的科拉很年轻，也很苗条，依偎在一个男人身旁，那个男人又瘦又高，好像穿了一件天鹅绒外套。苏珊猜想，这大概就是已经去世的皮埃尔·兰斯科内特。

这些照片引起了苏珊的兴趣,但她还是把它暂时放到一边,她把所有找出来的文件摞成一堆,有条不紊地开始整理。整理到四分之一时,苏珊发现一封信,从头到尾读过两遍之后仍目不转睛地盯着它。突然,她身后传来一个声音,把她吓得尖叫起来。

"找到什么了,苏珊?喂,怎么了?"

她气红了脸。刚才那声下意识的尖叫让她害羞极了,急着想要解释。

"乔治?你吓死我了!"

她表哥慵懒地笑了笑。

"看来的确如此。"

"你怎么来的?"

"呃,底下的门开着,我就进来了。楼下似乎没人,我就上来看看。如果你问的是我怎么到的利契特圣玛丽,我早晨开车过来参加葬礼。"

"我没在葬礼上看见你。"

"那辆老爷车把我给耍了。油路似乎是堵了。我折腾了半天,它自己就通了。当时去葬礼已经来不及了,但我想我还是应该过来一趟。我知道你在这里。"

他停了停,继续说道:

"事实上,我来之前给你打过电话,格雷格说你到这儿来接收遗产,可以这么说。我想过来帮帮忙。"

苏珊说:"你不用上班吗?还是你只要想请假,随时都可以?"

"参加葬礼一向是个不上班的好借口,而且这次的葬礼又确有其事。再说了,谋杀案总是会引起人们的各种猜想。不管怎么说,我将来也不需要上班了——我现在可是个有门路的人,有更好的事情可以做。"

他笑了笑。"和格雷格一样。"他说。

苏珊满腹疑虑地看着乔治。她和这位表哥很少见面,每次见面时,总感觉他很难琢磨。

她问:"你到底为什么来,乔治?"

"多少是想来扮演一下侦探的角色。上次我们参加的那场葬礼让我想了很多。科拉姨妈那天真是一鸣惊人。我怀疑她那句话究竟是句不负责的玩笑话,还是确有其事。我刚进来的时候看你读得那么专注,那封信上到底写了什么?"

苏珊缓缓地说:"是理查德叔叔来这里拜访之后写给科拉姨妈的信。"

乔治的眼睛真的很黑。她一直以为是棕色,但其实是黑色。而黑色的眼睛总有种深不可测的神秘感,把思想隐藏在后面。

乔治慢吞吞地说:"上面写了什么有趣的事吗?"

"不,并没有……"

"我能看看吗?"

她犹豫了一下,把信放在他伸出的手中。

他用低沉的语调粗略地朗读信上的内容。

"过了这么多年,再次见到你真的很高兴……看起来很好……回去的路上很顺利,到家以后并不疲惫……"

他的语气突然一变,尖声念道:

"请不要和任何人说起我告诉你的事情,那可能只是个错误。你亲爱的哥哥,理查德。"

他抬头看着苏珊。"这是什么意思?"

"什么意思都有可能……也可能只是关于他的病情。或是关于他们共同认识的某位朋友的闲话。"

"哦,没错,有很多可能。光凭这句话没办法下定论——但是在暗示什么……他到底跟科拉说了什么?有人知道吗?"

"吉尔克里斯特小姐可能知道,"苏珊想了想,回答,"我想她有可能听到了。"

"哦,没错,这些贴身女仆都这样。对了,她人呢?"

"在医院,砒霜中毒。"

乔治瞪大眼睛。

"你不是认真的吧?"

"我是说真的。有人给她寄了一块下过毒的结婚蛋糕。"

乔治找了张椅子坐下,同时吹了一声口哨。

"看样子,"他说,"理查德舅舅没有错。"

3

第二天早晨,莫顿督察到了小别墅。

他是个安静的中年男子,说话带着些乡下口音。举止冷静,不慌不忙,但有一双精明的眼睛。

"你应该知道是怎么一回事了吧,班克斯夫人?"他说,"普罗克特医生应该已经告诉你吉尔克里斯特小姐的情况了。我们化验了从这里找到的蛋糕屑,当中的确有砒霜。"

"有人蓄意要下毒杀她?"

"看起来是这样没错。吉尔克里斯特小姐本人似乎帮不上我们什么忙。她一直重复说不可能——说没有人会做这种事。但确实有人做了。你能给我们提供一些线索吗?"

苏珊摇摇头。

"我只是觉得震惊,"她说,"你们从邮戳上找不到线索或是笔迹吗?"

"你忘了——包装纸应该已经被烧掉了,而且是不是通过邮寄也很难说。开车送邮件的邮差小安德鲁斯,说他不记得给这里送过邮包。但他当时要送的地方很多,不太能确定——但关于这一点——的确有些可疑。"

"可是——如果不是通过邮寄,那是怎么回事?"

"另一种可能,班克斯夫人,就是利用一张上面写有吉尔克里斯特小姐的姓名、地址还有邮戳的土黄色包装纸,而且将包裹由信箱口塞进来或是亲手放置在门内,这都会让人产生是由邮差送来的印象。"

他冷静地继续说:

"非常聪明的主意,我是说选择结婚蛋糕。结婚蛋糕很容易打动中年妇女的心,让她们高兴自己还被人惦记。一盒糖果或是其他东西就很有可能引起怀疑。"

苏珊缓缓地说:

"吉尔克里斯特小姐当时猜了好久究竟是谁送的,但她一点儿都没有怀疑——正如你说的,她很高兴,而且没错——受宠若惊。"

她补充道:"毒药的剂量致命吗?"

"这在拿到剂量分析报告之前很难确定。这取决于吉尔克里斯特小姐是否把整块蛋糕都吃下去了。她说好像没有,你记不记得?"

"不——不,我不能确定。她请我吃,但我拒绝了,然后她又吃了一些,说那是非常好吃的蛋糕,可我记不清楚她到底有没有全部吃掉。"

"如果你不介意,我想上楼看看,班克斯夫人。"

"当然。"

她跟着他走进吉尔克里斯特小姐的卧室，她抱歉地说：

"恐怕这里非常乱。我忙着处理姑姑的葬礼，一直没来得及整理她的遗物。后来普罗克特医生来过之后，我想也许应该保持原状，不要乱动比较好。"

"你非常明智，班克斯夫人。不是每个人都有这样的见识。"

他走到床边，把手伸到枕头底下，小心地抬起来，脸上出现一抹笑意。

"有了。"他说。

一小块蛋糕躺在有些破旧的床单上。

"真神奇。"苏珊说。

"哦，不，这并不神奇。你们这一代人大概不知道——现如今的年轻女士似乎对婚姻没什么憧憬，但这是个古老的风俗。放一块结婚蛋糕在枕头下面，你就会梦见自己未来的丈夫。"

"可吉尔克里斯特小姐肯定——"

"她只是不想告诉我们，因为她觉得以自己的年龄，干这种事实在太幼稚。可我猜想，她有可能会这么做，"他的表情又变得严肃了，"而且要不是因为她这种老小姐的傻念头，吉尔克里斯特小姐很可能活不过今天。"

"可谁会想杀她呢？"

他看着她，眼神里有一种让人捉摸不透的意味，让苏珊不太自在。

"你不知道？"他问。

"不——当然不知道。"

"若是如此，看来，我们应该去弄清真相。"莫顿督察说。

第十二章

这是一个装潢极为现代的房间,两个老人坐在一起。房间里没有任何曲线,所有东西都是四四方方的。唯一的例外就是赫尔克里·波洛本人,身上充满了各种曲线。肚子是令人愉悦的圆形,脑袋像颗鸡蛋,胡须炫耀似的向上弯翘着。

他抿了一口糖浆,满腹心事地看着哥比先生。

哥比先生体形很小,像是缩水了一样。他的外表向来清清爽爽,没有任何特别之处,而此刻的他更是平凡到好像不在现场一样。他没有回看波洛,因为哥比先生从不会看任何人。

此时他口中说出的那些话,像是在说给他左手边的镀铬壁炉栅栏的一角。

哥比先生有一种收集资料的本事。知道他的人不多,雇他的人更少——但这一少部分人都非常富有。这是当然,因为哥比先生的服务非常昂贵。他的强项在于迅速搜集资料。在他手下,有成百上千个孜孜不倦、极富耐心的男女老少,遍布各个阶层,听候他的差遣进行问询、调查以及获取结果。

哥比先生已经退休了,但偶尔会接受几个老主顾的委托。赫尔克里·波洛就是其中之一。

"我已经尽我所能帮你搜集了,"哥比先生用温柔的语气对壁炉栅栏低语道,"我把小伙子们都派出去了。他们已经尽力了——都是些不错的家伙，但今时不比往日，他们现在已经和过去大不相同了。不愿意学习，就是这个毛病。做了一两年，以为自己什么都懂了，而且不愿意加班，一分钟都不愿意多干，实在让人难以置信。"

他伤感地摇了摇头，视线移到一个电源插座上。

"都是因为政府，"他对插座说，"还有瞎胡闹的教育。让他们有了自己的主意。他们接受教育后，回来告诉我他们是怎么想的。他们压根儿不会想，大部分都不会。只知道书中的东西，这对于干我们这行的一点儿用处都没有。找出答案——这就够了——用不着思考。"

哥比先生猛地靠在椅背上，对着一个灯罩眨了眨眼。

"倒也不能全怪政府！要是没了政府我们也不知道该如何是好。告诉你，如今你只要拿支铅笔，拿个记事本，穿着体面，讲一口英国广播公司式的标准英语，就几乎可以进入任何地方，问人们日常生活中最私密的细节和背景经历，或是他们在十一月二十三号那天都吃了什么，因为那天对于中产阶级收入者来说是个考验——或是随便找个借口，把他们好好夸奖、好好巴结一番！随便你问他们什么。他们十次有九次都会回答——就算第十次他们没说，也完全不会怀疑你的身份——政府通常会问的那些问题，真是让人费解！我可以告诉你，波洛先生，"哥比先生依旧对着那个灯罩，"这可是我们从没遇见过的大好时机，比我们过去假装抄电表或修电话的年代好多了——没错，或是假扮修女、男女童子军去募捐——虽然这些手段我们现在也用。没错，当今政府这么好管闲事，对于我们调查员来说，实在是上帝赐予的礼物，希望能永远持续下去！"

波洛没有说话。哥比先生随着年纪增长，越来越唠叨了，但他会适时回到重点。

"啊,"哥比先生说着拿出一个皱巴巴的小记事本,舔了舔手指,不停翻阅,"在这儿,乔治·克罗斯菲尔德先生。我们先从他说起。我只说事实,你并不会想知道我是如何弄到的。他陷进麻烦已经有些日子了。大部分时间在赌马或是赌博——在女人方面倒不怎么吃香。时常去法国,玩蒙特牌,大部分时间都在赌场里度过。他非常精明,不会在当地兑换支票,不过手头一般持有远超过他旅行津贴数额的现金。我并没有仔细调查这方面,因为这并不是你关心的。但他钻起法律漏洞毫不顾忌——身为一名律师,他也很清楚该怎么钻。有理由相信他挪用客户的信托金。最近赔得很惨——无论是在股市还是在赌场!判断失误,运气也很臭。这三个月来三餐不继。在办公室的时候总是忧心忡忡,脾气很差,而且易怒。自从他舅舅死后,就彻底变了。他就像早餐时单煎一面的鸡蛋一样——按照我们的习惯——翻个身就阳光灿烂了!

"现在,说说你要的那些特别信息。他那番在哈斯特马场赌马的说辞完全是谎言。他一直通过一两个固定的掮客下注,那天他们并没有看见他。他有可能坐火车离开帕丁顿,目的地未知。在帕丁顿接活儿的出租车司机看了他的照片后,说有可能是他。不过我并不寄希望于此。他的长相很普通——没什么突出的——特别的地方。也询问过帕丁顿的行李搬运工等人,没有任何收获。可以确定的是,他没有在乔西站下车——这是离利契特圣玛丽最近的一站。小车站,陌生人总是很显眼。有可能在雷丁站下车,然后乘公共汽车过去。雷丁的公共汽车班次很多,有几班可以到达利契特圣玛丽方圆一英里的地方,也有公共汽车直达村子。他应该不会乘坐直达的公共汽车——如果他当时真的计划干些什么。总的来说,他是个狡猾的家伙。利契特圣玛丽没有人看见过他,但他很容易就可以逃过别人的视线。通过别的方式,而不是直接从村子里经过。对了,他参加过牛津戏剧社。如果他案发当天真的去了小别墅,打扮肯定和平日里的乔治·克罗斯菲尔德不一样。我会继续追查,好吗?我打算从他那些黑市活动下手。"

"可以继续追查。"赫尔克里·波洛说。

哥比先生舔了舔手指,把记事本翻到另一页。

"迈克尔·沙恩。他事业心很重,对自己的期待超乎人们的预料。一心想成名,想一夜之间变得家喻户晓。很喜欢钱,出手也非常阔绰。对女人很有吸引力,她们总是紧随他左右。他自己也乐在其中——但事业还是第一位的,可以这么说。他勾搭上了之前出演的一部戏中的女主角,索雷尔·丹顿。他当时只是出演一个小配角,但表现非常出彩。丹顿小姐的丈夫不喜欢他。迈克尔的妻子不知道他和丹顿小姐的事,她似乎什么都知道的不多。在我看来,她并不像个做演员的料子,但相貌可人,而且深爱她的丈夫。有谣言说,不久前他们夫妇濒临破产,但理查德·阿伯内西一死,危机似乎就解除了。"

为了强调最后一句话,哥比先生对着一个沙发靠垫使劲儿点头。

"案发当天,沙恩先生说他和罗森海姆先生一起与奥斯卡·李维斯先生洽谈购买剧目的事情。但他并没有和他们见面,而是给他们打电话道歉,说他实在没办法赴约。实际上,他去了埃莫拉杜租车公司,租了一辆车,没有请司机。当天傍晚六点左右还了车。照里程数来看,大致和到利契特圣玛丽来回的路程相符。不过利契特圣玛丽方面还没有证实此事。当天那里似乎并没有人见到陌生车辆进出。但附近一英里左右有许多可以停车且不被人注意的地方。在距离别墅那条小巷子几百码的地方有一个废弃的采石场就可以停车。周围有三个步行可及的集镇，车可以停在路边，警察也不会询问。大概就是这样，我们也会进一步追查沙恩先生。"

"那当然。"

"再来是沙恩夫人。"哥比先生摸了摸鼻子，对着自己左手的袖口谈论起沙恩夫人，"她说她当时在逛街，只是单纯地逛街……"哥比先生抬头望向天花板，"逛街的女人——都非常疯狂，她们的确如此。她前一天刚得知自己发了一笔横财，按道理说，买起东西应该肆无忌惮才对。她有一两张借记卡，不过透支过多，被人催着还款，所以没有再用过。她那天的确是四处闲逛，试衣服，看珠宝，讨价还价之类的——但竟然什么都没买！她非常容易接近——我必须得说。我找了一位对舞台剧十分了解的女士去套她的话。那位女士在餐厅里她的座位边停下，以戏剧界人士的口吻说：'亲爱的，自从《暗度陈仓》那部戏后，我就再没见过你，你在里面实在太出色了！你最近见过休伯特吗？'他是那出戏的制作人，而沙恩夫人在里面演得烂极了——但只有这么说才能和她接近。她们俩立刻聊起戏剧来，而我的这个姑娘稍稍露了几手，紧接着她说：'我记得我好像在某某地方看见你了。'姑娘说出案发当天的日期——大部分女士都会买账，回答：'哦，没有，我当时在——'无论她当时在做什么。但沙恩夫人是个例外，她只是茫然地回答：'哦，或许吧。'对待这种女人你能有什么办法？"哥比先生对着暖气片使劲儿摇头。

"一点儿办法都没有，"赫尔克里·波洛很有感触，"我难道没有吃过这种亏吗？我永远都不会忘了埃奇韦尔男爵被谋杀的那个案子。我几乎被打败了——没错,我,赫尔克里·波洛——被一个空洞头脑想出的简单骗术打败。思维单纯的人常常会用最简单的方式作案,还能逍遥法外。但愿这次的凶手——如果真的有凶手的话——是个聪明绝顶、自视甚高的人,过度自满,犯下一些欲盖弥彰的错误。总之——请继续说。"

哥比先生再一次翻阅笔记本。

"班克斯夫妇——说他们一整天都待在家。然而,班克斯太太她并不在家!她去了车库,把车子开出去,大概一点左右离开,去了什么地方不清楚。大约五点左右回来。无从得知她跑了多少里程,因为她每天都把里程表清零,这么做并不犯法。

"至于班克斯先生,我们发现了些很有趣的信息。首先我得说明,我们并不知道案发当天他在做什么。他没去上班。好像因为葬礼请了好几天的假。后来他直接放弃了那份工作——一点儿也没为公司考虑,那是家很不错的药店,规模很大。他们也不是很中意班克斯。好像是因为他脾气古怪,容易冲动。

"嗯,正如我刚才说的,我们并没有查出兰斯科内特夫人被杀当天他的行踪。他没有和妻子在一起,有可能一整天都待在家里。他们住的那幢公寓楼没有门房,所以查不到住客的出入记录。不过他的背景很有意思。直到大约四个月前——就在他遇见他妻子之前,他一直在一家精神病院,不过没有确诊——医生只说是精神崩溃。好像是因为他在调配药剂的时候弄错了剂量——他当时在梅菲儿公司——那个女人吃了药后还是痊愈了,公司也倾尽全力道歉,所以她没有提出诉讼。毕竟,这种偶然的错误很难避免,而大部分宽容的人都会原谅这个一时疏忽的年轻人——换句话说,只要没有造成不可挽回的伤害,都可以原谅。公司并没有开除他,但他主动辞职了——说他受了刺激。后来,他的精神状况好像越来越差，告诉医生说自己被罪恶感折磨——说他当时是故意配错的——那个女人走进药方室，态度非常恶劣，盛气凌人，抱怨他之前的处方很差劲儿——他因此非常气愤，故意加了一些不足以致命的药之类的。他说：'她竟敢这么对我说话，一定要得到应有的惩罚！'然后哭了起来，说自己太邪恶了，根本不配活下去。医生说这叫作——'受罚情结'什么的——不相信他是有意为之，只是不小心，是他单方面放大了事情的严重性。"

"有可能。"赫尔克里·波洛说。

"总之，他进了一家疗养院，接受治疗，痊愈后出院。之后就遇见了阿伯内西小姐。后来他在这家偏僻的小药房找到了工作，告诉他们说，他离开英国一年半了。至于他过去的工作，他告诉他们，他之前在伊斯特本的一家药房工作。那家店里并没有他的不良记录，只有个同事说他脾气很古怪，有时候行为举止很不正常。还说起了一件事，有个顾客有一次开玩笑说：'真希望你能给我妻子开些毒药，哈哈！'班克斯语气平静地回答说：'我可以……但需要花费你两百英镑。'那位顾客听了很不自在，笑了笑就作罢了。这有可能只是句玩笑，但我不认为班克斯是那种爱开玩笑的人。"

"我的朋友，"赫尔克里·波洛说，"我真是好奇你究竟是如何弄到这些信息的！无论是有关医疗的还是高度私密的，你都能弄到手！"

哥比先生的视线在房间里打转，最后满怀期待地落在门上，低声说道："总有办法……"

"现在轮到乡下的部分。蒂莫西·阿伯内西夫妇。他们住的那个地方很不错，可惜需要花大钱修缮。他们似乎非常穷困，可以说是穷困潦倒——税金加上不走运的投资。阿伯内西先生很享受自己身体欠佳的状况，我想强调的是，他真的很享受。总是抱怨个不停，指示每个人跑来跑去围着他忙。他胃口很好，看起来，只要他愿意努力，身体可以恢复得非常强健。早晨帮佣的人离开后，只要他没有按铃叫人，任何人都不允许进入他的房间。葬礼之后的早晨，他脾气很大。咒骂琼斯夫人，早餐只吃了一点点，不愿吃午餐——前一天晚上应该是睡得很不好。他说琼斯夫人留给他的晚餐难以下咽，还唠叨了很多其他的。他从那天早晨九点三十分到第二天上午一直独自待在房间里，这期间没有人见过他。"

"阿伯内西夫人呢？"

"她在你之前说过的那个时间开车离开恩德比府邸。然后步行走到一个名叫卡瑟石的地方，到当地修车厂说她的车子在几英里外抛锚了。

"一个技工和她一起开车过去，检查之后，不得不把车拖回修理厂，维修估计要花很长时间——不能保证当天修好。这位女士十分惆怅，但只能住进一家小旅店，收拾收拾过夜。她叫了一些三明治，说想看一看乡下的风光——那里草木不生，非常荒凉。她当天晚上很晚才回到旅店。我的线人说他并不怀疑她。那是个非常偏僻的小地方。"

"时间呢？"

"她十一点叫了三明治。如果步行去主干道，大约要走一英里，她可以搭便车到华尔卡斯特，再搭乘南岸特快车，正好路过雷丁西站。搭公共汽车的路线我就不详说了。可以办得到，如果动手的时间是在当天下午非常晚的时候。"

"我记得医生把可能的死亡时间定为最晚四点半。"

"你要知道，"哥比先生说，"我认为她的嫌疑很小。她似乎是位善良的女士，人人都喜欢她。她深爱自己的丈夫，把他当成自己的孩子一样对待。"

"是的，没错，母性情结。"

"她强壮有力，经常劈柴，每次一搬就是一大捆。对汽车的内部构造也很在行。"

"说到这个，她的车到底出了什么毛病？"

"你想听确切的细节吗，波洛先生？"

"但愿不用，我对机械一窍不通。"

"想要找出毛病非常困难，维修起来也很不容易。有可能有人蓄意破坏，对于一个对车子内部构造非常了解的人来说，轻而易举。"

"太棒了！"波洛的语气充满了绝望，"所有人都很容易下手，也都有嫌疑。真该死，难道我们一个人都排除不了？还有利奥·阿伯内西夫人呢？"

"她也是位非常善良的女士。去世的阿伯内西先生非常喜欢她。在他死前，她在恩德比住了两星期。"

"是在理查德去利契特圣玛丽拜访他妹妹之后？"

"不，之前。战后，她的收入骤减。她放弃了英国的大房子，在伦敦买了一所小公寓。她在塞浦路斯还有一个小庄园，每年都会去那里住一段时间。她有一个年轻的侄子，她一直供他读书，好像还不时资助一两个年轻的艺术家。"

"圣女海伦一样无可挑剔的生活，"波洛说着，闭上了眼睛，"而案发当天，她不太可能在仆人不知情的情况下离开恩德比吧？请回答是，我恳求你！"

哥比先生抱歉的目光移到波洛那双擦得闪闪发亮的漆皮鞋上，这是他的视线距离波洛最近的一次，他低声说：

"恐怕我不能这么说,波洛先生。阿伯内西夫人当天回伦敦去拿一些换洗的衣物和私人物品,因为她答应恩特威斯尔先生留在恩德比,打点后续的事情。"

"唯独这一点!"波洛感触颇深地说。

第十三章

赫尔克里·波洛接过约克郡警察局莫顿督察的名片，挑起眉毛，说道：

"请他进来，乔治，请他进来。端些——警察一般喜欢喝什么？"

"我想应该是啤酒，先生。"

"太可怕了！但多有英国特色啊。那就端啤酒来。"

莫顿督察进来，直接进入主题。

"我必须来伦敦一趟，"他说，"而且我有你的地址，波洛先生。周四死因审判那天，我很意外地看到了你。"

"你看见我了？"

"是的，很惊讶——而且，我必须说，很感兴趣。你应该已经不记得我了，但我对你的印象很深刻。处理潘本的那个案子时见过你。"

"嗯，你也参与那个案子了？"

"我只是个无足轻重的小人物。已经过去很久了，但我没有忘记你。"

"你那天一眼就认出我了？"

"并不困难，先生。"莫顿督察微微一笑，"你的外貌——很特别。"

他打量着波洛完美的衣着，视线最后落在他那卷翘的胡须上。

"有可能，有可能。"波洛得意地说。

"我好奇的是，你为什么会在那里。这一类的案件——抢劫、袭击——通常很难引起你的兴趣。"

"这只是一起普通的暴力犯罪吗？"

"这正是让我怀疑的地方。"

"你从一开始就很怀疑，不是吗？"

"没错，波洛先生。这个案件有些很不寻常的特点。案发后，我们按照惯常的流程处理，找了一两个人问话，每个人对自己在案发时的行踪都交代得令人满意。并不是你口中那种'普通'的犯罪案，波洛先生——这一点我们很确定。警察署长也同意。有人蓄意使它看上去像一般的入室抢劫。那个叫吉尔克里斯的女人就有嫌疑，但似乎没有任何犯罪动机——她与被害人没有感情嫌隙，兰斯科内特夫人也许有点儿精神不正常——或者说'单纯'，如果你想这么说的话，但她们二人只是单纯的主仆关系，并不存在某种狂热的同性情谊。像吉尔克里斯特小姐这种人附近多得是，通常不会是杀人犯。"

他稍作停顿。

"因此看起来我们似乎得从别的地方入手。我来是想问你能否帮助我们。你到那里去肯定是有原因的，波洛先生。"

"是的，是有原因。"

"你有——情报？"

"称不上是你口中的情报。都不足以当作证据。"

"但可以当作——线索？"

"是的。"

"你瞧,波洛先生,案情调查已经有了一定的进展。"

他把下了毒的婚礼蛋糕的情况详细告诉波洛。

波洛深吸了一口气。

"聪明——是的,真聪明……我之前让恩特威斯尔先生留心吉尔克里斯特小姐。说她有可能会受到攻击。但我必须承认,我没想到会用下毒这种方法。我本猜想是重复斧头杀人的把戏。我只是认为,她一个人在夜深以后走进人迹罕至的小巷,实在不是什么明智之举。"

"可你为什么预测她会受到攻击?波洛先生,我想,你应该告诉我。"

波洛缓缓地点了点头。

"好,我告诉你,恩特威斯尔先生不会告诉你,因为他是个律师,不喜欢在假设的基础上谈论这种事情,或是基于一个死去妇人的性格得来的推断,再或是基于几句不负责任的言辞而做的猜测。但他应该不会反对我告诉你——正相反,他应该会觉得如释重负。他不想让自己显得愚蠢或被人认为是在胡思乱想,但他想让你知道一些可能——仅仅是可能——的事实。"

乔治端着一大杯啤酒进来,波洛停住了。

"喝点儿东西休息休息吧,督察先生。不要推辞,我坚持你先把酒喝了,我们再谈。"

"你不喝吗?"

"我不喝啤酒。不过我会喝一杯肉桂糖浆——我注意到,你们英国人不太喜欢这东西。"

莫顿督察感激地看着那杯啤酒。

波洛优雅地啜饮手中那杯深紫色的液体,说:

"这一切,都从葬礼开始。或者,再确切一点儿,是从葬礼之后。"

佐以各种手势，他生动地复述了恩特威斯尔先生告诉他的事，得益于他充满感染力的天性，整个事件被润色后，几乎让人觉得赫尔克里·波洛本人当时就在现场。

莫顿督察的头脑非常清晰，他听过一遍后立刻抓住了自己关注的几个突出的重点。

"这么说，阿伯内西先生有可能被人下了毒？"

"有这种可能。"

"而尸体已经被火化了，所有没有任何证据证实这一点？"

"正是如此。"

莫顿督察反复琢磨。

"有意思。什么都没给我们留下。也就是说，这使得理查德·阿伯内西的死失去了调查价值。因为只是单纯地浪费时间。"

"是的。"

"但那些人——那些在场的人——那些听到科拉·兰斯科内特说那句话的人，其中之一可能想到她也许会再次说出来，而且可能说得更详细。"

"毫无疑问她肯定会这么做。督察，正如你所说，那些人正是如此。你现在应该明白我为什么会去参加死因审判，会对这个案子感兴趣——因为，从始至终，我只对事件当中的人感兴趣。"

"之后是吉尔克里斯特小姐受到了攻击——"

"这一切都有迹可循。理查德·阿伯内西去了小别墅。他与科拉聊过，也许当时他提到了一个确切的人名，唯一有可能知道或偷听到的人就是吉尔克里斯特小姐。让科拉永远闭嘴之后，凶手也许还不安心。另一个女人知道些什么吗——哪怕只是一个细节？当然了，如果凶手明智的话，就会放手不管。但凶手很少明智，督察先生。这对我们来说很幸运。他们苦思冥想，觉得不确定，想确保一切都不出差池——没有半点儿差池。如此一来，到最后正如你说的，反倒露出了马脚。"

莫顿督察的脸上浮现出一丝微笑。

波洛继续说：

"企图让吉尔克里斯特小姐也永远闭嘴，这是凶手犯的一个错误。到目前为止，你调查的是两起案件。蛋糕的卡片上可能有笔迹，可惜包装纸已经被烧掉了。"

"是的，不然我就可以确定是不是通过邮寄送去小别墅的了。"

"听你这么说，你有理由认为答案是否定的？"

"只是根据邮差的想法——他不能确定。如果包裹像过去一样，是通过村子里的邮局派送的，那么邮局的女局长十有八九会注意到，可现如今，邮件都是由凯恩斯集市的卡车直接派送的，而且可想而知，那个负责投递的年轻人每次要开一大圈，派送各种各样的东西。他记得当天送到小别墅的只有信件，没有包裹——但他不能确定。事实上，他正在烦恼感情方面的事，别的事情都无暇顾及。我测试过他记忆的准确度，一点儿也不可靠。我认为很奇怪，如果包裹的确是他派送的，为什么没有任何人注意到，直到那个——叫什么来着——格思里先生——离开之后，才被吉尔克里斯特小姐发现——"

"啊，格思里先生。"

莫顿督察笑了。

"没错，波洛先生。我们正在调查他。毕竟，想要冒充兰斯科内特夫人的朋友非常容易，不是吗？班克斯夫人根本看不出真假。他有可能丢下那个小包裹，你知道。要是想伪装成通过邮寄送来的也很容易。只要把邮票放在灯上熏脏,就可以伪造出一个以假乱真的邮戳来。

他停了停,然后补充道:

"而且还有其他可能性。"

波洛点点头。

"你认为——"

"乔治·克罗斯菲尔德先生去过那里——不过是第二天的事了。他原本打算参加葬礼,路上引擎却出了点儿小故障。有关于他的信息吗,波洛先生?"

"知道一点儿,但还不够。"

"是吗?据我所知,有不少人对阿伯内西先生的遗嘱很感兴趣,我希望这不代表每个人都有必要调查一番。"

"我搜集了一些资料,可以供你使用。很显然,我没有权力问询这些人。事实上,我不亲自问询才是明智之举。"

"我打算自己慢慢调查。你绝不希望太早就打草惊蛇,但只要决定出击,就一定要得手。"

"很好的技巧,那么,继续你的例行调查——动用你手下的人力物力。虽然有些慢,但很实际。而我——"

"波洛先生,你怎么样?"

"而我,我要北上。正如我刚才说的,我只对事件当中的人感兴趣。是的——做一点儿伪装——我就北上。"

"我打算,"赫尔克里·波洛补充道,"为外籍难民购买一幢乡下庄园做避难所。我代表'U.N.A.R.C.O.'。"

"什么是'U.N.A.R.C.O.'?"

"联合国国际难民援助组织。听起来还不错,你不觉得吗?"

莫顿督察笑了起来。

第十四章

赫尔克里·波洛对面色铁青的珍妮说：
"非常感谢。你实在是太好了。"

珍妮噘着嘴离开了房间。这些外国人！问的那些问题实在鲁莽！说什么他是个专家，阿伯内西先生生前有可能得了一种罕见的心脏疾病，他很感兴趣。这的确有可能，毕竟主人走得那么突然，医生们总是很奇怪。但这关这个外国医生什么事，跑到这里来瞎打听！

利奥夫人说得可真轻松："请回答蓬塔利耶先生的问题。他有充分的理由这样问。"

问题，没完没了的问题。有时候会给你一张写满问题的表，要你尽可能回答——政府或其他人究竟为什么要知道你这么多私事？竟然在人口普查的时候询问你的年龄——实在是太无礼了，她当然没告诉他们实话！她把实际年龄减了五岁，为什么不呢？如果她觉得自己只有五十四岁，那她就可以自称五十四岁！

蓬塔利耶先生倒没有问她的年龄。他还算有点儿教养，只询问主人吃些什么药，药都存放在什么地方，如果他觉得不太舒服，有没有可能加大剂量或是忘记自己已经吃过，重复再吃。说的好像她应该记得这些琐事一样——主人知道自己在干什么！还问她说有没有药剩下来，当然早就扔了。心脏病——他还说了一些很长的词。这些医生，总是弄出些新名堂。告诉老罗杰斯说他的脊柱上长了个瘤子之类的东西，其实他根本只是腰疼而已。她父亲也是个园丁，他也一样有腰疼的毛病。这些医生！

自称医生的男人叹了口气，下楼去找兰斯柯姆。他没能从珍妮身上问出什么来，不过他也料想到了。他真正的目的只是想确认一下，她是不是真如海伦·阿伯内西描述的一样，很难套出话来。海伦·阿伯内西使用的也是同样的方式，但遇到的阻碍要少很多，因为珍妮认为利奥夫人有权问她，而且珍妮也很喜欢侃侃而谈她主人最后几个星期的生活。疾病和死亡这种话题很对她的胃口。

是的，波洛心想，他可以依赖海伦提供给他的信息。他也已经这么做了。但基于他的天性和习惯，在亲自证实之前，他不会相信任何人。

总而言之，目前得到的证据微不足道，很难令人满意。总结一下也只有一个事实，医生给理查德·阿伯内西开了一些维生素软胶囊，放在一个大瓶子里，在他死前已经所剩无几。只要想，任何人都可以对这些胶囊做手脚，只需要一支皮下注射器，而且可以重新摆放瓶子里的胶囊，把那颗注射进致命毒剂的胶囊放在下面，确保自己离开恩德比几周后，理查德才会吃到那颗胶囊。或许有人在理查德·阿伯内西去世的前一天潜入，把胶囊放进药瓶了，或许，更有可能的是换掉一颗床头柜上的安眠药，或是更直截了当，在他的饮食里动手脚。

赫尔克里·波洛已经亲自做过实验。前门一直上锁，但花园里有个侧门，直到夜晚才上锁。一点过一刻左右，园丁和所有家人都在餐厅吃午饭的时候，波洛走进花园，从侧门进入，走上楼梯到达理查德·阿伯内西的卧室，一路上没有遇见任何人。他换了一种方式，打开包裹着软呢的门，溜进食物储藏室，他可以听到走廊末端厨房里的响动，但没人看见他。

是的，的确可以做到。可究竟凶手是不是采用了这种方法？没有任何证据能够证明。波洛真正的目的并不是寻找证据——而是想验证各种可能性。理查德·阿伯内西被谋杀只是一种假设，真正需要证据的是科拉·兰斯科内特的谋杀案。他想研究一下当天聚集在葬礼上的每个人，然后归纳出结论。他已经有了计划，但得先和兰斯柯姆谈一谈。

兰斯柯姆的态度很谦卑，但有些冷漠，不像珍妮那么怒气冲冲的，不过他把这位自命不凡的外国人当作不祥之兆的化身，预示着难逃的厄运。

他放下手中的皮革——他正细心地擦拭乔治王时代的茶壶——挺直腰背。

"有什么事，先生？"他很有礼貌地问。

波洛在一张圆凳上轻轻地坐下来。

"阿伯内西夫人告诉我，你退休后希望住到北边的那间小屋子去？"

"是这样，先生。当然现在一切都不同了。这里卖掉后——"

波洛巧妙地打断他：

"还是有可能。园丁们可以住在小平房里，客人和他们的随从应该也用不到那里。你希望搬进那里的事还是可以安排的。"

"呃，先生，谢谢你的提议。但我真的没想过——住在这里的大部分客人都会是外国人吧，我猜？"

"是的，应该都是外国人。大部分从欧洲逃亡到这里的都是年老体弱的人。如果他们回到自己的祖国，实在无法维持生计，你知道，这些人留在祖国的亲眷都已经死了。他们留在这里又没办法像普通人一样谋生。因此筹集基金成立这个组织，由我代表，在乡下帮他们找合适的容身之所。我看，这幢房子非常合适。这件事情十有八九已经确定了。"

兰斯柯姆叹了口气。

"你应该能明白，先生，对我来说，想到这里将不再是一个家，真的非常伤心。不过我知道时下的情况。没有家庭能负担得起，我也不认为年轻的小姐先生们愿意住在这种地方。如今，本地的仆人太难请了，就算请到了，佣金也很贵，而且能力很难令人满意。我很明白，这些漂亮的大府邸都该功成身退了。"兰斯柯姆又叹了一口气，"如果它不得不用作某种机构用地，我倒更情愿是你说的那一种。我们这个国家能够免受战火的侵袭，先生，是因为我们的海军和空军，还有那些勇敢的年轻人，还有幸好我们国家是个岛国。如果当时希特勒在这里登陆，我们早就齐心协力把他干掉了。我视力不好，没办法瞄准射击，但我可以用草叉，先生，而且如果真的需要，我当时一定会这么做。我们国家向来欢迎这些遭受不幸的人们，先生，这是我们的骄傲，我们也会永远欢迎他们。"

"谢谢你，兰斯柯姆，"波洛温柔地说，"主人的死对你来说一定是个很大的打击。"

"是的，先生。我开始跟随主人的时候，他还很年轻。我这一生真的很幸运，先生。没有比他更好的主人了。"

"我已经和我的朋友——呃——同事，拉若比医生聊过了。我们很想知道，你的主人在去世的前一天有没有表现出任何异常的担忧，或是与人有过不愉快的交谈？你不记得那天有任何访客吧？"

"没有，先生。我想不起来。"

"当天没有任何人来过？"

"牧师在那天早些时候过来喝茶。除此之外，有几个修女来募捐——还有一个年轻人到后门去，想卖给玛乔丽一些刷子和洗碗盘的用具。他很难打发，除了这些就没有了。"

在玛乔丽这方面，波洛倒是一问便有了收获。玛乔丽没有那些"忠仆"常会有的条条框框，她是个一流的厨师，全部心思都在烹饪上。波洛在厨房里和她会面，运用自己敏锐的洞察力，夸赞了玛乔丽的几道菜品。而玛乔丽一听波洛言之有物，立刻引为知音。他没花多少力气就打听清楚了理查德·阿伯内西去世前那天晚上都吃了什么东西。玛乔丽强调："阿伯内西先生去世的那天晚上我做了巧克力蛋奶酥，我专门留了六个鸡蛋。送乳制品的家伙是我的朋友，我从他那儿弄到了一些奶油。最好别问我是怎么弄到的。阿伯内西先生吃得很尽兴。"其他菜品她也一一详细地描绘了一遍。餐厅没吃完的东西都端回厨房，给仆人们吃了。玛乔丽滔滔不绝，波洛却没能从她身上找到任何有价值的信息。

他披上大衣，戴好围巾，迎着北部乡间的冷风出门去找海伦·阿伯内西，她正在花园里修剪一些迟开的玫瑰。

"有什么新鲜的发现吗？"她问。

"没有。不过我之前就料到了。"

"我知道。自从恩特威斯尔先生说你要来之后，我就一直四处打探，不过一无所获。"

她停了停，突然满怀希望地说：

"或许这一切都只是猜想？"

"被斧头杀死也只是猜想？"

"我指的不是科拉。"

"但我考虑的正是科拉。为什么有人非杀她不可？恩特威斯尔先生告诉我，葬礼那天，她突然说出那句震惊四座的话，那一刻，你感觉有些地方不对劲儿，没错吧？"

"嗯，没错，但我想不起来——"

"是怎么'不对劲儿'？出乎意料？惊讶？还是——应该怎么说——不安？不祥？"波洛追问。

"哦，不，不是不祥。只是某件事情不——哦，我不知道。我想不起来，而且那并不重要。"

"但你为什么会想不起来呢？因为一些别的事情把它挤出了你的脑子？或许是一件更重要的事情？"

"是的，没错，我想你说对了。我想，是提到谋杀的那些话把其他的事都扫干净了。"

"或许，是某人听到'谋杀'这个词后的异常反应？"

"可能吧……但我不记得当时特别注意了任何人。我们当下都盯着科拉。"

"或许是你听到了什么——或许是什么东西落下或是碎掉……"

海伦皱起眉头，努力回想。

"不……我认为不是……"

"算了，总有一天会想起来的，而且有可能不重要。现在，夫人，请告诉我，当时在场的人当中，谁和科拉最熟悉？"

"我想应该是兰斯柯姆，他依然记得她小时候的情形。珍妮是科拉出嫁以后才来的。"

"接下来是谁？"

海伦考虑了一下，说："我想——应该是我。莫德可以说是几乎不认识她。"

"那么，姑且把你当作最熟悉她的人，你认为她当时为什么会问那个问题？"

海伦笑了。

"科拉的个性就是那样！"

"我的意思是，那是否只是个单纯的恶作剧？是她不假思索就脱口而出的一句话？还是故意的——出于取乐的目的让大家都不安？"

海伦努力回想。

"你永远无法真正了解一个人，不是吗？我从来都无法确定科拉究竟是真的天真无邪，还是刻意营造出非常幼稚的假象。你是这个意思，对吗？"

"是的，我在考虑，假如这位科拉夫人对自己说：'问他们理查德是不是被人谋杀的，然后看看他们的表情该多有趣啊！'这像是她会做的事吗？"

海伦满脸疑惑。

"有可能。她的确有着孩子般顽皮的幽默感。可就算如此，又有什么不同呢？"

"这强调了一件事，那就是拿谋杀这种事情开玩笑非常不明智。"波洛冷冷地说。

海伦颤抖了一下。

"可怜的科拉。"

波洛改变了话题。

"葬礼之后，蒂莫西·阿伯内西夫人留下来过夜了吗？"

"是的。"

"她有没有和你讨论科拉的那句话？"

"有，她说那简直太离谱了，只有科拉才说得出来！"

"她没当真？"

"哦，没有，没有。我很确定她没有当真。"

这第二个"没有",波洛心想,听起来很不确定。可当你回想某件事情时,这难道不是常有的现象吗?

"你呢,你当真了吗?"

海伦·阿伯内西卷曲的灰发梳向两旁,湛蓝的眼睛看上去异常年轻。她思量了一下,说道:

"有,波洛先生。我想我是把她的话当真了。"

"因为你觉得有什么地方不对劲儿?"

"或许吧。"

他等了一会儿——但她什么都没说,于是他继续问道:

"兰斯科内特夫人和家人已经疏远很多年了吧?"

"是的,我们都不喜欢她先生,她非常生气,从此便疏远了。"

"然后,阿伯内西先生突然去见她。为什么?"

"我不知道,我想他知道,或许是猜到自己没多少日子了,想和她重归于好。不过我真的不知道。"

"他没告诉过你?"

"告诉我?"

"是的。就在他去拜访科拉之前,你正好住在这里,和他住在一起。他没和你说过他的用意?"

他看得出来,对方有所保留。

"他告诉我,他打算去拜访他弟弟蒂莫西——他的确去了,但从没提过科拉。我们进去吧,快到吃午餐的时间了。"

她捧着剪下来的玫瑰,走在他身旁。走进侧门的时候,波洛说:

"你能确定,完全确定,在你来恩德比拜访的这段时间里,阿伯内西先生没有和你谈论过任何可能与此事相关的家庭成员?"

海伦的态度含着一丝愤恨,她说:

"你的语气像个警察。"

"我是个警察——曾经是。我没有资格,也没权质问你。但你想知道真相——或许是我想错了?"

他们走进绿色的客厅,海伦叹了一口气,说道:

"理查德对年轻一代非常失望。老一辈的人通常都会这样。他蔑视他们的各个方面——但没有任何事情,真的没有任何事情,你知道——可能会诱发谋杀。"

"啊。"波洛说。海伦走到一个中国风格的花盆前,开始插玫瑰。把花束整理到她认为完美的状态后,她左顾右盼,寻常合适的位置摆放。

"你插花的水平很高超,夫人,"赫尔克里说,"我猜,你不管做什么事,都会力求尽善尽美。"

"谢谢夸奖。我很喜欢花。这盆花放在绿色孔雀石的桌子上应该很合适。"

那张石桌上原本放着一束风蜡花,用玻璃罩罩着。当她把那束花移开时,波洛不经意地说:

"有没有人告诉过阿伯内西先生,说他侄女苏珊的丈夫有一次差一点儿配药毒死一个顾客?啊,小心!"

他冲向前去。

那件维多利亚风格的装饰品从海伦的指尖滑落。波洛冲过去,但动作不够快。那束风蜡花掉在地上,玻璃罩碎了。海伦一脸懊恼。

"我真是太不小心了。不过,幸好花没有伤到。我可以重新定做一个玻璃罩。先把花放到楼梯下面的壁橱里好了。"

波洛帮她把那束风蜡花放进那个昏暗的壁橱,回到客厅后,他说:

"是我不好，不该吓你。"

"你刚才问我什么？我忘了。"

"哦，没必要再重复一遍了。事实上——我自己也忘了。"

海伦走到他面前，手扶在他的胳膊上。"波洛先生，有谁的生活经得起这么细致的调查呢？这些毫无干系的人的私生活一定要被扯进——扯进——"

"扯进科拉·兰斯科内特的谋杀案中？没错。因为必须彻头彻尾地调查。哦！没错——这是一句老格言——人人都有秘密。这对我们所有人都适用——或许对你也是，夫人。但我要告诉你，没有任何事件可以被忽视。这就是我的朋友，恩特威斯尔先生找上我的原因。我不是警察，但行事谨慎，所调查到的事情跟我本人也没什么利害关系，可我必须得知道。而且，既然这件事情最明显的证据是人——我就会全力从人入手。夫人，葬礼当天在场的每一个人，我都要见。而且，如果我能在这里和他们见面——那将再方便不过了——没错，这也正好符合我的策略。"

"恐怕，"海伦缓缓地说，"很难实现——"

"没你想的那么难。我已经想出了一个办法，就说房子已经卖出去了，让恩特威斯尔这么通知大家。当然，有时候这样做也不起作用。他会邀请每一位家庭成员在这里集合，在家具摆设等被拍卖之前，让他们各自挑选自己想要的。可以选一个大家都方便的周末。"

他停了一会儿，又说：

"你瞧，很简单，不是吗？"

海伦盯着他，蓝眼睛冰冷得好像起了霜。

"你是在给某人设陷阱，波洛先生？"

"哎呀！我希望我已经有所计划了，但没有，我目前还没有决定。到时候，或许会，"波洛若有所思地说，"会有一些测试……"

"测试？什么样的测试？"

"我还没有想好。再说不管怎么样，你还是不要预先知道为好。"

"好让我到时候也能接受你的测试？"

"你，夫人，已经被带到幕后了。现在还有一点不确定。据我估计，年轻一代应该都会来。但很难说蒂莫西·阿伯内西先生会不会到场。我听说他从不离开家。"

海伦突然笑了。

"关于这一点，我想你很幸运，波洛先生。我昨天听莫德说，他们家正在粉刷，蒂莫西被涂料的气味折磨得够呛，说严重影响了他的健康。我想，他和莫德应该很乐意到这里来——没准儿住上一两个星期。莫德还不太能走动——你知道她脚踝受伤了吧？"

"我没听说。真不幸。"

"幸好他们有科拉的贴身女仆吉尔克里斯特小姐帮忙。她好像已经成了他们夫妇的宝贝。"

"这是怎么回事？"波洛猛地转向海伦，"他们自己提出让吉尔克里斯特小姐去的？谁提议的？"

"我想是苏珊安排的。苏珊·班克斯。"

"啊哈，"波洛的语气充满好奇，"原来是小苏珊提议的。她很喜欢做各种安排。"

"苏珊非常能干，这让我很惊讶。"

"是的，的确很有能力。你有没有听说，吉尔克里斯特小姐差一点儿被一块下过毒的结婚蛋糕毒死？"

"没有！"海伦吓了一跳，"我确实记得莫德在电话里告诉我，说吉尔克里斯特小姐刚从医院出来，但我不知道她因为什么原因住院。被人下毒？波洛先生——为什么？"

"你真的想知道？"

海伦的语气突然变得很激动：

"哦！把他们都叫到这里来！找出真相！绝不能再有任何谋杀了。"

"这么说，你愿意合作？"

"是的——我愿意合作。"

第十五章

1

"那块油地毡看上去真漂亮,琼斯夫人。你挑油地毡真有一手。茶壶在厨房的桌子上,你先去喝吧。我把午前茶给阿伯内西先生送去,然后就过来。"

吉尔克里斯特小姐端着摆设考究的餐盘,快步走上楼梯。她轻轻敲了敲蒂莫西的房门,里面传来一声咆哮,示意让她进来,她脚步轻快地走了进去。

"咖啡和饼干,阿伯内西先生。希望你今天感觉舒服些。多美好的一天啊。"

蒂莫西嘟囔了一声,疑神疑鬼地问:

"牛奶上面有没有浮沫?"

"哦,没有,阿伯内西先生。我已经很仔细地撇掉了,而且我把滤网也带上来了,以防又结出浮沫。有人很喜欢那个,你知道,说那是奶油——事实上也是。"

"白痴!"蒂莫西说,"这是哪种饼干?"

"是非常美味的消化饼干。"

"消化个屁。只有姜汁饼干才值得一吃。"

"恐怕这周买不到姜汁饼干。不过这真的很好吃,你尝尝就知道了。"

"谢了,我知道是什么味道的。别动那些窗帘,行吗?"

"我想你没准儿想要晒晒太阳。真是阳光明媚的一天。"

"我要这个房间保持黑暗。我的头要疼死了,都是那些涂料。我对涂料的气味向来很敏感,简直要被毒死了。"

吉尔克里斯特小姐闻了闻,开朗地说:

"在这儿几乎闻不见,工人们在另一头粉刷呢。"

"那是因为你不像我这么敏感。有必要把我正在看的书都放到我够不着的地方吗?"

"对不起,阿伯内西先生,我不知道那些书你都在看。"

"我夫人呢?我一个多小时没看见她了。"

"阿伯内西夫人在沙发上休息。"

"让她上来休息。"

"我这就告诉她,阿伯内西先生。但她可能已经睡着了。要不要一刻钟以后再叫她?"

"不,告诉她我现在就需要她。别动那条毛毯,我就喜欢它那样。"

"对不起,我以为要滑下去了。"

"我就喜欢让它滑下去。去把莫德叫来,我需要她。"

吉尔克里斯特小姐下了楼,踮着脚走进客厅,莫德·阿伯内西正跷着脚看小说。

"非常对不起,阿伯内西夫人,"她的语气很抱歉,"阿伯内西先生找你。"

莫德一脸愧疚地把小说扔到一边。

"哦,天哪,"她说,"我这就去。"

她拿起拐杖。

她一进门，蒂莫西就大吼道：

"你总算来了！"

"很抱歉，亲爱的，我不知道你需要我。"

"你找来的那个女人快把我逼疯了。像只发了狂的老母鸡，叽叽喳喳，没完没了。她就是个典型的老小姐。"

"抱歉她吵着你了。她只是好心，仅此而已。"

"我不需要任何人好心。我不需要一个该死的老小姐天天在我耳边唠叨。而且，她尤其聒噪——"

"可能吧，只有那么一点点。"

"把我当成愚蠢的小孩！太让人恼火了。"

"我相信你说的肯定没错。但求你了，求你了，蒂莫西，别对她那么粗鲁。我现在还用不了力——而且你自己也说，她厨艺不错。"

"她的厨艺是还行，"阿伯内西先生勉强承认了，"好吧，就算她是个好厨师，但请她待在厨房里，我就这一个要求。别让她上来烦我。"

"好的，亲爱的，当然没问题。你感觉怎么样？"

"一点儿也不好。我想你最好请巴顿医生来一趟，帮我检查检查。这涂料的气味影响到我的心脏了。你摸摸我的脉搏——跳得一点儿也不规律。"

莫德摸了摸，什么都没说。

"蒂莫西，房子粉刷完成之前，我们要不要搬去酒店住？"

"那太费钱了。"

"钱还重要吗——现在？"

"你和所有女人一样——奢侈得无可救药！就因为我们得到了一小部分我哥哥的遗产，你就以为我们可以永远住到丽兹酒店去。"

"我没这么说,亲爱的。"

"我告诉你,理查德给我们的那点儿钱压根儿不会给我们的生活带来任何改观。这个吸血的政府会把钱都榨干。你记住我说的,扣完遗产税就什么都不剩了。"

阿伯内西夫人伤心地摇摇头。

"咖啡冷了,"病人鄙夷地看了一眼咖啡,尝都没尝一口,"为什么我永远喝不到一杯真正的热咖啡?"

"我这就拿下去加热。"

厨房里,吉尔克里斯特小姐正在一边喝茶,一边和善地和琼斯夫人交谈,不过态度中带着些许纡尊降贵的意味。

"我只是急着尽自己所能帮阿伯内西夫人分忧,"她说,"上上下下地爬楼梯对她来说实在太痛苦了。"

"她一直无微不至地照顾他。"琼斯夫人搅拌着杯子里的糖,说道。

"像他这样的病人也够可怜的。"

"不是什么病人,"琼斯夫人悄悄说,"他成天躺在床上,拉拉铃,让别人跑上跑下伺候他,他舒服得很。其实他可以起来四处走动。我甚至看见他到村子里去过,趁她不在的时候,你都想象不到他走起路来有多精神。只要是他真正需要的东西——像他的卷烟或邮票——他就能自己起来拿。这就是为什么她去参加葬礼的那天,他让我留下来过夜,我拒绝了。'对不起,先生,'我说,'但我还有丈夫需要照顾,白天出来做事没什么,可他晚上下班回家,我必须得照顾他。'我没让步,决不让步。我想,偶尔在房子里走走,照顾自己,这对他有好处。没准儿能让他意识到,自己也能干很多事,所以我坚持不留下来。他又不缺胳膊少腿。"

琼斯夫人深呼一口气,心满意足地喝了一大口甜茶。"啊!"她长叹一声。

虽然琼斯夫人还是很不信任吉尔克里斯特小姐,认为她太吹毛求疵,就是个"典型的难以取悦的老小姐",但就吉尔克里斯特小姐大方分配主人的茶和糖这一点,她还是很赞成的。

她放下茶杯,殷勤地说:

"我去把厨房的地板好好擦一遍,然后再走。马铃薯皮已经削好了,亲爱的,就放在水槽旁边。"

虽然听到那声"亲爱的",吉尔克里斯特小姐感觉有些被冒犯,但还是能感觉到对方是出于好意,一大堆马铃薯都已经削好皮了。

她正要开口时,电话铃突然响起来,她连忙跑到门厅里去接。电话是五十多年前的古旧样式,安装在楼梯后面走廊的墙上,很不方便。

吉尔克里斯特小姐正对着话筒讲话,莫德·阿伯内西出现在楼梯顶端。吉尔克里斯特小姐抬起头对她说:

"是——利奥——利奥夫人对吧?利奥·阿伯内西夫人的电话。"

"告诉她我马上就来。"

莫德艰难地下了楼。

吉尔克里斯特小姐小声说:"抱歉你又得下楼来,阿伯内西夫人。阿伯内西先生的茶点已经用完了吧?我这就上去收拾。"

吉尔克里斯特小姐快步走上楼梯,莫德对着话筒说:

"海伦吗?我是莫德。"

床上的病人看见吉尔克里斯特小姐进来,恶狠狠地瞪了她一眼。她拿起托盘时，他急躁地问：

"谁打来的？"

"利奥·阿伯内西夫人。"

"哦？估计又得聊一个多钟头。女人一讲起电话来完全没有时间观念，从没想过她们因此浪费了多少钱。"

吉尔克里斯特小姐机灵地回答说，该付钱的是利奥夫人，蒂莫西听了，嘀咕了几声。

"把那个窗帘拉起来一部分，行吗？不，不是那个，是另外一边。我不想让阳光直接照着我的眼睛。嗯，好多了。没理由因为我是病人，就得成天待在黑漆漆的房间里。"

他继续说：

"去把书架上那本绿色的书拿来——现在又怎么了？你急匆匆地要干什么去？"

"有人在按门铃，阿伯内西先生。"

"我什么都没听见，楼下有个女人，不是吗？让她去开门就行了。"

"好的，阿伯内西先生，你要找的是哪本书？"

病人闭上眼睛。

"我想不起来了，都被你搞忘了。你还是快出去吧。"

吉尔克里斯特小姐端起托盘，急忙离开。把餐盘放回餐具室的桌上后，她又步履匆匆地走进前厅，从正在接电话的阿伯内西夫人身旁走过。

不一会儿，她回到电话旁，小声问道：

"不好意思打扰你。门口是个修女来募捐，我记得她说的是玛丽爱心基金。她有一个记录册，大部分人好像都捐半克朗或五先令。"

莫德·阿伯内西对着话筒说：

"稍等一下，海伦，"接着对吉尔克里斯特小姐说，"我不信天主教，我们有自己的教会慈善活动。"

吉尔克里斯特小姐再次快步离开。

莫德又聊了几分钟，用一句话结束了对话："我和蒂莫西商量一下。"

她放下话筒，走到前厅。吉尔克里斯特小姐一动不动地站在客厅门口，皱着眉头，一脸迷惑。莫德·阿伯内西的声音吓了她一跳。

"不要紧吧，吉尔克里斯特小姐？"

"哦，没事，阿伯内西夫人，恐怕我只是在发呆，我实在是太蠢了，还有那么多事情没做。"

吉尔克里斯特小姐立刻恢复了她那工蚁般忙碌的模样，莫德·阿伯内西举步维艰地缓缓爬上楼梯，走进丈夫的房间。

"海伦打来的电话。恩德比府邸好像已经确定出售了，某个外籍难民机构——"

她听着蒂莫西大谈对"外籍难民"这个话题的见解，其中还穿插着对他儿时住的那幢房子的种种回忆。"这个国家现在是一点儿体面都没有了。我的老家！光是想一想就让人无法忍受。"

莫德继续说：

"海伦非常理解你的——我们的——感受。她建议我们在移交恩德比之前，搬去住一阵子。她也非常担忧你的健康状况以及涂料给你造成的不良影响。她想，或许你更愿意住在恩德比，而不是酒店。那里的仆人都还在，他们可以很好地照顾你。"

蒂莫西一边听一边张大嘴巴，气得想破口大骂，但又闭上了。他的目光突然变得精明起来，赞成地点点头。

"海伦真体贴,"他说,"非常体贴。我不知道,我得再考虑一下……没错,这涂料味都快把我毒死了——要我说,那里面肯定含砒霜。我好像听说过。另外,长途跋涉我可能受不了。很难决定如何是好。"

"也许住进酒店对你更好,亲爱的,"莫德说,"好酒店非常贵,但为了你的健康——"

蒂莫西打断她。

"我真希望能让你明白,莫德,我们不是百万富翁。海伦已经如此善解人意地邀请我们去恩德比了,为什么还要去住酒店?也并不是因为她邀请我们才能去恩德比!那房子又不是她的。我不懂那些复杂的法律,但我知道,房子在卖出去、收益平分之前,还是属于我们大家的。外籍难民!科尼利厄斯要是知道了,得气得从坟墓里爬出来。没错,"他叹了口气,"我应该在死前去看看过去生活过的地方。"

莫德看准时机,打出她最后一张底牌。

"我听说,恩特威斯尔先生提议,在房子里的东西都拿去拍卖之前,家人可以先去挑一些自己喜欢的家具或瓷器。"

蒂莫西猛地坐起来。

"那我们必须去。每个人挑选的东西应该有一个确切的限额。那几个女孩嫁的男人——就我听说的那些事情,没有一个能信得过。到时候场面可能会非常激烈。海伦太和善了。作为一家之长,我有责任到场!"

他下了床,精力十足地在房子里走来走去,步伐非常轻快。

"没错,这个计划太棒了。写信给海伦,说我们接受她的邀请。我其实是在为你打算,亲爱的。换个环境,你也能好好休息一下。最近你实在太累了。我们走了以后,那些装修工人可以继续在这儿粉刷,那个叫吉莱斯皮的女人可以留下来看房子。"

"是吉尔克里斯特。"莫德说。

蒂莫西挥了挥手,说没什么区别。

2

"我做不到。"吉尔克里斯特小姐说。

莫德惊讶地看着她。

吉尔克里斯特小姐浑身颤抖,恳求地看着莫德的眼睛。

"这很蠢,我知道……可我就是做不到。我无法一个人待在这里。能不能再找一个人来——也睡在这里?"

她满怀希望地看着对方,但莫德摇了摇头。她再了解不过了,想在这附近找个愿意留在这里过夜的人有多难。

吉尔克里斯特小姐的声音带着绝望的意味,继续说:"我知道你一定认为这太夸张、太愚蠢了——可我连做梦都想不到自己会变成这样。我从来不是个神经过敏——或是爱胡思乱想的女人。可现在一切都不同了。要我独自待在这里——我会很害怕——是的,非常害怕。"

"当然了,"莫德说,"是我太蠢了。在经历了利契特圣玛丽的那件事后……"

"我想,这或许……不合逻辑,我很清楚。而且我一开始也没这么想,我起初完全不介意独自待在小别墅里——在那件事情发生之后。可这种恐惧感渐渐累积,你根本无法体会,阿伯内西夫人,可自从我来到这里,就一直感到——恐惧,你知道。并不是特别害怕什么——就是单纯的恐惧……这很可笑,我也真的很羞愧。就好像我一直在等待某些可怕的事情发生一样……甚至刚才那个修女来敲门,我也吓了一跳,哦,天哪,实在太糟糕了……"

"我想这应该是他们说的迟发性恐惧。"莫德含糊地说。

"是吗?我不知道。哦,天哪,实在抱歉我这么——这么不懂得知恩图报,你对我这么好。你觉得——"

莫德安慰她。

"我们必须另作安排。"她说。

第十六章

乔治·克罗斯菲尔德看见一个女人的背影消失在一家店铺的门廊里,犹豫着停下了脚步。他对自己点了点头,追了上去。

那是一间双拼门面的店铺——一家停止营业的商店。玻璃橱窗里空空荡荡。店门紧闭,乔治上前敲门。一个戴着眼镜、表情麻木的年轻人打开门,等着乔治。

"不好意思,"乔治说,"不过我想我的表妹刚走进去。"

年轻人退后一步,乔治走进去。

"嗨,苏珊。"他说。

苏珊正拿着一把尺子,站在一个包装箱上,听到声音后好奇地转过身。

"嗨,乔治。你从什么地方冒出来的?"

"我刚看到你的背影,确定一定是你。"

"真聪明。我想每个人的背影都不相同。"

"比脸好认。脸上只要加一把胡子,再在脸颊上涂些东西,即使面对面也很难认出来——可一转身,你就得当心了。"

"我会记住的。我现在没空写下来,你帮我记住好吗?七英尺十五英寸。"

"没问题。这是什么尺寸,书架?"

"不,是个小隔间。八英尺九英寸……三英尺七英寸……"

刚才那个戴眼镜的年轻人一直坐立不安，他略带歉意地轻轻咳嗽了一声。

"不好意思打断你，班克斯夫人，如果你还打算在这里待一段时间的话——"

"是的，我的确要，"苏珊说，"你可以把钥匙留下，我走的时候会把门锁好，然后顺路把钥匙送到你公司去，这样行吗？"

"可以，谢谢你。如果不是今天上午我们缺人手——"

苏珊点点头，接受他这句说了一半的道歉，年轻人立刻走了出去。

"真高兴我们摆脱了他，"苏珊说，"这些房屋经纪人可真烦人，他们总是在我心算的时候唠叨个不停。"

"啊，"乔治说，"空店铺里的谋杀。路过的人若是看见玻璃橱窗里陈列着一具美女的尸体，该多刺激啊。他们肯定会瞪大了眼睛，像金鱼一样。"

"你没有任何理由杀我，乔治。"

"哦，我可以分到舅舅留给你的那份遗产的四分之一。要是一个人爱财如命，这绝对足以构成谋杀你的理由。"

苏珊放下手中的尺子，转过身去看着乔治，眼睛眯成一条缝。

"你看上去完全变了一个人，乔治。这实在是——太神奇了。"

"变了？怎么变了？"

"就像那句广告。这个人和你刚才在次页看到的是同一个人，可现在他吃了阿品顿健康盐。"

她在另一个包装箱上坐下来，点了一支香烟。

"你一定很需要理查德叔叔的那份遗产吧，乔治？"

"如今没人能诚实地说自己不爱钱。"

乔治的语气很轻松。

苏珊说:"你当时深陷困境,对吗?"

"和你没关系,不是吗,苏珊?"

"我只是好奇。"

"你打算把这间店面租下来做生意?"

"我打算把这整幢楼都买下来。"

"连带所有房间?"

"没错。楼上两层是公寓。空着的一层和这间店面属于同一个人。另一层有人住,我打算付钱让他们离开。"

"有钱真好,不是吗,苏珊?"

乔治的语气有些不怀好意,但苏珊只是深吸了一口气,说道:

"就我个人而言,简直太棒了!祈祷总算灵验了。"

"祈祷老亲戚都死光?"

苏珊没理会他。

"这地方正合适。首先,是在施工严谨的年代建造的。我可以把楼上作为住宅的部分好好改造一下。模压天花板非常可爱,房间的布局也非常漂亮。楼下这部分已经都打通了,我打算彻底翻新一下。"

"打算做什么?服装生意?"

"不,美容行业。草药提取物,面霜!"

"全套?"

"和以前一样,全套包办。这样才赚钱,这个行业一向赚钱。只需给产品加入一些特色,我肯定能做到。"

乔治赞赏地看着表妹。他喜欢她的面部轮廓,大方的嘴形,充满光泽的肤色。合在一起,构成了一张生动的面孔。他在苏珊身上看到了那种奇特的、无法形容的气质，那是成功的气质。

"嗯，"他说，"看样子，你已经万事俱备了，苏珊。按你这个计划，一定能收回成本并且做出些成绩的。"

"这个地段很合适，刚好在主商业街旁，而且店门口就可以停车。"

乔治再次点了点头。

"没错，苏珊，你会成功的。这个计划你想了很久了吧？"

"一年多了。"

"你为什么不对老理查德提出来？他没准儿会资助你。"

"我已经提过了。"

"他认为不可行？我很好奇为什么。我原以为，他应该很容易在你身上发现和他自己一样的气质。"

苏珊没有回答。乔治的脑海里闪过一个人影，一个身材瘦高、眼神狐疑、焦虑的年轻人的身影。

"那——他叫什么来着——格雷格——打算怎么参与？"他问，"这么说，他不打算继续给人发药片和药粉了？"

"当然了。我们会在后面建一个实验室。我们的面霜和美容产品会使用自己的配方。"

乔治强忍住笑意。他本来想说："这么一来，小宝贝就有玩具了。"但他没说出来。身为表哥，他丝毫不介意开一两个恶劣的玩笑，但他总有种不安的感觉，苏珊对待她丈夫的感情很特别，谈及那人的时候一定要分外小心，否则会有引发爆炸的危险。他怀疑，就像在葬礼当天一样，怀疑那个奇怪的家伙，格雷格。那家伙总让人觉得有些不寻常。外表那么平凡——可某些方面，却正相反……

他再次看向苏珊，神情从容，得意扬扬。

"你真是深得阿伯内西家族的真传,"他说,"所有家人中唯一的一个。对老理查德来说,一定非常遗憾你是个女人。你要是个男孩,我保证他一定会把所有财产都留给你。"

苏珊慢慢回答:"没错,我想也是。"

她停顿了一下,继续说:

"他不喜欢格雷格,你知道……"

"啊,"乔治挑起眉毛,"那是他眼拙。"

"没错。"

"唉,算了。总而言之,现在一切都很顺利——都按照计划进行。"

说完这句话后,他惊讶地发现了一个事实,这句话用在苏珊身上再合适不过了。

当下这个想法让他有些不自在。

他不喜欢女人如此近乎冷血得能干。

他改变了话题:

"对了,你收到海伦的信了吗?关于恩德比?"

"是的,今天早晨收到的。你呢?"

"我也是。你会去吗?"

"格雷格和我打算下个周末去——如果大家也都方便的话。海伦好像希望我们都能聚在那里。"

乔治狡黠地笑起来。

"否则有人也许会挑走更值钱的物件?"

苏珊也笑了。

"哦,我想应该会有相应的估价。不过遗嘱认证的估价比市场上低很多。再说,我确实想收藏几件家族财富奠基人的遗物。我想,在这里摆一两件维多利亚时代既荒谬又迷人的标本,应该很有趣。把它们慎重地利用起来！那个年代的风潮如今又开始流行了。还有客厅里那张绿色孔雀石桌，可以用它作为主基调，搭配出一套组合，也许再要一盒填充的蜜蜂标本或是风蜡花做的皇冠。诸如此类的东西——用来作为基调——效果会很突出。"

"我相信你的判断力。"

"你到时候也会去吧，我想？"

"哦，我应该会去——如果没什么别的事，至少也能看看分配是否公平。"

苏珊笑了起来。

"你认为到时候会有一场家庭闹剧？"她问。

"罗莎蒙德一定也想要你看重的绿色孔雀石桌做舞台摆设！"

听了这话，苏珊没笑，反而皱起了眉头。

"你最近见过罗莎蒙德吗？"

"自从上次我们参加完葬礼一起坐三等舱回来，我就再没见过我那位美丽的表妹了。"

"我见过她一两次……她——她似乎有些奇怪……"

"她怎么了？终于尝试着动脑子了？"

"不，她好像——呃——很不安。"

"因为自己继承了一大笔钱？终于可以推出那部吓人的戏剧？终于可以让迈克尔登台出丑？"

"哦，你说的都已经在进行了，而且那部戏听起来的确很吓人——但依旧有可能成功，迈克尔很出色，你知道。他在聚光灯下很有一套——或是其他什么灯。他不像罗莎蒙德，空有一张漂亮脸蛋，演技蹩脚。"

"可怜的罗莎蒙德，漂亮又蹩脚。"

"罗莎蒙德也不像大家想的那么愚蠢。有的时候，她非常精明，能说出一些你压根儿想不到她会注意的事情。这一点——着实令人不安。"

"就像科拉姨妈——"

"没错……"

一时间，气氛变得不安起来——大概是因为提到了科拉·兰斯科内特。

乔治故作轻松地说：

"说到科拉——她那个贴身女仆怎么样了？我倒认为咱们应该想想怎么打发她。"

"打发她？什么意思？"

"哦，认真算起来，这事是我们家的责任。我的意思是，我一直在考虑，科拉是我的姨妈，你的姑姑——我想，这个女人想再找份工作应该很不容易。"

"你也想到了，是吗？"

"是的，人们都很怕死。我并不是说他们真的认为这个叫吉尔克里斯特的女人会用斧头砍他们——但他们潜意识里肯定会觉得她很不吉利。人都很迷信。"

"你竟然考虑得这么周全，乔治，真是奇怪，你是从哪儿知道这些事情的？"

乔治冷冰冰地说：

"你忘了，我是个律师。人们奇怪、不合逻辑的一面我见多了。我的意思是，我认为我们可以帮帮这个女人，给她一点儿津贴之类的，帮她渡过这个难关，或是帮她在办公室里找个活儿，如果她能胜任这类工作的话。我觉得，我们好像应该和她保持联系。"

"不用你操心了，"苏珊语气冷淡，带着些许嘲讽的意味，

"我已经安排好了。她已经到蒂莫西和莫德那里去了。"

乔治好奇地看着她。

"你总是很自信,不是吗,苏珊?你知道自己在做什么,而且你从不——从不后悔。"

苏珊轻描淡写地说:

"后悔——纯粹是浪费时间。"

第十七章

迈克尔把信从桌子上扔给罗莎蒙德。

"你怎么想？"

"哦，我们应该去。你不这么认为吗？"

迈克尔缓缓地说：

"也好。"

"可能会有些珠宝……当然了，那屋子里的所有东西都不堪入目！填充的鸟类标本和风蜡花——恶心！"

"没错，像个陵墓一样。其实我想去画一两张素描——特别是客厅。比如壁炉架，还有那个奇形怪状的沙发。做《男爵的出巡》那出戏的布景再合适不过了——如果我们有机会重演的话。"

他起身，看了看手表。

"这倒提醒我了。我得走了，去见罗森海姆，应该很晚才会回来，不用等我了。我打算和奥斯卡一起吃晚餐，顺便聊聊购买那出戏的事，商量商量该怎么达成美国方面提出的条件。"

"亲爱的奥斯卡。那么长时间没见你，他应该很高兴。代我向他问好。"

迈克尔突然看向她，脸上的笑容消失了，变成了掠食动物般机警的神情。

"你这话什么意思——那么长时间？别人听了还以为我和他

几个月没见过面了。"

"哦,的确有好几个月了,不是吗?"罗莎蒙德低声说。

"不是,我们刚刚才见过。一周前还在一起吃了午餐。"

"真有意思,那他一定是忘了。他昨天打电话来说,《提莉望西》首演那晚之后,他就再没见过你。"

"那个老白痴一定是昏头了。"

迈克尔笑了起来。罗莎蒙德瞪着湛蓝的眼睛,面无表情地盯着他。

"你当我是个傻子,对吗,迈克尔?"

迈克尔立刻辩驳:

"亲爱的,当然不是。"

"是的,你的确是这么想的。但我不是个彻头彻尾的蠢货。你那天根本没去找奥斯卡。我很清楚你到什么地方去了。"

"罗莎蒙德,我亲爱的——你这是什么意思?"

"我的意思是——我知道你到底去了什么地方……"

迈克尔漂亮的脸蛋上露出不确定的神情。他盯着自己的妻子,她也看着他,目光沉着、镇定。

这不带任何感情的注视,他突然意识到,竟然如此令人不安。

他仍在做无谓地否认:

"不知道你到底想说什么……"

"我只是觉得,编那么多谎话给我听,实在是太愚蠢了。"

"听着,罗莎蒙德——"

他咆哮起来,但妻子一句温柔的话语让他住了口:

"我们想要买下那部戏的所有权,然后推出,不是吗?"

"岂止是想?那可是我梦寐以求的角色。"

"是的——我就是这个意思。"

"什么意思?"

"嗯,很值得,不是吗?但也不能太冒险。"

他看着她,然后缓缓地说:

"钱是你的,我很清楚。如果你不想冒险——"

"钱是我们的,亲爱的,"罗莎蒙德强调,"我想,这一点非常重要。"

"听着,亲爱的。艾琳那个角色可以好好刻画一下。"

罗莎蒙德微微一笑。

"我不认为我真的想演那个角色。"

"我的好姑娘,"迈克尔惊呆了,"你到底是怎么了?"

"没什么。"

"不,肯定有什么事,你最近很反常,喜怒无常,神经紧张,怎么回事?"

"没什么。我只希望你能小心,迈克尔。"

"小心什么?我一直都很小心。"

"不,我想你并没有。你一直以为无论做了任何事都能全身而退,每个人都会相信你让他们相信的话。关于奥斯卡那件事,你就出了纰漏。"

迈克尔恼羞成怒,脸涨得通红。

"那你自己呢?你说你和珍妮逛街。你根本没有。珍妮在美国,去了好几周了。"

"是的,"罗莎蒙德说,"这个谎也一样很愚蠢。我总是去散散步,在雷根特公园。"

迈克尔满腹狐疑地看着她。

"雷根特公园?你这一辈子都没有去雷根特公园散过步。怎么回事?你找了个情人?你想怎么说都行,罗莎蒙德,你最近太反常了。到底为什么?"

"我在——思考一些事情。究竟该怎么做……"

迈克尔绕过桌子,快步走向她,满怀热情地高声喊道:

"亲爱的,你知道我爱你爱得发狂!"

她积极地回应了他的拥抱,但两人一分开,他就再次被那双美丽的眼睛震惊,那背后隐藏着他捉摸不透的精明。

"无论我做过什么,你都会原谅我,不是吗?"他问道。

"我想是的,"罗莎蒙德含糊地说,"问题不在这里。要知道,现在一切都不一样了。我们必须得考虑和计划。"

"考虑和计划——什么?"

罗莎蒙德皱起眉头,说道:

"事情并不是做过之后就彻底结束了。其实只是刚开始,你必须计划下一步该怎么做,孰轻孰重。"

"罗莎蒙德……"

她坐下来,神情很迷茫,眼神空洞地望着前方,很明显,迈克尔不在她的视线里。

他叫了三次她的名字,她才从沉思中回过神来。

"你刚才说什么?"

"我问你在想什么……"

"哦?哦,是的。我在想,我应该去一趟乡下——叫什么来着?利契特圣玛丽,去见见那个——那个和科拉姨妈住在一起的人。"

"可为什么啊?"

"嗯,她应该快要离开了,不是吗?去投奔某个亲戚或什么人。我认为,在我们问过她之前,不应该就让她这么走了。"

"问她什么？"

"问她是谁杀了科拉姨妈。"

迈克尔盯着她。

"你的意思是——你认为她知道？"

罗莎蒙德心不在焉地说：

"哦，是的，我希望如此……要知道，她也住在那里。"

"可她没有告诉过警察。"

"哦，我并不是说，她明确知道是谁干的——我只是觉得她应该很清楚。因为理查德舅舅到那儿去时说过的话。"

"可她应该不会听到他说了些什么。"

"哦，会的。她肯定听到了，亲爱的。"罗莎蒙德的语气像是在和一个不可理喻的小孩争辩。

"胡说，我绝不相信理查德·阿伯内西会在外人面前讨论自己对家人的猜疑。"

"哦，当然不会。但她可以透过门听到。"

"你的意思是，偷听？"

"我想是的——事实上，我很确定。两个女人住在一幢小别墅里，又很少出门，除了洗洗碗盘，养养猫狗，不会发生什么新鲜事。所以她当然会偷听，还会偷拆信件——任何人都会。"

迈克尔看着她，眼神透着沮丧。

"你会吗？"他直白地追问。

"我不会到乡下去做人家的贴身女仆，"罗莎蒙德耸了耸肩，"要是那样我宁愿去死。"

"我的意思是——你会不会偷看别人的信——之类的？"

罗莎蒙德平静地回答：

"只要我想知道，我就会。每个人都会，你不这样认为吗？"

她清澈的双眸对上他的视线。

"只是想知道,"罗莎蒙德说,"并不会采取什么实际行动。我想,她也一样——我是说,吉尔克里斯特小姐。但我确信,她一定知道。"

迈克尔的声音像是透不过气来:

"罗莎蒙德,你认为是谁杀了科拉?还有理查德?"

她再次用那双清澈的蓝眼睛望着他。

"亲爱的——别傻了……你心里跟我一样清楚。但我们最好,最好永远都不要提起。所以还是别问了。"

第十八章

赫尔克里·波洛坐在书房的壁炉旁,看着聚集在自己身旁的人。

他的视线扫过苏珊,她笔挺地坐着,看上去精力充沛,活力十足;又扫过苏珊的丈夫,他坐在她身旁,表情空洞,手中把玩着一个线圈,然后移到乔治·克罗斯菲尔德身上,他看起来兴致不错,自我感觉良好,正和罗莎蒙德大聊在大西洋巡游的途中遇见的纸牌骗子,罗莎蒙德机械地回应:"真是不寻常,可是,亲爱的,为什么?"她的声音了无生趣;接着移到英俊的迈克尔身上,他散发着一种独特的野性魅力,很有吸引力;再来是海伦,她镇定自若,带着些许距离感;波洛又看向蒂莫西,他惬意地坐在最好的一张手扶椅上,背后还多垫了一个靠枕;而一旁是矮胖结实的莫德,正专注地照顾着丈夫;最后这一位带着歉疚的神色,坐在这家人围成的圈子之外——吉尔克里斯特小姐,她穿了一件过分"考究"的罩衫。要不了多久,他判断,她就会起身,找个借口离开这个家庭聚会,回到自己的房间里去。吉尔克里斯特小姐,他想,很有分寸,她是吃了不少苦才学到的。

赫尔克里·波洛啜了一口餐后咖啡,半闭着眼睛,盘算起来。

他想让他们到这里来——全部一起来,而他们也来了。接下来呢,他心想,现在该拿他们怎么办?他心中突然涌起一种倦怠感,失去了继续追查下去的兴趣。为什么会有这种感觉,他想?是因为受了海伦·阿伯内西的影响吗?她身上似乎有一种消极抵抗的特质,而且这种特质意想不到的强大。她虽然表面上漠不关心,举止优雅,但是不是已经将这种不情愿的感觉烙进了他的思想?她不赞成在老理查德死后彻查家人的底细,这一点他知道。她想息事宁人,想让人们渐渐淡忘。对于这一点,波洛并不惊讶,他惊讶的是,自己竟然会向她倾斜。

他意识到,恩特威斯尔先生对于这家人的评价非常准确。他对每个人的描述都非常精准。在老律师对这家人的了解和评价的引导下,波洛想通过自己的眼睛观察。他曾设想,只要一见到这些人,他能立刻想出一个绝妙的主意,不是关于"手段"和"时间"——这两个问题他不打算深究,有没有谋杀的可能性才是他唯一需要确定的——而是"谁"。因为赫尔克里·波洛有着毕生的破案经验,而且是个只需看见画作,就能认出作者的人,所以波洛相信,只要自己亲眼看到,就能立刻辨认出这位业余凶手,这个时刻准备好杀人的罪犯。

但事实并不会像他设想的那么简单。

因为在场的几乎每一个人,他都能设想出成为凶手的可能性——虽然这种可能性并非都很大。乔治有可能杀人——走投无路,狗急跳墙。苏珊冷静、能干、有能力精心策划。格雷格则是因为他那古怪、病态的性格,他多疑,而且乐于甚至渴望惩罚。迈克尔有雄心壮志以及凶手特有的那种自负的虚荣心。而罗莎蒙德,她看待事物的角度单纯得吓人。蒂莫西则是因为他对哥哥的怨恨,而且渴望他哥哥的财富所带来的权力。莫德把蒂莫西当作自己的孩子,为了孩子,她同样可以变得冷血无情。甚至吉尔克里斯特小姐，他想，也有可能行凶杀人，如果她有机会重振当年的"垂柳屋"，恢复她贵妇人的荣光！海伦呢？他不认为海伦会杀人。她太高尚了——离暴力太远。而且可以肯定，她和她丈夫非常喜欢理查德·阿伯内西。

波洛暗暗叹了口气。想找到真相没有捷径。相反，他打算采取一个更花时间，但更合理、更稳妥的方法。必须交谈，大量的交谈。因为只要拉长战线，无论是透过谎言，还是透过实话，人们总会把自己出卖……

他已经由海伦介绍给了大家，并尽量克服了因自己的出现而造成的抵触情绪——作为一个陌生的外国人出现在一个家人团聚的场合。他充分地调动了视觉和听觉。无论是公然地，还是秘密地——他观察，倾听，细心留意，无论亲密、疏离，或是分配财产时总不缺席的那些不假思索的话语。他巧妙地安排他们私下里与自己单独聊天，陪他们在府邸门前散步，然后得出推断和结论。他和吉尔克里斯特小姐谈论过她那家茶馆往日的风光，奶油蛋卷和巧克力泡芙的正确配方，他们还一起一边聊草药在烹饪中的用法，一边参观菜园。他花了好几个漫长的半小时，听蒂莫西谈论他的健康状况以及涂料对自己身体的影响。

涂料？波洛皱起眉头。还有谁说过有关涂料的事——是恩特威斯尔先生？

他还与他们讨论了各种各样的画作以及皮埃尔·兰斯科内特的画家身份，还有科拉的作品——吉尔克里斯特小姐为之折服，苏珊不屑一顾。"就像明信片一样，"她说，"她肯定是照着明信片画的。"

吉尔克里斯特小姐因为这句评论大动肝火，尖刻地反驳说，她亲爱的兰斯科内特夫人一向是对着实景写生。

"我敢肯定,她绝对是在说谎,"吉尔克里斯特小姐离开房间后,苏珊对波洛说,"事实上,我知道她是在骗人,我不这么说,只是不想伤害那个老妇人的感情而已。"

"你是怎么知道的?"

波洛注视着苏珊那坚定、自信的下巴。

"永远都这么笃定,这个女孩,"他想,"或许有一天,她会太过笃定……"

苏珊继续说:

"我可以告诉你,但你不能告诉吉尔克里斯特。当中有一幅画的是伯尔弗莱生港,港湾、灯塔和码头——所有业余画家坐下来画草图时,都会选择这个角度。但那个码头在战争中被炸毁了,既然科拉姑姑的写生是几年前画的,那她就不可能是对着实景写生,不是吗?但是市面上卖的明信片还是保留了那个码头。她卧室的抽屉里就有一张。我估计,科拉姑姑在伯尔弗莱生港完成了初步的'草图',回到家后,再偷偷比对着明信片完成画作!真可笑,不是吗,人们就这么容易被揭穿。"

"是的,很可笑,正如你所言。"他沉默了一会儿,心想,以这句话做开场白真不错。

"你不记得我了,夫人,"他说,"但我记得你。这不是我第一次见你。"

她盯着他,波洛饶有兴趣地点点头。

"是的,没错,是这样。我当时坐在一辆汽车里,衣服裹得严严实实,透过窗户看到了你,你正在和车库的一个技师说话。你没注意到我——这很正常——我坐在车里——而且是个裹得严严实实的外国老头儿!但我注意到你了,因为你年轻、美丽,而且站在阳光下面。所以这次我一到这里,就对自己说:'天哪!

真是巧合！'"

"车库？在哪儿？大概什么时候？"

"哦，不久前——大概一周——不，还要更久。"波洛完整地回想起"纹章官"饭店的车库，决定暂时向她隐瞒，"想不起来是什么地方，我去过的地方实在太多了。"

"寻找合适的房产为你的难民买下来？"

"是的，你知道，要考虑的事情太多了。价格——周边的环境——是否适合改造。"

"我想你花了不少工夫改造这里吧？加了一些可怕的隔间。"

"在卧室里，没错，当然了。但楼下的大部分房间都维持原样。"继续说话前，他略作停顿，"夫人，那这幢你家的老宅卖给——陌生人，你不难过吗？"

"当然不，"苏珊似乎觉得很可笑，"我认为这个主意再好不过了。不会有人想把这幢房子当一个家，继续住在这里。而且我也没什么好伤感的，这儿不是我的老家，我父母之前住在伦敦。我们只在圣诞节的时候才偶尔过来。事实上，我一直认为这里非常可怕——几乎可以说是一座用来供奉财富的粗鄙殿堂。"

"如今的圣坛可太不相同了。高楼大厦，灯光隐匿，简洁昂贵的装潢。但财富依旧有它的殿堂，夫人。我听说——希望我这么问不会冒犯你——你自己就计划买下这样一幢大厦？所有东西都很豪华，不惜血本。"

苏珊笑了起来。

"实在称不上是座殿堂——只是个做生意的地方。"

"怎么叫它并不重要……但要花很多钱——这是真的吗？"

"现如今，所有东西都贵得吓人。但我想，一开始的投入还是值得的。"

"给我详细讲讲你的这些计划。我很惊讶像你这样一位年轻漂亮的女士竟然这么务实,这么能干。我年轻的时候——已经是很久之前的事了,必须承认——漂亮的女人们只想着享乐、梳妆打扮和各种各样的化妆品。"

"现在女人的大部分心思还是放在自己脸上,这也就是我涉足的领域。"

"快给我说说。"

她告诉了他。事无巨细,不知不觉中也暴露了许多秘密。他欣赏她敏锐的生意头脑,极富魄力的计划和对细节的把控能力。一个大胆的野心家,把一切盘根错节的问题都清理干净。或许有些冷酷,但这是所有大胆的野心家必备的品质。

他注视着她,说道:

"是的,你一定会成功,会出人头地的。你多么幸运,不像许多人,被贫穷束缚住了手脚。做生意没有本金根本不行。光有这些创意,却一再因为没有门路而受到打击——简直让人难以承受。"

"我绝对无法承受!但我会通过各种渠道筹钱——找人资助我。"

"啊!当然了。你伯伯,也就是这幢房子的所有者,他很富有。就算他没有去世,他也会如同你说的'支持'你。"

"哦,不,他不会。理查德叔叔对女人有些偏见。如果我是男人——"她的脸上迅速闪过一丝怒意,"他让我非常生气。"

"我明白了——是的,明白了……"

"老人不应该挡年轻人的路。我——哦,请你原谅。"

赫尔克里·波洛毫不在意地笑了笑,捋了捋胡须。

"我是老了,没错。但我绝不会妨碍年轻人,所以应该没人等着我死。"

"多可怕的想法。"

"但你是个现实主义者,夫人。让我们说得直白一点儿,这个世界上到处都是年轻人,甚至中年人,耐心或不耐心地等着,等着某人的死能带给他们财富——不是财富,就是机会。"

"机会!"苏珊深吸一口气,说,"那才是一个人真正需要的。"

波洛看向她身后,愉悦地说:

"你先生也来加入我们的谈话了……班克斯先生,我们谈到'机会'。黄金机会——必须用双手紧紧抓住不放的机会。在这种机会面前,人的良知又能支撑多久呢?你怎么看?"

波洛注定听不到格雷格对"机会"或其他任何主题发表见解。事实上,他发现,与格雷格谈话几乎不可能。他身上有一种奇特的、不稳定的气质。无论是出于他自己或是他妻子的心愿,他似乎对聊天和心平气和的谈论完全不感兴趣。嗯,"交谈"这个方法对格雷格无效。

波洛也和莫德·阿伯内西聊过——关于涂料的气味,还有蒂莫西能一起到恩德比来是多么幸运,海伦把吉尔克里斯特小姐也一起邀请来了是多么体贴。

"说真的,她简直帮了大忙。蒂莫西喜欢吃小点心——可总不能动不动就指使别人家的仆人,不过餐具室里有个小瓦斯炉,吉尔克里斯特小姐可以帮他热一热巧克力之类的,不会打扰到任何人。而且她非常勤快,一天楼上楼下跑个十几趟也不抱怨。哦,是的。我想她当时精神崩溃了,不敢独自留在我们家里。这简直是天意,不过我必须得说,当时我真觉得有些为难。"

"精神崩溃?"波洛突然有了兴致。

他仔细地听莫德讲述吉尔克里斯特小姐当时突然精神崩溃的情形。

"你说她被吓着了?却说不出来为什么?这实在是太有趣了,非常有趣。"

"要我说,应该是迟发性恐惧。"

"有可能。"

"有一次,当时还在打仗,一颗炸弹落在离我们一英里左右的地方,我记得蒂莫西——"

波洛把自己的思绪从蒂莫西身上拉开。

"那天有没有发生什么特别的事?"

"哪一天?"莫德茫然地问。

"吉尔克里斯特小姐很不安的那天。"

"哦,那天——没有。我不记得发生过。好像自从她离开利契特圣玛丽之后,就慢慢变成那样了,她自己是这么说的。她在那里时好像没这么敏感。"

结果,波洛心想,就是那块下过毒的结婚蛋糕。在经历了那种事后,吉尔克里斯特小姐如此恐惧也是人之常情……而且,甚至当她已经搬到斯坦菲尔德庄园这种宁静祥和的乡下地方,那种恐惧还是没有消退。不仅没有消退,反而增长了。为什么会增长?当然了,照顾蒂莫西那样的臆想症患者的确会让人筋疲力尽,难道焦虑恐惧之感会因此而不停滋长?

一定是那幢房子里有什么东西让吉尔克里斯特小姐如此恐惧。是什么呢?她自己知道吗?

在晚餐前,他找了个机会和吉尔克里斯特小姐短暂地单独相处,波洛以一个外国人的好奇心为借口,切入主题。

"你知道,我和这几个阿伯内西家的成员不可能谈及谋杀。

但我真的非常好奇，谁不会呢？惨无人道的谋杀——一个感性的艺术家在一幢偏僻的小别墅里被人袭击。对她的家人来说实在太可怕了。当然，我可以想象，对你，也一样。蒂莫西·阿伯内西夫人说，你当时也在屋子里，是吗？"

"是的，我在那里。请你原谅，蓬塔利耶先生，我真的不想再谈这件事了。"

"我能理解——哦，是的，我非常理解。"

说完这句话后，波洛等待着。果不其然，吉尔克里斯特小姐立刻谈论起来。

没听到任何他之前不知道的事，但他成功地扮演了一位极富同情心的听众，不时出声表示理解，全神贯注地听着，吉尔克里斯特小姐简直享受起这次谈话来。

直到她彻底倾诉自己的感觉、医生的说法和恩特威斯尔先生的仁慈之后，波洛才小心地进入下一个话题。

"我想，你没单独留在那幢小别墅里是明智的。"

"我做不到，蓬塔利耶先生。我真的做不到。"

"当然。我听说蒂莫西夫妇要来这里的时候，你甚至也不敢单独留在他们的房子里，是吗？"

吉尔克里斯特小姐看上去很羞愧。

"我真的非常惭愧，太愚蠢了，真的。只是我当下的一种恐慌——也不知道是为什么。"

"但听的人当然知道原因。你刚刚从医院出来，差点儿被人毒死……"

听到这里，吉尔克里斯特小姐叹了一口气，说她怎么都想不通，为什么有人想要毒死她。

"这很明显，我的好女士，因为这个罪犯，这个凶手认为你知道些什么，可能会让他被警方逮捕。"

"可我能知道什么？是某个可怕的流浪汉还是别的疯狂的家伙？"

"如果凶手真是流浪汉的话。但在我看来，似乎不太可能——"

"哦，请别说了，蓬塔利耶先生——"吉尔克里斯特小姐突然变得非常不安，"请不要暗示这种事情，我不相信。"

"你不相信什么？"

"我不相信那不是……我是说……那是……"

她停下来，好像自己也搞不清楚了。

"可是，"波洛精明地说，"你的确相信。"

"哦，我不相信，不相信！"

"但我认为你相信，所以你才会如此恐惧……你仍旧感到恐惧，不是吗？"

"哦，不，没有，自从我到这里后就不怕了。这么多人，这么愉快的家庭氛围。哦，在这里好像一切都没问题了。"

"在我看来——请你务必原谅我的好奇心——我是个老人，大部分时间都花在胡乱揣测我感兴趣的事情上。在我看来，斯坦菲尔德庄园里一定发生了什么事情，让你心中潜在的恐惧浮现出来。现如今，医生可以搞清楚我们潜意识里的活动。"

"是的，没错——我听他们这么说过。"

"而我认为，你潜意识里的恐惧感，可能被某件微不足道的，甚至毫无关联的小事激发了，让我们姑且把它称为导火索。"

吉尔克里斯特小姐似乎非常急于认同这个观点。

"我想你是对的。"她说。

"那么，请你想想，这件——呃——毫无关联的事究竟是什么？"

吉尔克里斯特小姐沉思片刻，出人意料地说：

"你知道，蓬塔利耶先生，我想，应该是那个修女。"

波洛还没来得及深究，苏珊和她丈夫就进来了，海伦紧跟在后面。

"修女，"波洛心想，"我究竟在什么地方，也听人提起过一个修女？"

他决定晚上找机会和她再聊聊关于这个修女的事。

第十九章

全家人都对这位"U.N.A.R.C.O."的代表,蓬塔利耶先生礼遇有加。他用这一串首字母做伪装真是个正确的选择。每个人都理所当然地相信他——甚至装作对"U.N.A.R.C.O."非常了解!人类多不愿意承认自己的无知!罗莎蒙德是唯一的例外,她疑惑地问:"那是什么?我怎么从来没听过?"幸运的是,当时没有其他人在场,波洛对这个机构解说了一番,仿佛这是个举世闻名的机构,任何人都应该羞于承认自己对其一无所知,当然,不包括罗莎蒙德。她只是含糊地说:"哦!又是难民。我真的受够这些难民了。"这句话道出了大多数人的心声,只不过他们都太守规矩了,不敢如此坦白地表达自己内心的想法。

因此,蓬塔利耶先生被他们认定为——惹人厌烦但是无足轻重的人。他,好像成了一件异国装饰品。大家普遍的看法是,海伦不应该在这个特别的周末请他来,但既然他已经在这儿了,大家也只好接受。幸运的是这个奇怪的外国小老头似乎不太懂英语。他常常搞不清别人的话,当好几个人一起说话时,他就更茫然了。他似乎只对难民和战后情况感兴趣,掌握的词汇似乎也只能覆盖这两个话题。一般的闲谈似乎总让他困惑。在这种或多或少被大家遗忘了的情况下,赫尔克里·波洛仰靠在椅背上,啜饮手上端着的咖啡,默默观察着。像一只猫在观察一群叽叽喳喳、飞来飞去的鸟,这只猫还没准备好出手。

花了整整二十四小时在屋子里徘徊,检视各种物品,理查德·阿伯内西的遗产继承人们已经准备好说出自己想要的东西,而且,如果必要的话,也会为之奋战到底。

第一个主题,是一套用来盛装他们刚享用完的一道甜点的斯波德瓷盘。

"我想我应该也活不久了,"蒂莫西用悲凉的口吻说,"而且莫德和我也没有孩子。要一些没用的东西对我们来说是不值得的负担。但出于感情,我想要这套老式的甜点餐盘。它们让我回想起过去的时光。当然,它们已经过时了,而且我清楚,现在这种甜点餐盘很不值钱——但我还是想要。有它们我就满足了,或许还有白色闺房里那个镶着人造宝石的橱柜。"

"你晚了一步,舅舅,"乔治以轻快的语气漫不经心地说,"早晨我已经和海伦说好了,我要那套斯波德甜点餐盘。"

蒂莫西的脸色变得青紫。

"说好了——说好了?你什么意思?什么事情都没确定呢。再说你要甜点餐盘有什么用?你又没结婚。"

"事实上,我一直在收集斯波德瓷器,而这一套品相很好。但那个橱柜没问题,舅舅,我就当作礼物让给你吧。"

蒂莫西顾不上那个橱柜。

"你给我听好,小乔治。你不能用这种方式插队。我比你年长——而且我是理查德唯一在世的兄弟。那套甜点餐盘是属于我的。"

"你为什么不要那套德雷斯顿餐具呢,舅舅?那套也一样漂亮,而且我保证,也一样带着感伤的旧日回忆。不管怎么说,这套斯波德是我的,先到先得。"

"胡说八道，压根儿没有这种事！"蒂莫西气急败坏地说。

莫德连忙插话：

"请别这样惹你舅舅生气，乔治。这对他的身体很不好。他只要想要那套斯波德，他当然就可以拿走！他有权优先选择，你们年轻人要排在他后面。就像他说的，他是理查德的亲弟弟，你只是个外甥。"

"而且我可以告诉你，年轻人，"蒂莫西怒火中烧，"如果理查德当初立了一份正确的遗嘱，这个房子里所有的东西都会由我处置。他的遗产本就应该这么处置，如果不是这样，我只能怀疑他受到了逾矩的干预。没错——我再重复一遍——逾矩的干预。"

蒂莫西瞪着他的外甥。

"那份遗嘱太可笑了，"他说，"简直是荒谬！"

他靠在椅背上，摸着心口，呻吟起来：

"这对我太不好了。真希望我能来点儿——白兰地。"

吉尔克里斯特小姐匆匆跑去拿酒，回来时端着一小杯"灵丹妙药"。

"给你，阿伯内西先生。请你——请你别太激动。你确定不需要上楼回床上躺着吗？"

"别傻了，"蒂莫西把杯子里的白兰地一饮而尽，"上床躺着？我要在这儿捍卫我的权益。"

"说真的，乔治，你太让我惊讶了，"莫德说，"你舅舅说的完全正确，他的意愿应该优先得到尊重。如果他想要那套斯波德，他就应该得到！"

"反正丑得要命。"苏珊说。

"闭上你的嘴，苏珊。"蒂莫西说。

苏珊身边那位瘦削的年轻人突然抬起头，用比以往更尖厉的嗓音说：

"别这么对我妻子说话！"

他打算起身。

苏珊连忙说："没关系，格雷格，我不介意。"

"可是我介意。"

海伦说："我想你应该更有风度，乔治，把那套瓷盘让给你舅舅。"

蒂莫西气得口沫横飞："没有什么让不让的！"

而乔治轻轻向海伦鞠了一躬，说："你的心愿就是法律，海伦舅妈。我放弃我的要求。"

"何况，你从一开始就不是真的想要，不是吗？"海伦说。

他目光尖锐地看了她一眼，然后笑了起来：

"你的问题，海伦舅妈，就是太聪明了！你知道的绝对比你想知道的多。别担心，蒂莫西舅舅，那套斯波德是你的了，我只是闹着玩而已。"

"闹着玩，真是的，"莫德·阿伯内西非常气愤，"你舅舅有可能心脏病发作！"

"千万别信他那一套，"乔治高兴地说，"蒂莫西舅舅很可能比我们活得都长。他就是所谓的'病夫多长命'。"

蒂莫西表情凶恶地凑过身子。

"我非常确定，"他说，"理查德对你很失望。"

"你说什么？"乔治脸上愉快的神情瞬间消失了。

"莫蒂默死后你到这里来，指望接替他的位置——期待着理查德立你为他的继承人，不是吗？可惜我可怜的哥哥很快就看透了你的把戏。他能料到一旦钱到了你手里，你会如何挥霍。我甚至很惊讶，他竟然会留给你一份遗产。他知道那些财产的下场,赌马、赌博、蒙特卡洛、外国赌场。没准儿更糟。他早就怀疑你人品不端了,不是吗?"

乔治鼻翼两侧的法令纹变得更深了,他平静地说:

"你在张口说话之前,应该小心一点儿,对吗?"

"我身体欠佳,当时没办法参加葬礼,"蒂莫西缓缓地说,"但莫德把科拉的话都告诉我了。科拉一向是个傻瓜——但那句话没准儿有些深意!如果真是这样,我知道我应该怀疑谁——"

"蒂莫西!"莫德站起来,平静、坚定,像一座巨塔,"你今晚很辛苦。你必须考虑自己的健康,我不能再让你病倒了。跟我上楼去,你必须吃颗镇静剂,上床睡觉。海伦,蒂莫西和我只要那套斯波德甜点瓷盘和那个橱柜做纪念。我想,应该没人反对吧?"

她环视一圈,没有人说话,她搀扶着蒂莫西的手肘,大步走出去,毫不理会在门口徘徊的吉尔克里斯特小姐。

乔治在他们离开后打破沉默。

"厉害的女人!"他说,"形容莫德舅妈太合适了,我绝不会挡她的路。"

吉尔克里斯特小姐很不自在地坐下,低声说:

"阿伯内西夫人一直都很善良。"

这句评价被无声无息地忽略了。

迈克尔·沙恩突然大笑起来,说:"要知道,我实在太享受这一切了!简直是一出活生生的《沃伊契的遗产》。对了,罗莎蒙德和我想要客厅里的那张孔雀石桌。"

"哦,不,"苏珊叫起来,"我也想要那个。"

"又来了。"乔治瞪着天花板,说道。

"哦,我们没必要为了它伤和气,"苏珊说,"我想要那张桌子是因为我新开的美容沙龙。它正好可以增添一点儿色彩——我会在上面摆一大束风蜡花,看上去应该很不错。风蜡花很容易找到,可这种绿色的孔雀石桌就不那么常见了。"

"可亲爱的,"罗莎蒙德说,"这也正是我们想要它的原因。可以做新的布景,就像你说的,增添一点儿颜色——而且极具时代感。不管是风蜡花还是填充蜂鸟,我想都很合适。"

"我明白你的意思,罗莎蒙德,"苏珊说,"但我不认为你的理由比我充分。你可以在舞台上随便摆一张上过漆的孔雀石桌——看起来就和真的一样,可我的美容沙龙就必须得用真的。"

"好了,女士们,"乔治说,"用个公平的方法决定怎么样?为什么不抛硬币或是比纸牌的大小来决定呢?这两个方法完全符合那张桌子的年代。"

苏珊和善地笑了笑:

"罗莎蒙德和我明天再讨论一下。"她说。

她看上去一如往常,非常自信。乔治饶有兴趣地把视线从苏珊脸上转向罗莎蒙德,发现她的脸上有一种很模糊、很疏离的表情。

"你支持谁,海伦舅妈?"他问,"我得说,真是旗鼓相当。苏珊很坚定,罗莎蒙德也一心一意想要。"

"也许不用蜂鸟,"罗莎蒙德说,"那几个中国花瓶可以做灯座,配上金色的灯罩,一定很漂亮。"

吉尔克里斯特小姐连忙打圆场。

"这房子里有那么多精美的东西,"她说,"这张绿桌子摆在你的新店里一定很漂亮,我确定,班克斯夫人。我从没见过类似的东西,一定很值钱。"

"当然了,它的价钱会从我那份遗产中扣除。"苏珊说。

"对不起，我的意思并不是——"吉尔克里斯特小姐非常狼狈。

"也可以从我们那份遗产中扣除，"迈克尔强调，"连同那些风蜡花。"

"那些花摆在上面真的很合适，"吉尔克里斯特小姐低声说，"很有艺术感，漂亮极了。"

没人理会吉尔克里斯特这几句出于好意的话。

格雷格再次紧张地高声嚷道：

"苏珊也想要那张桌子。"

突然出现了一阵不安的骚动，格雷格的一句话改变了现场的气氛。

海伦连忙说：

"那你到底想要什么，乔治？别说那套斯波德餐盘。"

乔治笑了起来，紧绷的气氛稍稍缓和了些。

"这么戏弄老蒂莫西，真有点儿不好意思，"他说，"可他实在令人难以置信。一直为所欲为，都养成习惯了。"

"你必须体谅病人，克罗斯菲尔德先生。"吉尔克里斯特小姐说。

"他只有严重的妄想症，只有这一个毛病。"乔治说。

"当然，"苏珊表示同意，"我不相信他真的有病，你呢，罗莎蒙德？"

"什么？"

"蒂莫西叔叔有没有病。"

"没有——应该没有，我认为没有。"罗莎蒙德的语气很含糊，"不好意思，我刚才在考虑那张桌子应该配什么样的灯光。"

"瞧见了吗？"乔治说，"一个意志坚定的女人。你妻子是个危险的女人,迈克尔,希望你能意识到这一点。"

"我意识到了。"迈克尔冷冷地说。

乔治兴高采烈地继续说:

"桌子争夺战!明天即将打响。虽不动手,但双方都势在必得。我们应该选择自己的阵营。我支持看上去虽然甜美、软弱,但实际上恰恰相反的罗莎蒙德。丈夫们应该都支持自己的妻子。吉尔克里斯特小姐呢?显然是支持苏珊。"

"哦,克罗斯菲尔德先生,真的,我真的不敢——"

"海伦舅妈呢?"乔治无视慌慌张张的吉尔克里斯特小姐,"你手中是最关键的一票。哦——呃——我忘了,蓬塔利耶先生呢?"

"你说什么?"赫尔克里·波洛看上去一头雾水。

乔治本打算给他解释,但想想还是算了。这个可怜的老家伙可能连一个字都听不懂。他说:"没什么,只是个家庭玩笑。"

"是的,是的,我知道了。"波洛和善地笑了笑。

"所以你的票将决定胜负,海伦舅妈。你支持哪一边?"

海伦笑了。

"或许我自己也想要,乔治。"

她故意岔开话题,转向她的外国客人,说:

"恐怕这对你来说太无聊了,蓬塔利耶先生。"

"一点儿也不,夫人。能参与你们的家庭生活,我非常荣幸。"他鞠了一躬,"我想说,我不能非常确切地表达,我很遗憾,这幢房子得从你们手里交给陌生人。这毫无疑问是很悲哀的。"

"不,真的,我们一点儿也不遗憾,"苏珊向他保证。

"你真亲切,夫人。我向你们保证,这里作为饱受迫害的老人的居所,会非常完美,简直是个避风港!这么平静!当你觉得难过时，请务必想起我这句话。我说，还有一所学校也想选在这里——不是普通的学校，是女修道院，由女信徒们经营的——我想你们的说法是'修女'吧？你们或许更愿意卖给她们？"

"一点儿也不。"乔治说。

"圣玛丽爱心基金，"波洛继续说，"很幸运，得益于一位匿名的善心人士，我们的出价能稍微高一点儿。"他对吉尔克里斯特小姐说，"我猜，你不喜欢修女吧？"

吉尔克里斯特小姐脸突然红了，看起来很尴尬。

"哦，真是的，蓬塔利耶先生，你不应该——我的意思是，这并不是什么人身攻击。但我一直无法认可她们那种远离尘世的生活方式——我是说，没必要这样，而且真的有些自私，当然不包括那些教书的或是那些为穷人做事的——我相信她们是真正无私的女人，做了很多善事。"

"我简直不能想象竟然有人想当修女。"苏珊说。

"她们很有魅力，"罗莎蒙德说，"你记得吧——去年她们重演《奇迹》的时候。索尼娅·威尔斯简直太有魅力了，无法用言语形容。"

"我在乎的是，"乔治说，"为什么一定要穿上那种中世纪的服装才能取悦上帝。毕竟，说起来，修女的服装都很累赘，既不卫生又不切实际。"

"而且让她们每个人看起来都很像，不是吗？"吉尔克里斯特小姐说，"这听起来很蠢，但我在阿伯内西夫人家的时候，一个修女来募捐，真的把我吓坏了。我以为她和那天在利契特圣玛丽，到兰斯科内特夫人家里募捐的修女是同一个人。我感觉，她好像一直在跟着我！"

"我记得修女们都是两人结伴去募捐，"乔治说，"有一本侦探小说里这么写过，对吧？"

"但那次只有一个，"吉尔克里斯特小姐说，"或许她们精减人员了，"她言辞含糊地补充道，"而且无论如何，也不可能是同一个修女。我记得，上一个是为圣巴纳巴斯募捐一架风琴——而这一个则是为了完全不同的事——好像是和孩子有关的。"

"但她们有些地方很相似？"赫尔克里·波洛问，他听起来很感兴趣。吉尔克里斯特小姐转向他。

"我估计一定是这样，没错。上唇——好像长着胡须。你知道，我想，这就是引起我警觉的原因，那段时间我一直很紧张，而且又记起那些故事，说战时有几个第五纵队的男人打扮成修女，从天而降。当然了，我这种想法实在太蠢了，后来自己也觉得不可能。"

"修女的确是个非常好的伪装，"苏珊若有所思地说，"连脚都藏进去了。"

"事实上，"乔治说，"很少会有人仔细地观察别人。这也就是为什么在法庭上，不同的目击者对同一个人会有截然不同的描述。你们肯定会很惊讶。同一个人常被描述为高——矮；胖——瘦；黑——白；穿深色衣服——浅色衣服；依此类推。通常只有一种描述靠得住，但你必须好好判断是哪一种。"

"还有件奇怪的事，"苏珊说，"有时你不经意地扫一眼镜子中的自己，却不知道那人是谁。那个影像有些眼熟，然后你对自己说：'肯定是我很熟悉的人……'然后才突然反应过来，其实就是你自己！"

乔治说："如果你真的能直接看到自己——而不是通过镜子中的影像，那辨认起来肯定更难。"

"为什么？"罗莎蒙德非常困惑。

"因为,你没发现吗,没有人能直接看到自己——像别人看着自己一样。人们看到的自己都是镜像,也就是相反的图像。"

"可那为什么会看起来不同呢?"

"哦,会非常不同,"苏珊立刻说,"肯定是这样。因为人的脸并不是完全对称的。眉毛就互不相同,嘴唇也一边高一边低,鼻子也不是笔直的。你可以用铅笔来比——谁有铅笔?"

有人递过来一支铅笔,他们开始实验,把铅笔纵向平行地放在鼻子两侧,看着两边形成不同的角度,大笑起来。

现在气氛轻松了许多,每个人的情绪都不错。他们不再是一群聚在一起等着瓜分理查德遗产的继承人,而是一群欢乐的普通人,相聚在乡下,共度周末。

只有海伦·阿伯内西一直沉默,心不在焉。

赫尔克里·波洛叹了一口气,起身向女主人礼貌地道了句晚安。

"还有,夫人,我最好先向你道别。我的火车明早九点发车。实在太早了,所以我提前向你道谢,感谢你如此热情的招待。房产交接的日期会由善良的恩特威斯尔先生安排。当然,全看你什么时候方便。"

"只要你方便,任何时间都行,蓬塔利耶先生。我——我在这里该做的事情全都做完了。"

"你打算回塞浦路斯的庄园去?"

"是的。"海伦·阿伯内西的嘴唇弯起一丝微笑。

波洛说:

"你很高兴,没错。没有任何遗憾?"

"遗憾离开英国?还是说,离开恩德比?"

"我是说——离开恩德比。"

"哦——没有。那样做没有好处,不是吗,一直沉溺在过去。必须要把过去的事抛在脑后。"

"如果能做到的话。"波洛无辜地眨了眨眼睛,微笑着以抱歉的目光环视身边一张张客气的面孔。

"有些时候,过去并不想离去,并不想在遗忘中消失,不是吗?它会扯着你的胳膊,说:'我和你还没完呢。'"

苏珊怀疑地笑了笑。波洛说:

"但我是认真的——是的。"

"你的意思是,"迈克尔说,"你的那些难民就算来到这里,依然无法完全忘记过去遭受的苦难?"

"我说的不是难民。"

"他是在说我们,亲爱的,"罗莎蒙德说,"他是在说理查德舅舅的死、科拉姨妈和斧头的事。"

她转向波洛。

"没错吧?"

波洛面无表情地看着她,说:

"你为什么会这么想,夫人?"

"因为你是个侦探,不是吗?这就是你出现在这里的原因,'U.N.A.R.C.O.',或你起的什么名字,全是胡说八道,不是吗?"

第二十章

1

气氛突然变得异常紧张。波洛察觉到了,但他并没有把目光从罗莎蒙德那张可爱、平静的脸上移开。

他微微鞠了一躬,说:"你很有眼力,夫人。"

"并非如此,"罗莎蒙德说,"之前在一家餐厅,有人指着你向我介绍了。我就记住了。"

"可你却一个字都没提,直到现在?"

"我认为暂时不戳穿你比较有趣。"罗莎蒙德说。

迈克尔尽力控制住自己,但语气还是泄露了他的情绪。他说:

"我的——好女孩。"

波洛把目光移向他。

迈克尔很生气,除了生气,还有些别的情绪——焦虑?

波洛缓缓环视所有人的脸。苏珊的脸,生气、警戒;格雷格,死寂、封闭;吉尔克里斯特小姐,愚钝、嘴张得大大的;乔治,谨慎;海伦,惊愕、紧张……

在这种情况下,这些表情都很正常。他本希望在罗莎蒙德的嘴里吐出"侦探"这个词的时候,他能早一秒钟观察大家脸上的表情，而现在情况必然不一样了……

他挺直了身子，向他们鞠了一躬。他的用词和口音少了很多外国味。

"没错，"他说，"我是一个侦探。"

乔治·克罗斯菲尔德鼻翼两侧的法令纹再次变深了，他说："谁派你来的？"

"我受人之托，前来调查理查德·阿伯内西的死。"

"受谁委托？"

"目前而言，这和你没有关系。但如果能确定理查德·阿伯内西的死毋庸置疑是自然死亡，对你们也有好处，不是吗？"

"他当然是自然死亡。谁说不是了？"

"科拉·兰斯科内特说不是。而且科拉·兰斯科内特也死了。"

不安的气息像一股邪恶的微风，瞬间吹遍整个房间。

"她在这里说的——就在这个房间，"苏珊说，"但我并不真的认为——"

"是吗，苏珊？"乔治·克罗斯菲尔德讽刺地瞥了她一眼，"何必继续假装呢？你骗不了蓬塔利耶先生吧？"

"我们都是这么想的，"罗莎蒙德说，"而且他的名字也不是蓬塔利耶，是赫尔克里斯什么的。"

"赫尔克里·波洛，乐意效劳。"

波洛鞠了一躬。

他的名字并没有引起任何因惊讶或恐惧而发出的喘息声。这个名字在他们的世界里没有任何意义。

比起刚才只听到"侦探"一个词，完整的名字让他们降低了警惕。

"我能问问你得出什么结论了吗？"乔治问。

"他不会告诉你的，亲爱的，"罗莎蒙德说，"就算他告诉你了，也不可能说实话。"

在场的所有人中，似乎只有她一个人觉得很有趣。

赫尔克里·波洛饶有兴趣地看着她。

2

那天晚上，波洛睡得很不好。他一直烦躁不安，却不知道为什么。那些难以捉摸的交谈中的只言片语、各种眼神、奇怪的举动——在这孤寂的夜里，似乎都隐含着撩拨人的深意。他感觉自己好像马上就能入睡，可惜事与愿违。正当他要失去意识的那一刻，脑海中突然闪过一个念头，再次把他唤醒。涂料——蒂莫西和涂料。油画颜料——油画颜料的气味——和恩特威斯尔先生有关。颜料和科拉。科拉的画——明信片……科拉没有说实话……不，回到恩特威斯尔先生身上——恩特威斯尔先生说过的什么——还是兰斯柯姆？理查德·阿伯内西死亡当天来的那个修女。长着胡子的修女。斯坦菲尔德的那个修女——利契特圣玛丽的那个修女。太多的修女了！罗莎蒙德在舞台上扮演修女，非常迷人。罗莎蒙德——说他是个侦探——当她说出这句话时，每个人都盯着她。他们的眼神一定和科拉说出那句话时的眼神一样，"可是他是被谋杀的，不是吗？"海伦·阿伯内西觉得当时有什么地方不对劲儿，究竟是什么？海伦·阿伯内西——把过去的事抛到脑后——回塞浦路斯……当他说了什么的时候，海伦把风蜡花失手摔在了地上——他当时说了什么？他实在想不起来了……

他睡着了，做起梦来……

他梦见那张绿色的孔雀石桌上面摆着风蜡花，罩着玻璃罩——但被涂上了一层厚厚的深红色颜料，染成了血液的颜色。他能闻见颜料的气味，蒂莫西一边呻吟一边念叨："我快死了——死了……这就是终结。"站在他旁边的莫德高大健壮，手中拿着一把巨大的刀，回应他说："没错，是终结……"结束——一张灵床，周边摆着蜡烛，修女在祈祷。如果他能看清这个修女的脸，他就能知道……

赫尔克里·波洛醒了——他已经知道了！

没错，的确是终结……

虽然在那之前还有很长一段路。

他整理了各种杂乱的片段。

恩特威斯尔先生，颜料的气味，蒂莫西的房子，里面一定有什么——或是可能有什么……风蜡花……海伦……摔碎的玻璃罩……

3

海伦·阿伯内西在房间里，迟迟没有上床。她在思考。

坐在梳妆台前，她不经意看到了镜子中的自己。

她也是不得已才答应让赫尔克里·波洛来这幢房子的。她并不想让他来，但恩特威斯尔先生让她难以拒绝。而现在，整件事都公开了。毫无疑问，理查德·阿伯内西无法在地下安息了。这一切都始于科拉的那几句话……

那天葬礼之后……她在想，他们看起来什么样？以什么表情看着科拉？她自己脸上又是什么表情？

乔治刚才是怎么说的？关于自己看见自己的话？

他的原话应该是，像别人看我们一样看见自己……像别人看我们一样。

原本她心不在焉地看着镜子的眼神突然专注起来。她在看着自己——但并不是真正的她——不是别人眼中看到的那个她——不是那天科拉看到的那个她。

她右边——不对,她左边的眉毛比右边的更弯一些。嘴呢?没有,嘴的弧度是对称的。如果她真的看见自己,应该和镜子里的影像差别不大。不像科拉。

科拉——那画面越来越清晰……科拉,在葬礼那天,她的头偏向一边——问了那个问题——看着海伦……

突然间,海伦捂住脸,她对自己说:"这没有道理……不可能……"

4

恩特威斯尔小姐的美梦被电话铃声惊醒,她正在梦中陪着玛丽皇后玩纸牌。

她不想去理会——但铃声一直响个不停。她困倦地从枕头上抬起头,看了看床边的表。差五分钟七点,到底是谁在这个时候打电话过来?肯定是打错了。

恼人的铃声继续响着。恩特威斯尔小姐叹了一口气,抓起一件睡袍披上,走进客厅。

"这里是肯辛顿六七五四九八。"她拿起话筒,语气很粗暴。

"我是阿伯内西夫人,利奥·阿伯内西夫人。我能和恩特威斯尔先生讲话吗?"

"哦,早晨好,阿伯内西夫人。"这句"早晨好"毫不真诚,"我是恩特威斯尔小姐,恐怕我弟弟还在睡觉。我原本也在睡觉。"

"实在抱歉,"海伦不得已道了歉,"但我有非常重要的事情,必须马上告诉令弟。"

"晚一点儿再说不行吗?"

"恐怕不行。"

"哦,那么,好吧。"

恩特威斯尔小姐的语气很刻薄。

她敲了敲弟弟房间的门,走了进去。

"又是那些姓阿伯内西的!"她愤愤不平地说。

"呃,阿伯内西?"

"利奥·阿伯内西夫人。早晨七点还不到就打电话来!真是过分!"

"利奥夫人吗?天哪。太不寻常了,我的睡袍呢?啊,谢谢。"

不一会儿,他对着话筒说:

"我是恩特威斯尔。是你吗,海伦?"

"是我。非常抱歉吵醒了你。但你之前说,只要我想起来葬礼那天科拉暗示理查德是被人谋杀的时候,我觉得不对劲儿的到底是什么,就立刻打电话给你。"

"啊!你想起来了?"

海伦的语气非常困惑:

"是的,但这完全没有道理。"

"你必须说出来,然后由我自己判断。你是不是注意到他们当中的某一个人不对劲儿?"

"是的。"

"告诉我。"

"这太荒谬了,"海伦用抱歉的语气说,"但我相当确定,我昨晚照镜子的时候想起来的。啊……"

在因受到惊吓而发出一半的喊叫声之后,电话那头随即传来古怪的声音——一声闷响,恩特威斯尔先生实在听不出那是什么声音——

他急忙说:"喂——喂——你还在听吗?海伦,你还在听吗?海伦……"

第二十一章

1

恩特威斯尔先生费尽口舌与电话局的监管人员沟通,花了将近一个小时,电话才接通,电话那头是赫尔克里·波洛。

"谢天谢地!"恩特威斯尔先生的恼怒可以理解,"电话局似乎一直没办法接通这个电话。"

"并不奇怪,话筒没有挂好。"

波洛冰冷的语气传到听者耳中。

恩特威斯尔先生敏锐地问:

"发生什么事了吗?"

"是的。二十分钟前,女仆发现利奥·阿伯内西夫人躺在书房的电话旁。她不省人事,严重脑震荡。"

"你是说,她头部受到了重击?"

"我估计是。也有可能是她不小心摔倒,头撞到了大理石门挡,但我认为应该不是这样,医生也认为不可能。"

"她当时正在给我打电话。我还奇怪为什么电话突然断了。"

"原来她是在和你通话。她都说了些什么?"

"她提到之前,科拉·兰斯科内特说她哥哥是被谋杀的当下,她感觉到有些地方不对劲儿,古怪——她也不知道该如何形容——也想不起来自己为什么会有这种印象。"

"然后,突然间,她想起来了?"

"是的。"

"然后打电话告诉你?"

"是的。"

"然后呢?"

"没有然后了,"恩特威斯尔先生不耐烦地说,"她正要告诉我,电话就断了。"

"她说了多少?"

"都是些无关紧要的话。"

"请原谅,我的朋友,但这应该由我来判断,不是你。她到底说了什么?"

"她提醒我,我之前说过,她一旦想起来究竟是哪里不对劲儿,就立刻告诉我,她说她想起来了,不过说那'没有道理'。"

"我问她,是不是和当时在场的某一个人有关,她回答说是。她说她是在照镜子的时候突然想起来的——"

"然后?"

"就这些。"

"她没有暗示究竟是哪一个人?"

"如果她告诉我了,我绝不会瞒着你的。"恩特威斯尔先生不悦地说。

"抱歉,我的朋友。你当然会告诉我。"

"我们只有等她恢复意识之后才能知道了。"

波洛语气沉重地说:

"那可能需要很长一段时间。也许永远都不会恢复了。"

"那么严重?"恩特威斯尔先生的声音有些颤抖。

"是的，非常严重。"

"可——这太可怕了，波洛。"

"是的，很可怕。这也就是为什么我们等不起了。这证明我们需要应对的这个凶手若不是冷血残忍、惨无人道，就是非常害怕，这同样也会让他动起手来冷酷无情。"

"但听着，波洛。海伦怎么办？我很担心。你确定她在恩德比安全吗？"

"不，不安全，所以她现在已经不在恩德比了。救护车把她送到了一所疗养院，在那里会有专门的护士照顾她，而且任何人——无论家人还是其他人——都不允许见她。"

恩特威斯尔先生叹了一口气。

"你让我放心多了，她本可能有性命之忧。"

"若继续待在这里，她肯定会有性命之忧！"

恩特威斯尔先生的声音听起来很有感触。

"我非常敬仰海伦·阿伯内西，一向都是。一个人格出众的女人。她的生活中有没有——我该怎么说——某些不为人知的事？"

"啊，有不为人知的事？"

"我脑中总有这种想法。"

"因为她在塞浦路斯的那个小庄园。没错，这么说很有道理……"

"我不希望你想——"

"你无法阻止我的思想。不过，我有一个小任务要交给你。稍等。"

稍稍停顿了一会儿，波洛的声音再次传来。

"我必须确认没有人在偷听，已经确认过了。现在，我有一件事想请你替我做。你得准备好出趟门。"

"出门?"恩特威斯尔先生有些错愕,"哦,我知道了,你想让我去恩德比?"

"完全不是。这里由我负责。不,你不用跑这么远。你要去的地方离伦敦不远。你去贝里圣埃德蒙兹——天哪!你们英国这些小镇的名字——然后租一辆车,开去福斯代克之家,那是一家精神病院。去找潘瑞斯医生,问问他最近出院的一个病人的详细情况。"

"什么病人?不管怎么说,当然——"

波洛打断他,说:

"病人的名字是格雷格·班克斯。查一查他是因为哪种精神病而接受治疗的。"

"你的意思是,格雷格·班克斯精神不正常?"

"嘘!说话小心点儿。现在——我还没吃早餐呢,我猜,你也还没吃?"

"还没,我太焦急——"

"的确。那么,请你快去吃早餐吧,好好休整一下。十二点正好有一班火车去贝里圣埃德蒙兹。如果有其他消息,我会在你出发前打电话告诉你。"

"你自己也小心,波洛。"恩特威斯尔先生担心地嘱咐。

"啊,这个,是的!我也要小心,我可不想被人用大理石门挡砸我的头。你放心吧,我会提高警惕的。好了,先这样,再见了。"

波洛听见电话那头的话筒挂上了,然后听见第二声非常轻微的"咔嗒"——他笑了笑,有人放下了大厅里的分机听筒。

他走到大厅,那儿没有人。他蹑手蹑脚地走到楼梯后面的壁橱，朝里面看了看。就在这时，兰斯柯姆端着托盘走出来，上面放着吐司面包和一只银咖啡壶。他看到波洛从壁橱里冒出来，有些惊讶。

"早餐在餐厅里，已经准备好了，先生。"他说。

波洛仔细地观察他。

老管家面色苍白、瑟瑟发抖。

"勇敢一点儿，"波洛拍了拍他的肩膀，说，"一切都会好起来的。端杯咖啡送到我卧室去，应该不会太麻烦你吧？"

"当然不会，先生。我这就叫珍妮送上去，先生。"

赫尔克里·波洛走上楼梯，兰斯柯姆不以为意地看着他的背影。波洛穿了一件颇具异域风情的丝质睡袍，上面都是三角形和方块花纹。

"外国人！"兰斯柯姆愤恨地想，"外国人跑到这幢房子里来！然后利奥夫人被人打成脑震荡！真不知道接下来还会发生什么。理查德先生死后，一切都不一样了。"

赫尔克里·波洛接过珍妮送来的咖啡，他已经换好衣服了。他极富同情心的话语让珍妮很受用。他强调她发现利奥夫人时，一定受了不小的惊吓。

"是的，千真万确，先生，我永远都忘不了当时我拿着吸尘器，打开书房的门，看到利奥夫人躺在那里的情形。她躺在那里——我还以为她死了呢。我想她一定是站在那里讲电话的时候晕倒了，想不到她竟然起得那么早！她以前从没那么早起过床。"

"确实想不到！"他漫不经心地问，"那个时候其他人应该都还没起床吧，我想？"

"事实上，先生，蒂莫西夫人已经起来了。她一向都起得很早——经常在早餐前出去散步。"

"她是习惯早起的那一代人,"波洛点了点头,说,"那么,年轻人呢——他们不会那么早起吗?"

"不会,确实不会,先生,我给他们送茶的时候,他们全都睡得很熟——我今天已经去得很晚了,因为刚才受了惊吓,又叫了医生过来,自己还得先喝一杯茶镇定一下。"

她走后,波洛回想着她刚才说的。

莫德·阿伯内西当时已经起床了,年轻一代们还在床上——可这一点,波洛心想,没有任何意义。任何人都有可能听见海伦开门、关门的声音,偷偷跟着她偷听,之后回到床上假装熟睡。

"但如果我的推断没有错,"波洛心想,"而且话说回来,我的推断正确是非常自然的事——我一向如此!这样一来就没有必要追究谁在这里,谁在那里。首先,我必须去我认为有可能发现证据的地方找到证据,然后发表一个小演说。再来坐回椅子上,看看会发生什么……"

珍妮一离开房间,波洛端起咖啡一饮而尽,穿上大衣,戴好帽子,走出房间,敏捷地跑下后楼梯,从侧门离开。他快步走了四分之一英里,到邮局打了一通长途电话。他又一次和恩特威斯尔先生通话。

"是的,又是我!别去管我刚才交给你的那个任务。那是个玩笑!当时有人正在偷听。现在,老兄,听好你真正的任务。你必须——如我之前所说——乘火车,但不是去贝里圣埃德蒙兹,我想让你去一趟蒂莫西·阿伯内西的家。"

"但蒂莫西和莫德都在恩德比。"

"正是,那儿现在除了一个叫琼斯的女人之外,没有别人。他们花了不少钱劝她留下来帮忙照看房子。我要你做的,是去那里帮我拿样东西!"

"我亲爱的波洛！我真的做不出入室盗窃这种掉价的事！"

"那看起来绝不像是入室盗窃。你只需要对认识你的琼斯说，阿伯内西夫妇让你帮他们带某样东西去伦敦，她绝不会起疑心。"

"是的，也许吧。可我不喜欢这么做，"恩特威斯尔先生的语气非常不情愿，"为什么你不自己去拿你要的东西？"

"因为，我的朋友，我是个陌生的外国人，很容易被人当成可疑人物，而且琼斯夫人一看到我就会起疑心！你去的话她就不会生疑。"

"是的，是的——我明白。可蒂莫西和莫德要是知道了会怎么想？我认识他们夫妇已经四十多年了。"

"你也认识理查德·阿伯内西四十多年了！而且自打科拉·兰斯科内特还是个小女孩的时候，你就认识她了！"

恩特威斯尔先生以殉道者的口吻问：

"你确定这样做真的有必要吗，波洛？"

"这就像战时海报上的问题一样，'你的征途是必要的吗？'告诉你，是必要的。是至关重要的！"

"那你到底让我去拿什么？"

波洛告诉了他。

"可说真的，波洛，我实在不明白——"

"你没必要明白。我才是需要明白的人。"

"我拿到那样该死的东西之后呢，你想要我怎么做？"

"把它带去伦敦，送到埃尔姆花园附近的一个地址。如果你有笔，把地址记下来。"

恩特威斯尔先生记下之后，依旧以即将前去殉道的口吻说：

"我希望你知道自己在做什么，波洛。"

他的语气听起来非常怀疑——但波洛坚定地回答：

"我当然知道自己在做什么。我们离真相越来越近了。"

恩特威斯尔先生叹了一口气:

"要是我们能猜出海伦当时想告诉我什么就好了。"

"用不着猜,我已经知道了。"

"你知道了?可我的好波洛——"

"想听解释必须得等一等了。但我可以向你保证一点,我知道海伦·阿伯内西当时在镜子中看到什么了。"

2

早餐的气氛很紧张。罗莎蒙德和蒂莫西都没有出现,其余的人都到了,席间仅以低沉的声音相互交谈,大家吃得也比平日里要少。

乔治最先恢复了往日的精神头。他天性活泼乐观。

"希望海伦舅妈没事,"他说,"医生总是愁眉苦脸的。不过,脑震荡算什么?通常要不了两天就恢复了。"

"还在打仗的时候,我认识一个患了脑震荡的女人,"吉尔克里斯特小姐搭腔,"她走在路上被一块砖头之类的东西砸到了头——当时正是空袭时期——她当时一点儿异样的感觉都没有,继续做她的事情——十二个钟头以后,她突然在一班开往利物浦的火车上晕倒。你们相信吗,她一点儿都不记得自己到过车站,登上火车。她在医院里醒来的时候,无论如何都想不起来。她在医院住了将近三个星期。"

"我想不通,"苏珊说,"海伦那么早打电话干什么,而且她到底是打给谁的?"

"应该是生病了,"莫德肯定地说,"或许她醒来觉得不太舒服，就下楼打电话找医生。然后突然感到眩晕，就昏倒了。这是唯一合理的解释。"

"倒霉，正好一头撞在门挡上，"迈克尔说，"她要是跌在厚厚的地毯上，应该就没事了。"

餐厅的门开了，罗莎蒙德走了进来，眉头深锁。

"我找不到那些风蜡花了，"她说，"我是说理查德舅舅葬礼那天摆在孔雀石桌上的那些。"她责难地看着苏珊，"不是你拿走了吧？"

"当然没有！真的，罗莎蒙德，可怜的海伦婶婶已经脑震荡住院了，你不会还在想着那张孔雀石桌子吧？"

"我不明白我为什么不该想。如果你得了脑震荡，你就什么都不知道了，所以什么也都不重要了。我们现在又帮不了海伦舅妈，而且迈克尔和我明天午餐后要回伦敦，和雅基·莱格商量一下《男爵的出巡》的首演日期，所以我想尽快确定那张桌子的归属。但我想再看看那些风蜡花。现在那张桌子上摆了一个中国花瓶——挺漂亮的——但没有那种时代感。我很好奇花去哪儿了——也许兰斯柯姆知道。"

兰斯柯姆正好进来看看大家是否吃完早餐了。

"我们吃完了，兰斯柯姆，"乔治站起来，"我们那位外国朋友怎么样了？"

"他在楼上的房间里吃吐司，喝咖啡。"

"'U.N.A.R.C.O.'的小小早餐。"

"兰斯柯姆，你知不知道客厅那张绿桌子上摆着的那些风蜡花去哪儿了？"罗莎蒙德问。

"我记得利奥夫人不小心把花摔到地上了，夫人。她打算再定做一个玻璃罩，但我想她应该还没顾得上。"

"现在放在什么地方?"

"可能在楼梯下的壁橱里,夫人。待修的东西一般都放在那里。要不要我帮你去看看?"

"我自己去。跟我来,迈克尔。那里很黑,在海伦舅母发生那种事情后,我决不会孤身一人去任何黑暗的角落。"

听了这话,所有人的反应都很激烈。莫德用她那低沉的声音追问:

"你什么意思,罗莎蒙德?"

"嗯,她是被人袭击的,不是吗?"

格雷格·班克斯焦急地说:

"她是突然晕倒的。"

罗莎蒙德大笑起来。

"她是这么告诉你的吗?别傻了,格雷格,她当时是被人袭击了。"

乔治厉声说:

"你不应该说这种话,罗莎蒙德。"

"废话连篇,"罗莎蒙德说,"她当然是被人袭击了。我是说,这合情合理。一个侦探在房子寻找线索,理查德舅舅被人下了毒,科拉姨妈被人用斧头砍死了,吉尔克里斯特小姐被人用结婚蛋糕下毒,现在,海伦舅母被人用钝器打晕了。你们看着吧,会这样继续下去的。我们一个接一个地被杀掉,最后留下来的那个人就是——我是说,就是凶手。但我绝不会中招——我是说,绝不会被杀。"

"而且怎么可能有人会舍得杀你呢,美丽的罗莎蒙德?"乔治语气轻松地说。

罗莎蒙德瞪大眼睛。

"哦,"她说,"当然是因为我知道得太多了。"

"你知道些什么?"莫德·阿伯内西和格雷格·班克斯异口同声地问。

罗莎蒙德脸上浮现出天使般的微笑。

"你们不也都知道吗?"她愉快地说,"走吧,迈克尔。"

第二十二章

1

十一点整,赫尔克里·波洛在书房召集了一次非正式的会议。所有人都到场了,围成一个半圆,波洛满腹心事地看着一张张面孔。

"昨晚,"他说,"沙恩夫人向大家宣布,我是一名私家侦探。就我个人而言,本希望我的这种——伪装,姑且这么说如何——能再维持一些时间。但没关系!今天——最迟明天,我会告诉你们真相。现在请仔细听我接下来要说的。"

"我在我所从事的行业里很有名——可以说是最有名的。事实上,我的天赋无人能及!"

乔治·克罗斯菲尔笑了起来,说:

"当真如此,蓬塔利耶先生——不,是波洛先生,对吗?真好笑。我就从来没听说过你。"

"并不好笑,"波洛严肃地说,"而是可悲!唉,现如今的教育实在太糟糕了。很显然,除了经济学和如何通过智力测验,你们什么都学不到!姑且不说这个,继续刚才的话题。我是恩特威斯尔先生多年的朋友——"

"原来他就是那粒老鼠屎!"

"随便你怎么说,克罗斯菲尔德先生!他的老朋友理查德·阿伯内西的死让恩特威斯尔先生非常不安。尤其让他困惑的是,阿伯内西先生的妹妹,兰斯科内特夫人在葬礼当天说的一些话,她就是在这个房间里说的。"

"非常愚蠢——也很符合科拉的作风,"莫德说,"恩特威斯尔先生应该更聪明一些,而不是把那些话当真!"

波洛继续说下去:

"恩特威斯尔先生在——我是不是应该说是巧合——兰斯科内特夫人死后愈发困惑不安。他只有一个请求——确定她的死只是个巧合。换句话说,他想确定理查德·阿伯内西是自然死亡,因此他委托我做一些必要的调查。"

他停顿一下。

"我已经调查过了……"

他再次停顿,依旧没人说话。

波洛的头往后一仰。

"那么,你们应该会很高兴听到我调查出的这个结果——绝对没有任何理由怀疑阿伯内西先生不是自然死亡,也没有理由怀疑他是被人谋杀的!"他笑着伸出手,做了一个胜利的手势。

"这是好消息,不是吗?"

从他们的反应看来,似乎大家都不以为然。他们盯着他,眼神中满是猜忌和怀疑。

除了一个人,蒂莫西·阿伯内西,他正用力点头表示赞同。

"理查德当然不是被谋杀的,"他愤慨地说,"我真不明白怎么有人会有这种念头!那纯粹只是科拉的恶作剧。她虽然是我的亲妹妹,但必须承认,她是有点儿疯疯癫癫的,可怜的女孩。好了,不管你叫什么名字,这位先生,我很高兴你还算理智,得出了正确的结论,要我说,恩特威斯尔可真是无耻,竟敢委托你来调查。如果他以为雇你的费用能从这幢房产里出,我可以告诉你,不可能!无耻,自作主张!他以为自己是谁?如果大家都满意——"

"可大家并不满意,蒂莫西舅舅。"罗莎蒙德说。

"喂——你什么意思?"

蒂莫西扬起眉毛,很不高兴地看着她。

"我们并不满意。而且今天早晨海伦舅母是怎么了?"

莫德激动地说:

"海伦只是到了容易中风的年纪。仅此而已。"

"我明白了,"罗莎蒙德说,"又一个巧合,你认为?"

她看着波洛。

"巧合会不会太多了?"

"巧合,"波洛说,"的确会发生。"

"废话,"莫德说,"海伦生病了,下楼来给医生打电话,然后就——"

"但她并不是给医生打电话,"罗莎蒙德说,"我已经问过医生了——"

苏珊焦急地问:

"那是打给谁的?"

"我不知道,"罗莎蒙德的脸上掠过一丝苦恼的神色,"但我敢说,我一定能查出来。"她满怀希望地补充道。

2

赫尔克里·波洛坐在维多利亚式的凉亭里。他拿出口袋里的手表，摆在面前的桌子上。

他说自己会搭乘十二点整的火车离开。还有半个小时。半个小时足够某个人下定决心来找他，或许，还不止一个人……

从房子里的大部分窗户里都能清清楚楚地看到凉亭。肯定，要不了多久，某个人会过来。

如果没有，他对于人性的了解就还不够，那些最重要的假设也就不正确。

他等待着——头顶上，一只蜘蛛守在网旁边，等着苍蝇送上门来。

最先来的是吉尔克里斯特小姐。她满脸通红，说话语无伦次。

"哦，蓬塔利耶先生——我实在记不住你的另一个名字，"她说，"我有话想对你说，虽然我有千万个不愿意——但我真的觉得自己应该说。我是说，在可怜的利奥夫人早晨经历了那么可怕的事以后——我认为沙恩夫人说得很对——那不是巧合，也肯定不是蒂莫西夫人说的那样——肯定不是中风，因为我父亲之前中过风，看起来和利奥夫人的情况次完全不一样，而且不管怎么说，医生已经说得非常清楚了，是脑震荡！"

她停下，喘了口气，然后恳求地看着波洛。

"没错，"波洛温柔地鼓励她，"你有事想告诉我？"

"就像我刚才说的——我千万个不愿意——因为她一直那么善良。她帮我在蒂莫西夫人那儿找到了新的工作。她真的非常善良。这也就是为什么我感觉自己忘恩负义。她甚至还把兰斯科内特夫人那件最漂亮的麝鼠皮夹克给了我，里面的毛很厚，穿起来真的很合身。我想把那枚石榴石胸针还给她，她也不肯要——"

"你是在说，"波洛温柔地说，"班克斯夫人。"

"是的，你知道——"吉尔克里斯特小姐低着头，闷闷不乐地扳弄着手指。她抬起头来，猛地吸了一口气，说："你知道，我听见了！"

"你是说，你不小心听到了谈话——"

"不，"吉尔克里斯特小姐像个女英雄一样果断地摇摇头，"我要说出真相，而且告诉你也不会那么为难，因为你不是英国人。"

赫尔克里·波洛丝毫不觉得自己被冒犯了。

"你的意思是，对于外国人来说，偷听别人说话、偷拆别人的信件或是偷看别人随手放的信件，是件很平常的事？"

"哦，我从没有偷拆过别人的信件，"吉尔克里斯特小姐震惊地说，"并不是这样。但我那天的确听到了——就是理查德·阿伯内西来拜访他妹妹的那天。我很好奇，你知道，好奇他这么多年后突然出现。而且我也很想知道为什么——然后——然后——你知道，当你没有多少私生活或是朋友时，你会很感兴趣——当你和别人住在一起时，我的意思是。"

"这很自然。"波洛说。

"没错，我也认为这很自然……虽然，当然了，这么做并不正确，但我的确做了！我听到他当时说的话了！"

"你听到阿伯内西先生对兰斯科内特夫人说的话了？"

"是的。他当时好像是说——'和蒂莫西讲没用，他对什么事情都嗤之以鼻，根本不愿意听。但我想，我应该让你帮我分担，科拉。只剩下我们三个人了。虽然你一直喜欢装傻，但你很明事理，因此告诉我，如果你是我，你会怎么做？'

"我没听清楚兰斯科内特夫人的话，但我听到了'警察'——阿伯内西先生当时大吼起来，'我不能那么做。尤其是对我的亲侄女.'我不得不跑去厨房,因为锅里有东西溢出来了,当我再回去的时候,阿伯内西先生正在说,'就算我被人害死了,我也绝不希望警察参与,如果可以的话,尽量避免,你应该能明白,对吗,我的好姑娘?但别担心,我现在已经知道了,会采取必要的预防措施.'然后他继续说,他立了一份新遗嘱,而她科拉不会受任何影响。他说她和她先生在一起很快乐,他过去真是看错了。"

吉尔克里斯特小姐停止了讲述。

波洛说:"我知道了,我知道了……"

"但我一直不想说出来,不想告诉别人。我认为兰斯科内特夫人也不想让我这么做……可现在,利奥夫人早晨被人袭击了,之后你那么平静地说这一切都是巧合。可是,哦,蓬塔利耶先生,这不是巧合!"

波洛笑了,他说:

"不,当然不是巧合……谢谢你,吉尔克里斯特小姐,感谢你能来找我。你这么做是对的。"

3

他费了些工夫才摆脱吉尔克里斯特小姐,他必须抓紧时间,因为还要等着听其他人的坦白。

他的直觉没错。吉尔克里斯特小姐前脚刚走,后脚就看见格雷格·班克斯大步走过草坪,匆匆走进凉亭。他脸色苍白,前额上挂着几滴汗珠,眼神异常激动。

"终于啊!"他说,"我以为那个笨女人永远不打算走了。你早晨说的全错了,完全错了。理查德·阿伯内西是被人谋杀的，是我杀了他。"

赫尔克里·波洛上下打量着这个激动的年轻人。他毫不惊讶。

"所以，是你杀了他，对吗？怎么杀的？"

格雷格·班克斯笑了笑。

"这对我来说不难。你当然知道这一点。我随时能拿到十几二十种可以派上用场的药。如何实施倒是花了一些时间考虑，但我最后想出了一个绝妙的主意。妙就妙在，我在案发时不需要出现在作案地点。"

"很聪明。"波洛说。

"是的。"格雷格·班克斯谦逊地低下头，听了这话他似乎很高兴，"是的——我也认为这个方法妙极了。"

波洛好奇地问：

"你为什么杀他？为了你妻子能继承到的那笔钱？"

"不，不，当然不是，"格雷格勃然大怒，"我不是个贪财的人。我和苏珊结婚并不是为了她的钱！"

"不是吗，班克斯先生？"

"那是他的想法，"格雷格的语气顿时变得很恶毒，"理查德·阿伯内西！他喜欢苏珊，欣赏她，以她为荣，把她当作阿伯内西家族血统的典范！但他认为她嫁的人配不上她——他认为我不够好——他鄙视我！我知道我口音不标准，穿衣服不得体。他就是个势利鬼，一个龌龊的势利鬼！"

"我不这么认为，"波洛和善地说，"就我听到的，理查德·阿伯内西并不势利。"

"是的，他很势利。"这个年轻人的语气近乎歇斯底里，"他瞧不起我，嘲笑我——表面上假装很客气，但我能看出来，他根本不喜欢我！"

"可能吧。"

"他可别指望在那样对待我后还能安然无恙！有人之前试过！有个女人让我帮她配药，她对我很粗鲁，你知道我干了什么吗？"

"我知道。"波洛说。

格雷格看上去非常惊讶。

"所以你知道？"

"是的。"

"她差点儿就没命了，"他的语气非常得意，"通过这件事你应该知道，我不是那种能忍受人家肆意嘲弄的人！理查德·阿伯内西鄙视我，看看他下场如何？他死了。"

"近乎完美的谋杀。"波洛语气沉重地向他表示祝贺。

他又说："为什么要向我坦白？"

"因为你说你已经调查完毕了！你说那不是谋杀。我必须让你知道，你不像自己以为的那么聪明，而且——而且——"

"是的，"波洛说，"而且什么？"

格雷格突然瘫坐在长凳上。他的表情变了，突然变得非常迷茫。

"那样不对，是邪恶的……我必须被处罚……我必须回到那里——那个惩罚之地……去赎罪……没错，去赎罪！忏悔！报应！"

他脸上满是灼热的狂喜。波洛好奇地观察了一会儿。然后问：

"你到底有多想从你妻子身边逃走？"

格雷格的脸色骤然大变。

"苏珊?苏珊很好,非常好!"

"是的,苏珊很好,这一定给你造成了很大的负担。而她那么全心全意地爱你,同样是个负担吧?"

格雷格直视着前方,说话的语气像个闹脾气的孩子:

"她为什么就不能不管我?"

他突然跳了起来。

"她来了,走到草坪上了。我要走了。但你会把我告诉你的事情告诉她吧?告诉她我去警察局了,去自首。"

4

苏珊上气不接下气地走进凉亭。

"格雷格在哪儿?他刚才还在这儿!我看见了。"

"是的,"波洛稍稍停顿了一会儿才说,"他刚才过来对我说,是他下毒杀了理查德·阿伯内西……"

"简直满口胡言!你不会相信他吧,我想?"

"我为什么不该相信他?"

"理查德叔叔死的时候他根本不在这附近!"

"或许不在。那科拉·兰斯科内特死的时候他在哪儿?"

"在伦敦,我们俩都是。"

赫尔克里·波洛摇了摇头。

"不,不,这番说辞可不过关。打个比方吧,你当天开车出去了整整一个下午。我想我很清楚你去了哪里,你去了利契特圣玛丽。"

"没这回事!"

波洛笑了。

"我在这里见到你的时候,夫人,我就告诉过你了,这不是我第一次见你。兰斯科内特夫人的死因审判结束后,在'纹章官'的车库,你当时就在那里和技师聊天,你旁边的车里坐着一位外国老绅士。你可能没注意他,但他注意到你了。"

"我不知道你什么意思。那天是死因审判的日子。"

"啊,但请想想技师对你说了什么!他问你是不是死者的亲戚,你说你是她的侄女。"

"他只是吓唬人取乐而已,他们都这样。"

"而他的下一句话是:'啊!我说好像在什么地方见过你。'他究竟在哪儿见过你,夫人?肯定是在利契特圣玛丽,因为在他的印象中,他之前见过你是因为你是兰斯科内特夫人的侄女。他在她的小别墅附近见过你?是在什么时候?这件事非常值得调查,不是吗?而调查的结果是,你的确在那儿——利契特圣玛丽——就在科拉·兰斯科内特被人谋杀的那个下午。你把车停在同一个采石场,和死因审判那天一样。车子被人看见了,车牌号也被记下来了。现在,莫顿督察应该已经查出车主是谁了。"

她盯着他,呼吸变得越来越急促,但没有表现出任何慌张不安。

"你在胡说八道,波洛先生。而且你害我差点儿忘了来这里要说的话——我想单独来找你——"

"向我坦诚杀人的不是你丈夫,而是你?"

"不,当然不是。你以为我是傻瓜吗?而且我已经告诉你了,格雷格那天根本没有离开伦敦。"

"既然你自己都不在伦敦,他在不在那儿你压根儿不知道。你为什么去利契特圣玛丽,班克斯夫人?"

苏珊深吸一口气。

"好吧，如果你一定要知道的话！科拉葬礼那天说的话让我担心。我一直忘不了那句话。最后决定开车去找她，问问她到底为什么那么想。格雷格认为我这个打算很愚蠢，所以我压根儿没告诉他我要去什么地方。我三点左右到达那里，敲门，按门铃，但没有回应，我想她一定是出去了或是搬走了。就是这样。我没有绕到别墅后面去，如果我去了，肯定能看见窗户被人打破了。我回到伦敦，完全没感觉到任何异样。"

波洛一脸怀疑，他说："为什么你丈夫要承认他杀了人？"

"因为他——"那个词刚到舌尖，又被她咽了回去。波洛抓住这一点不放。

"你正要说'因为他是个疯子'，只是在开玩笑而已——但这个玩笑有些过于真实了，不是吗？"

"格雷格没事。他没事，没事。"

"我并非不了解他的背景，"波洛说，"在你遇到他之前，他在福斯代克之家精神疗养院住过几个月。"

"他从没被确诊，他只是个自愿疗养的病人。"

"这是事实，我同意，他并不该被称为疯子。但他绝对心智不协调。他有一种受罚情结——我猜，应该从他很小的时候就有了。"

苏珊急切地说：

"你并不了解，波洛先生。格雷格从来没有找到合适的机会，这也是我急需理查德叔叔的钱的原因。理查德叔叔太实际了，他永远不会明白。我知道，格雷格必须先建立自我，他必须发现自己有能力，而不仅仅是个药剂师助手，被人呼来唤去的。现在一切都不一样了，他马上能拥有自己的实验室，可以研制自己的配方。"

"是的,是的——你会给他提供这一切——因为你爱他。你爱他爱到可以无视安全,无视幸福。但你不能给一个人超过他承受能力的东西。到头来,他依旧是那个自己不愿成为的人——"

"什么人?"

"苏珊的丈夫。"

"你太残忍了!而且满口胡言!"

"只要和格雷格有关的事,你都会不择手段。你想得到你伯伯的钱,不是为了自己,而是为了你丈夫。你究竟有多想得到那笔钱?"

苏珊怒不可遏,转身冲出凉亭。

5

"我想,"迈克尔·沙恩故作轻松地说,"正好顺路,过来和你道个别。"

他笑了,让人不知不觉就深陷在他的笑容里。

波洛了解这个男人致命的魅力。

他不动神色地观察了一会儿迈克尔·沙恩。他认为在整个屋子的人当中,迈克尔是他最不了解的一个,因为迈克尔只会展示自己想要展示的那一面。

"你妻子,"波洛与他闲聊着,"是个很不平凡的女人。"

迈克尔挑起眉毛。

"你这么想?她很可爱,我同意。但至少我没发现她的头脑有什么出众的地方。"

"她永远都不会表现得太聪明,"波洛说,"可她知道自己想要的是什么,"他叹了一口气,"很少有人能做到这一点。"

"哈！"迈克尔笑出声来，"你在想那张孔雀石桌？"

"或许吧。"波洛停顿一下，补充道，"还有桌子上的东西。"

"你是说，那些风蜡花？"

"那些风蜡花。"

迈克尔皱起眉头。

"我不是很了解你，波洛先生。然而，"笑容又浮现在他脸上，"我简直无法表达自己有多么感谢你，帮助我们得以解脱。退一步说，仅仅是怀疑我们当中有人竟然杀了可怜的老理查德舅舅这一点，就让人不舒服。"

"你们见面的时候，他在你眼中就是这样？"波洛问，"可怜的老理查德舅舅？"

"当然，他那时候看起来非常年轻，而且各方面——"

"各方面身体机能都很正常。"

"嗯，是的。"

"而且，事实上，非常精明？"

"可以这么说。"

"看人的眼光非常精准。"

他脸上的笑容依旧灿烂。

"你可别指望我同意这一点，波洛先生。他看不上我。"

"或许，他认为你是，那种不忠诚的人？"

迈克尔大笑起来。

"多老旧的思想！"

"但那是事实，不是吗？"

"我很好奇，你说这话是什么意思？"

波洛十指交叉。

"我已经做过一些调查了，你知道。"他小声说。

"你调查过了?"

"不只是我。"

迈克尔·沙恩的视线迅速在他脸上搜寻了一遍。波洛注意到他的反应非常快。迈克尔·沙恩绝对不是傻子。

"你是说——警方也感兴趣?"

"把科拉·兰斯科内特的死看作偶发事件,你知道,他们一直就不是很满意。"

"所以他们开始调查我?"

波洛一板一眼地说:

"兰斯肯内特夫人的所有亲戚在她被谋杀当天的行踪,他们都很感兴趣。"

"这可就麻烦了。"迈克尔以迷人又略带忧愁的口气悄悄对他说。

"是吗,沙恩先生?"

"远超过你的想象!你瞧,我告诉罗莎蒙德,那天我在和一个叫奥斯卡·李维斯的人吃午餐。"

"可事实上,你并没有?"

"没有。事实上,我开车去见一个叫索雷尔·丹顿的女人——是个非常有名的女演员。在她的上一出戏里,我和她一起演出。非常麻烦,你看,应对警方应该没什么问题,可过不了罗莎蒙德那一关。"

"啊!"波洛表现得很谨慎,"你和那位女士的友谊遇到了些小麻烦?"

"是的……事实上,罗莎蒙德让我承诺不再见她。"

"嗯,我能了解为什么麻烦了……说句咱们俩之间的话,你和那个女人发生了婚外情吧?"

"嗯，就是那一类的事情！但我压根儿不喜欢那个女人。"

"但她很喜欢你？"

"嗯，她真的很烦人……这女人实在太黏人了。不过，就像你刚才说的，警方应该会满意我的这个答案。"

"你这么认为？"

"如果我在好几英里之外的地方和索雷尔调情，无论如何也没办法用斧头砍死科拉。索雷尔住在肯特的一幢小别墅里。"

"我明白了，我明白了，而且这位丹顿小姐，她会帮你作证？"

"她应该不会喜欢，但这事关谋杀，我想她不得不这么做。"

"她会帮你作证，或许，就算当时你没去和她调情。"

"你这话是什么意思？"迈克尔的脸色瞬间变得阴沉。

"那位女士很喜欢你。当女人陷入爱情的时候，在事实面前她们敢发誓是真的——在假的面前一样敢发誓是真的。"

"这么说，你不相信我？"

"我相不相信你不重要。你的说辞并不需要令我满意。"

"那么，该令谁满意呢？"

波洛微笑。

"莫顿督察，他刚从侧门走出来。"

迈克尔·沙恩猛地转过身。

第二十三章

1

"我听说你在这儿,波洛先生。"莫顿督察说。

两人结伴在府邸前的平台上散步。

"我这次和马其菲尔德的帕维尔督察长一起过来。拉若比医生在电话里给他讲了利奥·阿伯内西夫人的情况,他来调查一下。医生怀疑另有蹊跷。"

"那你呢,我的朋友,"波洛问,"你来这里是为了什么呢?大老远从伯克郡赶来。"

"我来是打算问几个问题,很巧,我想问的几个人似乎都聚集在这里,"他稍一停顿,补充道,"你的杰作?"

"是的,我的杰作。"

"结果利奥·阿伯内西夫人被人袭击,不省人事。"

"这你完全不应该怪我。如果她当时来找我的话……但她没有,她选择打给自己在伦敦的律师。"

"然后正打算向他吐露真相的时候——砰!"

"正如你所言,就在她正要说的时候——砰!"

"她说出了多少?"

"没多少。她只说到,她正在看镜子中自己的影像。"

"唉！好吧，"莫顿督察意味深长地说，"女人的确会这样。"他突然看着波洛，"这是不是给了你什么暗示？"

"是的。我想，我知道她当时正打算告诉他什么。"

"你是个绝顶聪明的解密人，不是吗？向来都是。说吧，她当时打算说什么？"

"不好意思，你要调查理查德·阿伯内西的死因吗？"

"并不是正式调查。但如果这和兰斯科内特夫人的谋杀案有关——"

"的确和兰斯科内特夫人的谋杀案有关，是的。但我的朋友，我想请你再给我几个小时，到那时，我就能确定我所设想的——你要理解，纯粹只是设想——是正确的。如果是——"

"如果是？"

"我就能把一件确凿的证据交到你手上。"

"这当然没问题，"莫顿督察非常同意，他斜眼看着波洛，"你在保留什么？"

"没什么。完全没有。因为我设想的那件证据不一定切实存在。目前只是基于一些交谈中的零散片段而下此推断。我有可能，"波洛言不由衷地说，"猜错了。"

莫顿笑了笑。

"这种事在你身上应该不常发生吧？"

"没错。但我必须承认——是的，我不得不承认——的确发生过。"

"我必须说，听到这个我真高兴！一直正确未免也太无趣了。"

"我可不觉得。"波洛坚定地说。

莫顿督察笑了起来。

"那么，你是让我暂时不问我的那些问题？"

"不,不,完全不是。照你的计划进行。我想你们目前应该不会逮捕任何人吧?"

莫顿摇了摇头。

"条件还不够齐全。我们必须先得到检察官的批准——距离那一步,我们还有一大段路要走。不,只是要某个人交代一下当天的行踪——只是为了谨慎起见。"

"我明白了。是班克斯夫人吗?"

"你真聪明,不是吗?没错,那天她在那里,她的车子停在采石场。"

"但没有人看到她开那辆车?"

"没有。"

督察补充说:"这对她很不利,你知道。关于当天自己去过那里的事,她一个字都没提过。她最好有一个完美的解释。"

"她对解释很在行。"波洛冷冷地说。

"是的,聪明的女人。或许有些太聪明了。"

"太聪明向来不是什么明智的事。凶手都是因为这个才被捕的。关于乔治·克罗斯菲尔德,有没有什么别的发现?"

"没什么能确定的。他这种类型的人很多。很多年轻人都像他一样,乘火车、开车或骑自行车到乡下去。人们在事发一个多星期以后,很难记清楚是在哪一天、哪个地方看见过某个人。"

他停顿一下,继续说:"我们得到了一个非常古怪的消息——是从一家修道院的院长那里得到的。她的两个修女出门挨家挨户地募捐。她们好像在兰斯科内特夫人被谋杀的前一天去过小别墅,但无论是敲门还是按铃,都没有人应答。这并不奇怪——兰斯科内特夫人北上参加阿伯内西的葬礼了,还给吉尔克里斯特小姐放了一天假,让她去伯恩茅斯游览。重点是,她们说别墅里肯定有人，说她们听见里面有呻吟和哀叹声。我问过她们是不是记错了日期，是否是第二天，但院长非常确定，就是那一天，因为她们都有记录在册。那天是不是有人抓住两个女人都不在家的机会，去小别墅里找什么东西？他或她是不是没找到，第二天又回来了？我不太在意那些呻吟和哀叹声。就算是修女也有可能添油加醋，而且一个发生过谋杀案的地方自然会让人想到呻吟和哀叹。重点是，小别墅里当时是不是有某个不该出现在那里的人？如果有，是谁？所有阿伯内西家族的人都在参加葬礼。"

波洛问了个似乎毫不相干的问题："在那个片区募捐的修女，她们第二天有没有再去试试？"

"事实上，她们的确又去了一次——大约一个星期以后，正好是死因审判的那天，我记得。"

"那就对了，"赫尔克里·波洛说，"完全吻合了。"

莫顿督察看着他。

"你为什么对修女这么感兴趣？"

"她们一直在引起我的注意，我想，你恐怕也很难不注意这一点，督察先生。修女再去的那天，正好是有毒的结婚蛋糕被人送到小别墅的那天。"

"你不会认为——这个想法可非常荒谬。"

"我的想法从不荒谬，"赫尔克里·波洛郑重其事地说，"现在，我的朋友，我该让你去问你的那些问题，调查阿伯内西夫人被袭击的事了。至于我自己，得去找理查德·阿伯内西的外甥女。"

"你和班克斯夫人说话时，最好小心一点儿。"

"我说的不是班克斯。我说的是理查德·阿伯内西的外甥女。"

2

波洛看到罗莎蒙德坐在一张长椅上,眺望着一条瀑布流下来的水汇成小溪,流过杜鹃花丛。

"我想,我应该没有打扰你吧,奥菲莉娅,"波洛在她旁边坐下,"你是不是在揣摩角色?"

"我从没演过莎士比亚的戏,"罗莎蒙德说,"除了有一次在剧场,我扮演《威尼斯商人》里的杰西卡,一个没劲的小角色。"

"却不是没有悲怆,'闻佳乐辄心伤'[①]。她的负担多重啊,可怜的杰西卡,受人痛恨与蔑视的犹太人之女。当她拿着父亲的金币逃向自己的爱人时,她该多么怀疑自己。有金币是一回事——没有金币可能就是另一回事了。"

罗莎蒙德抬起头看着他。

"我以为你已经走了,"她的语气略带斥责,她低头看了看手表,"已经过了十二点了。"

"我没赶上火车。"波洛说。

"为什么?"

"你认为是有原因的?"

"我想是的。你非常守时,不是吗?如果你想赶上一班火车,就一定能赶上。"

"你的判断力令人敬佩。知道吗,罗莎蒙德,我刚才坐在凉亭里,希望你,或许能过去找我。"

罗莎蒙德盯着他。

"我为什么该去?你在书房里已经和我们道过别了。"

[①] 莎士比亚戏剧《威尼斯商人》中杰西卡的台词。

"没错。你没有什么话想对我说的?"

"没有,"罗莎蒙德摇摇头,"我有很多事情需要考虑,非常重要的事情。"

"我明白了。"

"我平时不会想这么多,"罗莎蒙德说,"这似乎是在浪费时间,却又非常重要。我……人应该按自己的愿望好好计划生活。"

"那就是你正在做的?"

"嗯,是的……我正尝试做一个决定。"

"关于你丈夫?"

"差不多吧。"

波洛等了一会儿,说道:"莫顿督察刚才过来,"他估计罗莎蒙德会发问,于是继续说,"他是负责调查兰斯科内特夫人谋杀案的警官。他来这里,是想要你们大家说明一下在她遇害当天你们各自的行踪。"

"我明白,不在场证明。"罗莎蒙德兴奋地说。

她美丽的脸上浮现出顽皮的喜悦。

"迈克尔可有的受了,"她说,"他以为我不知道他那天跑去和那个女人私会。"

"你是怎么知道的?"

"他说他要和奥斯卡吃午餐时的那种态度非常明显,装得太若无其事了,你知道,他的鼻子稍稍有些抽动,每次说谎时都会这样。"

"我真庆幸自己没娶你,夫人!"

"然后,当然了,我给奥斯卡打电话确认了一下,"罗莎蒙德继续说,"男人总撒这种不高明的谎。"

"恐怕,他应该不是一位忠诚的丈夫吧?"波洛冒险问道。

然而，罗莎蒙德并没有提出异议。

"不是。"

"你不介意？"

"哦，就某一方面来说，这很有意思，"罗莎蒙德说，"我的意思是，拥有一位所有女人都想抢走的丈夫。如果嫁给一个没人愿意要的男人，我应该会非常痛苦——就像可怜的苏珊。真的，格雷格简直是个彻头彻尾的窝囊废！"

波洛仔细观察着她。

"那么，假设有人真的——成功把你丈夫抢走了呢？"

"她没那个本事，"罗莎蒙德说，"起码现在没有。"她补充了一句。

"你的意思是——"

"并不是因为我有了理查德舅舅的钱。迈克尔对这种女人的爱慕总是这样——那个索雷尔·丹顿刚刚把他引上钩，就想把他据为己有——但对迈克尔来说，演戏永远是第一位的。他现在可以好好地发挥自己的才华，推出自己的戏，演戏的同时也可以做制片人。他很有雄心，你知道，而且他真的很有才华。不像我，我喜欢演戏，虽然长得不错，但真的没什么演技。不，我不再为迈克尔担心了。因为那是我的钱，你知道。"

她镇定地和波洛对视。他心想，多奇怪啊，理查德·阿伯内西的侄女和外甥女都死心塌地地爱着两个没办法回报她们的爱的男人。而且罗莎蒙德天生丽质，苏珊魅力十足，非常性感。苏珊需要并紧紧抓着"格雷格爱她"这个幻觉。罗莎蒙德则非常聪明，没有任何幻觉，知道自己要的是什么。

"问题是，"罗莎蒙德说，"我必须做一个重大的决定——有关未来的决定。迈克尔还不知道。"她挤出一个笑容，"他发现我那天没有去逛街，现在对雷根特公园的事非常怀疑。"

"雷根特公园怎么了？"波洛看上去很困惑。

"逛完哈利街之后，你知道，我去了那里。只是散散步，顺便思考。迈克尔理所当然地以为，如果我去了那里，肯定是去和别的男人约会！"

罗莎蒙德笑得很开心，她补充了一句：

"他可不喜欢这个想法！"

"但你为什么不应该去雷根特公园？"波洛问。

"你是说去散步？"

"是的，你之前从没去过？"

"从没有。我为什么要去？雷根特公园有什么好去的？"

波洛盯着她，说：

"对你来说——毫无意义。"

他又说：

"我想，夫人，你应该把那张绿色的孔雀石桌子让给你表姐苏珊。"

罗莎蒙德瞪大眼睛。

"为什么？我想要。"

"我知道，我知道。但你——你能把丈夫留下。而可怜的苏珊，她会失去她的。"

"失去他？你是说格雷格和别人跑了？我不相信他会干这种事，他看起来那么窝囊。"

"不忠不是唯一失去丈夫的方式，夫人。"

"你的意思难道是——"罗莎蒙德瞪着他，"你应该不会以为，是格雷格给理查德舅舅下毒，杀了科拉姨妈，又打昏了海伦舅母吧？这太可笑了。就连我都知道这不可能。"

"那么,是谁干的?"

"乔治,肯定是。乔治是个坏胚子,你知道,他卷入了某种货币欺诈的丑事——我听我几个在蒙特卡洛的朋友说的。我估计,理查德舅舅一定是发现了这件事,正打算把他从遗产继承人中除名。"

罗莎蒙德沾沾自喜地补充一句:

"我早就知道是乔治。"

第二十四章

1

当晚六点钟左右,电报到了。

应发报人的要求,电报直接送到了收信人手中,而非用电话通知,赫尔克里·波洛当时已经在门前徘徊了一段时间,立刻从兰斯柯姆手中接过信童送来的电报。

他一反往日的镇定,焦急地撕开封袋。上面写着几个字和一个署名。

波洛如释重负地叹了一口气。

他从口袋里掏出一张一英镑的纸币,递给目瞪口呆的信童。

"有的时候,"他对兰斯柯姆说,"不应该节俭。"

"非常正确,先生。"兰斯柯姆礼貌地回应。

"莫顿督察在什么地方?"波洛问。

"一位警察先生,"兰斯柯姆的语气很鄙夷——仿佛在暗示,像警察的姓名这种事,他是不可能记得住的,"已经走了。另一个,我想,应该在书房里。"

"太好了,"波洛说,"我这就去找他。"

他再一次拍了拍兰斯柯姆的肩膀,说:

"勇敢起来,我们马上就到站了!"

兰斯柯姆有些困惑，他在寻思，自己连始发站在哪儿都不知道，更别说到站了。

他说："那么，你不打算坐九点半那班火车走了，先生？"

"别失去希望。"波洛告诉他。

波洛刚走开，又转身回来，问道："我很好奇，你记不记得兰斯科内特夫人参加你主人葬礼那天，到达这里时说的第一句话是什么？"

"我记得很清楚，先生，"兰斯柯姆的表情变得很高兴，他答道，"科拉小姐——请原谅，是兰斯科内特夫人——不知怎么的，我总是称她科拉小姐——"

"这很正常。"

"她对我说：'嗨，兰斯柯姆。好久不见了，你以前常常拿糖饼到小屋子里去给我们吃。'所有小孩儿当时都有他们自己的小屋，就在花园的围墙旁边。夏天，当府邸举办晚宴的时候，我常给小姐少爷们——你知道，先生，年纪还很小的那些——一些糖饼。科拉小姐非常喜欢吃东西，先生。"

波洛点点头。

"是的，"他说，"我想也是。没错，那正是科拉的特点。"

波洛走进书房，莫顿督察坐在里面，波洛一句话都没说，直接把电报递给他。

莫顿读完后一头雾水。

"我一个字都看不懂。"

"是时候告诉你一切了。"

莫顿督察咧嘴笑了起来。

"你说话的语气像是维多利亚时代的音乐剧里的年轻淑女。不过也是时候该得出结论了，这种场面我实在没办法继续撑下去了。那个叫班克斯的家伙依然坚持说,是他毒死了理查德·阿伯内西,而且自夸说我们发现不了他是如何做到的。我真是不明白,为什么每次一发生谋杀案,总有人主动跑出来大喊是他干的!他们到底在盘算什么?我一直捉摸不透。"

"就这个案子来说,也许是为了逃避自己人生中的责任,寻求一个庇护所——换句话说——福斯代克之家疗养院。"

"布罗德莫精神病院倒是更有可能。"

"他应该也会很满意。"

"是他干的吗,波洛?那个吉尔克里斯特把她听到的都告诉了你,而且和理查德·阿伯内西提到他侄女时说的话相符。如果是她丈夫干的,她肯定脱不了干系。不知道为什么,我实在无法想象这个女孩会犯下那么多人命。不过,为了替他掩饰,她什么事都干得出来。"

"我会告诉你一切——"

"是的,是的,都告诉我!看在老天的分上,赶快说吧!"

2

这一次,波洛把他的听众召集到了客厅。

他们脸上的表情不是紧张,更像是当成消遣。真正让他们感受到威胁的是莫顿督察和帕维尔督察长。自从警方介入、问询、一一要求他们交代行踪之后,赫尔克里·波洛,这位私人侦探,相比起来好像是个玩笑。

蒂莫西假装小声对妻子说——其实谁都可以听见——他的话说出了这家人的感受:

"该死的小骗子!恩特威斯尔一定是老糊涂了!我只能这

么说。"

看样子,赫尔克里·波洛还需要下一番苦功才能为自己正名。

他态度略微浮夸地开场了。

"我第二次宣布我将离开!今天早上,我说我会搭乘十二点的火车,而现在,我宣布,我会搭乘九点半的火车离开,就在晚餐之后。因为这里已经没有任何需要我做的了。"

"早就该这么告诉他了,"蒂莫西的评论依然很响亮,"这儿从头到尾就没他什么事。这些厚脸皮的家伙!"

"我来这里,本是为了解开一个谜。现在,谜已经解开了。首先,允许我回顾一下非凡的恩特威斯尔先生一开始告诉我的几件值得注意的事情。

"首先,理查德·阿伯内西突然去世。紧接着,在他的葬礼之后,他妹妹科拉·兰斯科内特说:'可他是被谋杀的,不是吗?'然后,兰斯科内特夫人被谋杀了。问题在于,这三件事情是不是前后相关的?让我们继续看看接下去发生了什么?吉尔克里斯特小姐,那个被谋杀的女人的贴身女仆,因为吃了一块含有砒霜的结婚蛋糕而中毒。这是那些前后关联的事件的后续发展。

"正如同我今天早晨告诉各位的,在我调查的过程中,没有发现任何东西——完全没有任何东西能够证实阿伯内西先生被人下了毒。同样地,我也必须说,我也没发现任何证据能够证明他不是被人毒死的。但随着我们的调查越来越深入,事情就明白多了。毫无疑问,科拉·兰斯科内特在葬礼之后问了一个非常敏感的问题,这一点大家都同意。还有一件事情毋庸置疑,在葬礼第二天,兰斯科内特夫人被人谋杀了,凶器是一把斧头。现在,让我们好好看看第四件事情。当地邮局的司机深信——虽然他不能明确地就此发誓——他并没有派送过那个结婚蛋糕的包裹。如果是这样，那么那个包裹一定是由某个'神秘人'亲自送过去的——所以我们必须特别留意实际到过那里，而且有可能把包裹放在被发现的地点的人。这些人有：吉尔克里斯特小姐自己，当然了；那天前去参加死因审判的苏珊·班克斯；恩特威斯尔先生——没错，我们必须把恩特威斯尔先生考虑在内；当科拉说出那句令人不安的话时，记得吗，他也在场——还有另外两个人，一个自称是格思里的老绅士——那位艺术评论家，还有一个或两个那天早晨去募捐的修女。

"现在，假设邮局司机的回忆是正确，我就从这里开始推理。这样一来，就必须仔细研究这一小部分有嫌疑的人。理查德·阿伯内西的死不会带给吉尔克里斯特小姐任何好处，而兰斯科内特夫人的死带给她的好处也寥寥无几——事实上，雇主的死使她失去了工作，找份新工作也可能变得很难。而且，吉尔克里斯特小姐的的确确是因为砒霜中毒被送进了医院。

"苏珊·班克斯的确能从理查德·阿伯内西的死中获益，兰斯科内特夫人的死也给她带来了一星半点的好处——她的作案动机可以确定。她有很好的理由相信，吉尔克里斯特小姐不小心听到了科拉·兰斯科内特和她哥哥当时说起的人是苏珊，她有可能因此决定除掉吉尔克里斯特小姐。还记得吧，她谢绝了那块结婚蛋糕，而且在吉尔克里斯特小姐晚上发作时，建议第二天早晨再请医生。

"恩特威斯尔先生从两个人的死中都得不到好处——但他对阿伯内西先生的事业和信托基金有相当大的控制权，可能有什么理由必须除掉他。但——你们肯定会想——如果恩特威斯尔先生有嫌疑，他为什么还来找我？

"关于这一点我会回答——这不是凶手第一次对自己过分自信了。

"现在,我们再谈谈我所谓的两个外来者。格思里先生和修女。如果格思里先生正如他自己所说的,是个艺术评论家,那他就可以摆脱嫌疑。这也适用于修女,如果她真的是修女。问题在于,这些人究竟是不是他们自称的那个人,还是有别的身份?

"而且我得说,这当中似乎有个奇怪的——人物——暂且这么说——有个修女自始至终不停出现。一个修女去敲蒂莫西·阿伯内西家的门,吉尔克里斯特小姐认为和自己在利契特圣玛丽看到的修女是同一个人。而且,一个或几个修女在阿伯内西先生去世前一天也来过这里……"

乔治·克罗斯菲尔德低声说,"三位一体啊,这位修女。"

波洛继续说:

"这么一来,我们就有了整件事情的大致脉络——阿伯内西先生的死,科拉·兰斯科内特的谋杀案,下毒的结婚蛋糕,'修女'这个'人物'。

"下面我会加入其他一些引起我注意的片段:一个艺术评论家的到访,油画颜料的气味,一张伯尔弗莱生港的明信片,最后是一束摆在孔雀石桌上的风蜡花,那里现在摆着一个中国花瓶。

"不停回想这些事情,我得出了真相——而我现在就要把真相告诉各位。

"真相的第一部分我早晨已经告诉你们了。理查德·阿伯内西突然去世——若不是他妹妹科拉在葬礼之后的一句话,没有任何理由怀疑他的死有蹊跷。理查德·阿伯内西被谋杀这整个案子都是基于科拉的一句话。结果,你们都认为他是被人谋杀的,而你们之所以相信那句话,不是因为那句话本身,而是因为科拉·兰斯科内特的个性。因为她向来以在尴尬的时间讲出实话著称。所以理查德被谋杀这个案子不仅是基于科拉的那句话，还有科拉本人的原因。

"现在，我要问各位一个我曾经突然问过自己的问题：你们究竟有多了解科拉·兰斯科内特？"

他沉默了一会儿，苏珊焦急地问："你是什么意思？"

波洛继续说：

"压根儿不怎么了解——这就是答案！年轻一代从没见过她，就算见过，也是在很年幼的时候。葬礼当天出席的所有人当中，只有三个人真正认识科拉。管家，老眼昏花的兰斯柯姆；蒂莫西·阿伯内西夫人，只在自己的婚礼上见过她几面；然后是非常熟悉科拉·兰斯科内特的利奥·阿伯内西夫人，但也已经有二十多年没见过她了。

"所以我问自己：'假设，当天前来参加葬礼的人不是科拉·兰斯科内特本人呢？'"

"你是说科拉姑姑——不是科拉姑姑本人？"苏珊怀疑地追问道，"你是说，被杀的人不是科拉姑姑，而是别人？"

"不，不，被杀的人确实是科拉·兰斯科内特。但是前一天来参加她哥哥葬礼的人不是科拉·兰斯科内特。那个女人当天出现只有一个目的，来利用——可以这么说——理查德突然去世这个事实，让他的家人产生一个想法，理查德是被人谋杀的，而她成功地达到了目的！"

"胡说八道！为什么要这么做？有什么意义？"莫德坦率地问。

"为什么？为了把注意力从另一件谋杀案上转移开，就是科拉·兰斯科内特的谋杀案。如果科拉说了理查德是被谋杀的，然后第二天自己也被人杀了,人们势必会认为这两起谋杀案之间存在因果联系。但如果科拉仅仅是被人谋杀了,而她的别墅也遭人闯入,抢劫的迹象又无法使警方信服,那么他们会——去哪里找答案呢?就在原地,不是吗?嫌疑势必会落在和她同住的女人身上。"

吉尔克里斯特小姐义正词严地抗议:

"哦,得了——真是的,蓬塔利耶先生——你不是在暗示我为了一枚石榴石胸针和一些不值钱的写生而杀人吧?"

"不,"波洛说,"比那要多一点儿。那些写生中有一幅,吉尔克里斯特小姐,那幅伯尔弗莱生港,而这幅画——班克斯夫人非常聪明地发现是仿照一张旧日码头风景的明信片画的,但兰斯科内特夫人一向都是实景写生。我记得恩特威斯尔先生提过,他第一次去小别墅时,闻到了一股油画颜料的气味。你会画画,对吗,吉尔克里斯特小姐?你父亲是个艺术家,你对画作非常了解。估计科拉偶然在拍卖场里以低价买到了一幅价值不菲的作品。她自己并没认出那幅画的价值,但你认出来了。你知道,要不了多久,她的那位老朋友,有名的艺术评论家会来见她。然后,她的哥哥突然去世——你脑子中冒出一个主意。在她的早餐里混入一点儿镇静剂,让她在葬礼当日一整天都不省人事,这对你来说应该非常容易,而你可以扮演她,到恩德比来。你整日听她说恩德比的事情,所以对这里了若指掌。她谈了很多自己童年的事,像很多飞黄腾达的人一样。你很容易就可以和兰斯柯姆说起一些关于甜饼和小屋子的事,让他相信你的身份,以免他起疑。没错,葬礼那天,你充分利用自己对恩德比的了解,各种物件都让你触景生情,都能勾起你的回忆。没有一个人怀疑你不是科拉。你穿着她的衣服,稍稍易容打扮一下,她戴假刘海,这一点让你模仿起来更容易了。没有人曾在过去二十年中见过科拉——而二十年的时间能完全改变一个人的相貌,因此我们常能听到这种说法:'我根本认不出她来!'但是,人的怪癖很难被忘记,科拉有一些很明显的怪癖,你应该在镜子前面全都练习过。

"奇怪的是,你犯的第一个错误就在这里。你忘了镜子里的影像是左右颠倒的。当你看着镜子里的自己惟妙惟肖地模仿科拉像小鸟一样把头偏向一边时,你没有意识到,其实应该偏向另一边。不妨这么说,你看到的科拉习惯于把头偏向右边——但你忘了,当你的头偏向左边时,镜子中才会显示偏向右边的影像。

"这也就是当你说出那句著名的话时,海伦·阿伯内西感到困惑不安的原因。她感觉好像有什么地方'不对劲儿'。在罗莎蒙德·沙恩那天晚上说了那句出人意料的话后,我从所有人的反应中意识到,当时所有人必定都看着说话的人。因此,当利奥夫人觉得什么地方'不对劲儿',那肯定是科拉·兰斯科内特身上有什么地方不对劲儿。那天晚上,在聊过镜子中的影像和'真正看见自己'之后,我猜想,利奥夫人在镜子面前实验。她自己的脸并不是非常对称。她估计想到了科拉,想起她过去常常向右偏着头的模样,在这么想的同时,看到镜子中的影像——而那个影像在她看来'不对劲儿',就在那一瞬间,她想起葬礼那天让她觉得不对劲儿的是什么了。她心中的疑惑解开了:要么是科拉改变了习惯,把头偏向相反的方向——这种可能性很小——要么就是她看到的科拉,不是真的科拉。两者对她来说都毫无道理。但她之前答应过恩特威斯尔先生,只要一想起来就立刻告诉他。有个习惯早起的人已经准备好了,跟着她下楼,唯恐她泄露什么秘密,用沉重的门挡把她砸昏。"

波洛稍稍停顿，又补充道：

"我还可以告诉你，吉尔克里斯特小姐，阿伯内西夫人的脑震荡并不严重，她很快就可以把发生在她身上的事告诉我们。"

"我从没有做过这种事，"吉尔克里斯特小姐说，"这都是你在恶意中伤我。"

"那天的人是你，"迈克尔·沙恩仔细观察吉尔克里斯特小姐的脸之后，突然说，"我早该看出来的，我总觉得好像在哪里见过你。当然了，人们通常不会注意——"他停了下来。

"不会，人们通常都懒得看贴身女仆一眼，"吉尔克里斯特小姐的声音有些颤抖，"一个做苦工的人，一个家庭苦力，几乎等同于仆人！不过，继续说吧，波洛先生，继续你这异想天开的胡言乱语吧！"

"当然，在葬礼上说出谋杀这种假设只是你的第一步，"波洛说，"你的后续计划还有一大部分要完成。你随时都准备承认自己听到了理查德和他妹妹之间的对话。实际上，他告诉她的，毫无疑问，是他已经活不久了，这也就解释了他在回到家后写给她的信当中那句含糊的话。'修女'是你的另一个暗示，那位——或是说那两位修女在死因审判当天到小别墅去，启发你提起了'一个修女一直跟着你'。而且，当你急于偷听蒂莫西夫人和她在恩德比的姒娌之间的电话内容时，同样用了这个说辞。同时也是因为你想陪她一起到这儿来看看你引发的那些猜忌发展到了什么程度。用砒霜给自己下毒，很严重但不足以致命，是非常传统的手段——而且我必须说，正是这一点让莫顿督察怀疑上了你。"

"那幅画呢？"罗莎蒙德说，"是什么样的画？"

波洛缓缓打开折叠的电报。

"今天上午我打电话给恩特威斯尔先生，他是个尽职尽责的人，我让他去斯坦菲尔德庄园，假装受阿伯内西先生的委托，"说到这儿，波洛狠狠地瞪了蒂莫西一眼，"去吉尔克里斯特小姐的房间，在众多画中找出一幅画着伯尔弗莱生港的，借口要拿去重新装裱，好给吉尔克里斯特小姐一个惊喜。他把那幅画带回伦敦，去见格思里先生，我之前已经给格思里先生发电报说明了情况。当表面那幅匆匆绘制的速写拿下来之后，底下的原作就显露出来。"

他拿起电报大声念出来。

"确实是维米尔的作品。格思里。"

突然，吉尔克里斯特小姐像被电击了一样，吐出一大堆话来。

"我就知道那是维米尔的真迹，我就知道！她不知道！说是什么伦勃朗和意大利文艺复兴前的作品，维米尔的作品就在她眼皮子底下都认不出来！总在那儿吹嘘艺术——其实什么都不懂！她是个彻头彻尾的笨女人。没完没了地念叨这个地方——念叨恩德比，还有他们小时候在这里干了些什么，还有理查德、蒂莫西、劳拉和所有人。这些人生活在钱堆里！总能享用最高级的东西。你们不知道那有多烦人，听一个人日复一日、年复一年地唠叨同样的事情。而我只能说'哦，是的，兰斯科内特夫人'和'真的吗，兰斯科内特夫人'，还得装出一副很感兴趣的样子。其实真的令人很厌烦——厌烦——厌烦……而且没有什么值得期盼的……然后——一副维米尔的真迹！我之前在报纸上看到，一幅维米尔的作品卖了超过五千英镑！"

"你杀了她——用那么残忍的方式——就为了五千英镑？"苏珊难以置信地说。

"五千英镑，"波洛说，"足够一家茶馆的租金和装修了……"

吉尔克里斯特小姐转向他。

"至少,"她说,"你还能理解。这是我唯一的机会。我必须弄到一笔钱。"因为对这个梦想的专注和痴迷,她的声音颤抖起来:"我想把它命名为'棕榈树'。菜单上印上小骆驼的图案。偶尔可以买到非常好的瓷器——外销退货品——不是那种惨白的实用货色。我打算找个高雅的街区开业,来的客人都是上流社会的人物。我考虑过拉伊或是奇切斯特……我肯定能成功。"她停顿了一下,然后陷入了自己的幻想,"橡木桌——小柳条椅,摆上红白条纹的靠垫……"

有一阵子,这家永不可能开业的茶馆,似乎比恩德比府邸力这间维多利亚时代的坚固客厅还真实……

是莫顿督察打破了她幻想的魔咒。

吉尔克里斯特小姐彬彬有礼地转向他。

"哦,当然了,"她说,"请带我走吧。我不想造成任何麻烦,我确定。毕竟,如果我不能拥有'棕榈树',其他的事也都无所谓了……"

他把她带了出去,苏珊的声音还在颤抖,她说:"我从没想过竟然有像淑女一样的凶手,太可怕了。"

第二十五章

"可我不明白那些风蜡花是怎么回事。"罗莎蒙德说。

她大大的蓝眼睛盯着波洛,带着责备的意味。

他们在海伦位于伦敦的公寓里。海伦在沙发上休息,罗莎蒙德和波洛正在一起喝下午茶。

"我看不出那些风蜡花和整件事有任何关系,"罗莎蒙德说,"还有那张孔雀石桌。"

"孔雀石桌的确和整件事情无关,但风蜡花是吉尔克里斯特小姐犯的第二个错误。她当时说,风蜡花摆在孔雀石桌上漂亮极了。你瞧,夫人,她不可能看到花摆在那里,因为在她和蒂莫西夫妇抵达恩德比之前,风蜡花的玻璃罩就被摔碎了,放进了壁橱里。因此,只有当她冒充科拉·兰斯科内特去了恩德比时,才可能看到孔雀石桌上摆着花。"

"她太笨了,不是吗?"罗莎蒙德说。

波洛在她眼前摇了摇食指。

"这件事告诉你交谈的危险……夫人。我深深地相信,如果你能引导一个人和你谈足够长的时间,谈任何话题!他们迟早会在言语中出卖自己。吉尔克里斯特小姐就是如此。"

"我以后可得小心。"罗莎蒙德想了想说。

紧接着,她又高兴地说:

"你知道吗?我即将要有孩子了。"

"啊哈!原来哈利街和雷根特公园是这么回事。"

"是的。我当时很苦恼,你知道,而且非常意外——所以不得不找个地方好好想一想。"

"你之前说过,我记得,你可不是个喜欢思考的人。"

"嗯,能不想最好。但这次,我不得不决定自己的未来。我决定离开舞台,专心做一个母亲。"

"你肯定非常适合那个角色。我已经能想象那欢乐的景象了。"

罗莎蒙德高兴地微笑起来。

"是的,太美好了。你知道吗,迈克尔很高兴,我真没想到他会有这种反应。"

她停了停,又说:

"苏珊得到了那张桌子。我想,我已经有了小宝宝——"

她停下来,没继续说。

"苏珊的化妆品生意前景也一片大好,"海伦说,"我想她已经准备好要成功了。"

"是的,她天生就是会成功的人,"波洛说,"就像她伯伯。"

"你说的是理查德,我想,"海伦说,"应该不是蒂莫西吧?"

"她当然不像蒂莫西。"波洛说。

他们笑了起来。

"格雷格走了,"罗莎蒙德说,"苏珊说是去疗养了。"

她满脸疑问地看着波洛,波洛什么都没说。

"我实在不明白他为什么坚持说自己杀了理查德舅舅,"罗莎蒙德说,"你说会不会是因为有某种喜欢出风头的癖好?"

波洛转回原先的话题。

"我收到蒂莫西·阿伯内西先生写来的一封非常友善的信,"他说,"他说他非常满意我给这个家庭提供的服务。"

"我真的觉得蒂莫西舅舅很可怕。"

"我下周回去和他们住在一起,"海伦说,"他们好像把花园整修好了,但还是很难请到仆人。"

"我猜,他们肯定很怀念那个可怕的吉尔克里斯特,"罗莎蒙德说,"但我敢肯定,到最后,她肯定也会把蒂莫西舅舅杀了。她要真这么做了该多有趣啊!"

"谋杀在你眼中似乎总是很有趣,夫人。"

"哦!并不是,"罗莎蒙德含糊地说,"但我之前的确认为是乔治做的,"她又兴高采烈地说,"没准儿他哪天会干一票。"

"那会很有趣。"波洛讽刺道。

"是的,对吧?"罗莎蒙德表示同意。

她又从面前的盘子里拿起一块泡芙。

波洛转向海伦。

"你呢,夫人,回塞浦路斯?"

"是的,两星期后就走。"

"那我祝你旅途愉快。"

他亲吻她的手。她陪他一起向门口走去,留下罗莎蒙德一个人半梦半醒地吃着奶油甜品。

海伦突然说:

"我想让你知道,波洛先生,理查德留给我的那份遗产对我来说,比对他们任何一个人都更有意义。"

"这么重要吗,夫人?"

"是的,你知道——塞浦路斯有个孩子……我和丈夫原本很相爱,但一直没有孩子,我们都很遗憾。他去世后,我的寂寞简直无法形容。战后,我在伦敦当护士的时候遇见了一个人,他比我年轻,而且结过婚了,但婚姻不幸福。我们交往了一段时间就结束了。他回了加拿大,回到自己的妻儿身边。他完全不知道我怀了我们的孩子。他不会想要的,但我想,这对我来说简直就像奇迹,一个中年女人,有过那么复杂的经历。用理查德的钱,我就能好好教育我所谓的侄子,给他的人生一个好的开始,"她停下来,又说,"我没告诉理查德,他很喜欢我,我也敬重他,但他不会谅解的。你对我们所有人都这么了解,所以我想让你知道。"

波洛再一次亲吻她的手。

他回到家,发现壁炉左边的扶手椅上坐着一个人。

"嗨,波洛,"恩特威斯尔先生说,"我刚从法庭回来。当然了,他们宣判她有罪。但如果她最后进了布罗德莫精神病院,我也不会感到意外。她自从进了监狱就神经错乱了,一直非常高兴,而且非常优雅。她把大部分时间都用来制订一个关于连锁茶馆的详尽计划。她最新开张的茶馆叫'紫丁香'。她把它开在克罗默。"

"你们肯定在想,她是不是一直有些不正常?我不这么想。"

"老天,肯定不是的!她在策划谋杀的时候和你我一样清醒,然后冷血地执行计划。在她那个迷迷糊糊的外表下,你知道,其实有一颗非常聪明的头脑。"

波洛颤抖了一下。

"我在想,"他说,"苏珊·班克斯说过的那句话——说她从没想过竟然有像淑女一样的凶手。"

"为什么不呢?"恩特威斯尔先生说,"什么样的凶手都有。"

他们陷入沉默,波洛回想着他遇到的那些杀人凶手……

After the Funeral
Copyright © 1953 Agatha Christie Limited. All rights reserved.
Letter for Chinese Reader, New Star Edition by Mathew Prichard © 2013 Mathew Prichard.
Translation © 2023 arranged by New Star Press, Agatha Christie Limited. All rights reserved.
www.agathachristie.com
The Poirot icon is a trademark, and AGATHA CHRISTIE, POIROT, *Agatha Christie*® and the AC Monogram Logo are registered trade marks of Agatha Christie Limited in the UK and elsewhere. All rights reserved.
Published by agreement with ACL.
Simplified Chinese edition copyright: 2023 New Star Press Co., Ltd.

图书在版编目（CIP）数据

葬礼之后 /（英）阿加莎·克里斯蒂著；苏国梁译 . —— 北京：新星出版社，2023.6
（阿加莎·克里斯蒂侦探小说全集：精装典藏版）
ISBN 978-7-5133-4914-7

Ⅰ . ①葬… Ⅱ . ①阿… ②苏… Ⅲ . ①侦探小说 – 英国 – 现代 Ⅳ . ① I561.45

中国国家版本馆 CIP 数据核字 (2023) 第 055061 号

午夜文库
谢刚 主持